山手樹一郎傑作選

浪人若さま 颯爽剣

【上】

山手樹一郎

コスミック・時代文庫

※この作品は二〇一四年小社から刊行されたものです。
本書には今日では差別表現として好ましくない表現も使用されていますが、作品の時代背景および出典を尊重し、あえてそのまま掲載しています。

目次

春宵《しゅんしょう》の人

一

江戸はおぼろ夜で、屋敷町の夜桜が深沈《しんちん》と咲きにおっていた。

江戸の桜は例年上野の山がいちばん早い。が、ここは山内へ酒を持ちこむことを禁じられているので、江戸八百八町が花見に浮き立ってくるのは、向島《むこうじま》土手の花がほころびそめるころからである。

その昼間の花見のわき立つような俗塵《ぞくじん》をさけて、一人でひっそりと町なかの夜桜をたずねて歩く風流さには、またそれだけの一刻千金ともいうべき趣があった。

高輪《たかなわ》の高台の夜桜などもそれで、諸屋敷の長い塀越《へいご》しにところどころむらがって咲きほこっている花は、それを知っている風流人にとって捨てがたい風情がある。

時刻はやがて宵《よい》すぎだろうか、高輪通りのほうからのぼってきて高台通りへ出ようとする角屋敷の裏の木戸口から、ひょいと音も立てずに至極《しごく》不風流な男が一人出てきた。手ぬぐいをぬすっとかむりにした、しりっぱしょりの、ひどく身のこなしの敏捷《びんしょう》そうな男である。

男は高輪通りのほうへ歩き出そうとして、あっというように立ちどまった。そこに若い侍がのっそりと突っ立っていたからである。

「あれえ、今晩は、だんな。おどかしちゃいけやせんや」

男はすぐにぬすっとかむりを取って如才《じょさい》のないあいさつをする。年ごろ三十がらみの、見たところ平凡な顔つきで、悪びれたようなところは少しもない。

「いや、おどろいたのはわしのほうだ。――驚いたなあ」

若侍はいまさらのように涼しい目をみはっている。

「けっ、だんなはあっしをぬすっとと間違えたね。人が悪いなあ」

男は相手をくみしやすしと見たか、そんななれなれしい口のききかたをする。

「なるほど、するとおまえはなんと間違えてもらいたかったんだね」

「まあ、歩きながら話しやしょう」

男はなんと思ったか、若侍をさそってぶらぶらと高台通りのほうへ歩き出す。

「見たところだんなは根っからの善人さんで、育ちもそう悪くはない。浪人さんかね」

「いや、わしはみそすり用人のせがれで、笹井又四郎《ささいまたしろう》というのだ」

「気に入ったなあ。当節だんなのようなすなおな人は、まったくすくなくなりゃしたからね。けど、その分じゃとてもあっしの稼業《かぎょう》はわからないだろうね」

「そうか、だめか」

「だめですとも。だいいち、本職のぬすっとはこんなだだっ広い下屋敷へなんか入りやしやせん。盗むものなんかなんにもありゃしねえ。庭石や石燈籠《いしどうろう》なんかいくら立派でも、とても一人じゃかつげませんからね」

その屋敷の塀にそって品川のほうへ折れながら、男は苦わらいをしている。

「わかった。じゃ、なんとやらの昼寝のほうだったんだろう」

「あきれたねえ、今はもう夜ですぜ」

「だから、そろそろ起き出してかせぎに出るところだ」

「だんなは腹の中からのんびりしているんだなあ。珍しいお人だ」

男はちらっとこっちを横目で見ながら感心していた。

「おまえの名を聞いては悪いかね」

又四郎は軽く持ちかけてみる。

「あっしの名なんか聞いて、だんなはどうしようっていうんです」

相手はさすがに用心深い。

「おまえとはいい友達になれそうだと思ったんだが、都合が悪ければ無理にというわけじゃないんだ」

「一体、だんなはどうして今時分こんなところをうろついているんです」

「高輪は夜桜がきれいだと聞いたんで、見にきたんだ」

この辺の花はいま七分咲きで、花のあるところは煙るようなおぼろ月に白々とかすんで見える。

「へええ、夜桜を見にねえ。風流なんだなあ、だんなは」

男は本当にしないような口ぶりだったが、急に、

「あっしはねえ、だんな、名前はまぼろしの源太《げんた》、稼業《かぎょう》はのぞき屋でさ。それで

も友達にしてみやすかい」

と、挑戦するように出てきた。

「のぞき屋っていうと、女湯をのぞいて歩くあれか。おまえもなかなか風流だな」

「けっ、そんなけちなんじゃありやせんや。あっしの相手は大名屋敷さ」

男はいかにも得意そうである。

「それは命がけだな。まぼろしの源太っていうと、おまえ忍術でも使うのか」

「まあね」

「それで、今夜はいまの角屋敷でなにをのぞいてきたんだね」

「そいつはいけやせんや。あっしの稼業はなんですからね、ただじゃ話せねえ」

「なるほど――。いくら出せば話してもらえるんだろうな」

「一両奮発なせえ」

「一両か、よかろう」

又四郎は紙入れから小判を一枚取り出して源太にわたしてやる。

「あれえ、だんなは気前がいいんだねえ。もしあっしの話が一両の値打ちがなかったらどうしやす」

源太はまだ小判を手に持ったまま、ちょいとあきれた顔をしてみせる。

「いや、わしはその道の稼業人は信用することにしているんだ」

「おかしいなあ。そんなのぞきの話なんか聞いて、だんなはどうしようっていうんだろうな」

「すくなくとも女湯をのぞくより大名屋敷のほうがおもしろそうだ。話によっては、わしものぞきに行ってみる」

「なあんだ、だんなものぞきたいほうなのか。それなら安心だ。そりゃあ夜桜なんか見て歩くよりのぞきのほうがよっぽどおもしろうござんすからね」

源太はやっと小判をふところへしまって、安心したように話し出す。

「実はねえ、だんな、あの角屋敷はとんだもうけ物でしてね、あそこにはぶらぶら病の若殿さまが保養にきているんでさ。奥でそれを介抱しているのは、三十がらみのきりっとしたお中﨟《ちゅうろう》さまと、腰元が四人、警護役の若侍が七、八人も泊まりこんでいるかな。こういう道具立てなんですから、ただじゃすみませんや」

源太はにやりとわらってみせるのである。

三

「おもしろそうな話だねえ。それで、源太兄貴はどんなもうけ物をしてきたんだね」

又四郎は屋敷町の夜道をゆっくりと歩きながら源太をうながす。

「その若殿さまってのは、年ごろ二十三、四のようたが、かわいそうに、どうも脳に病《やまい》があるようなんでさ。だから、まあ気ままにさせておくんでしょうね。いつもむっつりとした顔つきで、近習《きんじゅう》や腰元などはほとんど近づけない。それを清野《きよの》っていうお中臈さまが一人でつきっきりで介抱しているんです」

「寝たっきりっていうほどの病じゃないんだな」

「それほどの病気じゃない。つまり、ぶらぶら病っていうやつなんです。だからおもしろいんでさ」

源太はまたしてもにやりとわらってみせる。

「なるほどねえ」

「わかりやしたか、だんな」

「いや、まだなんにもわからない」

「そうかなあ。支那《シナ》の学問に、男女七歳にしてなんとやらってのがある。だんなは教わったことがねえんですか」

「それなら、教わったことがある。男と女はとかく間違いをおこしやすいから、行儀よくしなければいけないという教えだ」

「お中臈さまは俗にいう三十女で女盛り、若殿さまはぶらぶら病とはいっても、体のほうはがっしりとした、いわば血気盛んな若い衆でさ。いつも二人っきりで席をおなじくしていて、行儀よくしろってのは、いうほうが無理だ。だんなはそう思いませんかね」

「しかし、お中臈さまは看病のために若殿さまについているんだろう」

「そうですよ。だからあっしは、こいつきっと看病しているに違いないとにらんだ」

「にらまなくたって、看病はしているんだろう」

「困った人だなあ。その看病とは違うんでさ」

「なるほど」

「やっとわかったようだね。そこで、あの見識ぶった男まさりのお中臈さまがどこでどんな風に若殿さまの看病をするのかと、ここ三日ばかりあの屋敷へ通ってのぞいていたってわけです」

「ふうむ、三日も通ったのか」

「稼業《かぎょう》に骨惜しみは禁物でさ。苦労したかいがあって、あっしはとうとう見つけてしまった。すごいのなんのって、――もっとも場所が御寝所なんだから、こいつはだれに遠慮気がねもいりやせんからね」

「どうすごいんだろうな」

「いやに落ち着いてるんだなあ、だんなは。もう少し聞きたそうな顔をしてくれなくちゃあ、話をする張り合いがありやせんや」

「そうか。じゃあ、もう一両聞き賃を出そうか」

「というところを見ると、聞きたいには聞きたいんですね」

「うむ、聞きたい。天下の一大事だからな」

「けっ、そいつはちょいとおおげさすぎまさ。だいぶ変わってるんだなあ、だんなは」

「そこが又さんのいいところだって、わしはどこへ行ってもいわれているんだ」

「わかった。だんなはそらっとぼけているんだな。こいつは油断ができねえ」

源太はふいに立ちどまって、こっちの顔を見なおしている。

四

「わしが油断できないって、どうしてだろうな」

又四郎があいかわらずのんびりした顔つきで聞きかえす。

「だんなはことによるとあの角屋敷の御家来さんかもしれねえ」

源太はずばりといって、どうやら逃げ腰のようだ。

「いや、わしはそんな者じゃない」

「とかなんとかいって、散々あっしにしゃべらせておいてから、屋敷の秘密をのぞいた不埒者《ふらちもの》、手討ちにすると居なおる気なんでしょう。人が悪いや」

「心配するな、わしは本当にあそこの家来ではないんだ」

「じゃ、公儀《おかみ》の隠密《おんみつ》かな。そうだ、そういううまいそらっとぼけ方ができるのは隠密にちげえねえ。図星でござんしょう、だんな」

源太はまたしてもそんな鎌《かま》をかけてくる。

「おまえはおかしなことばかりいうんだなあ。あの屋敷には、なにか隠密に入りこまれるようなそんな秘密がありそうなのかね」

「ありやすってさ。あっしの目から見ただけでも、怪《あや》しいことだらけだ」

「ふうむ。まあ歩きながら話そう。立ち話は人に怪しまれる」

又四郎はゆっくりと歩き出す。

「どうもわからねえ。だんなには人を切ろうなんて、そんな意地の悪い殺気はどこにもない。本当にだんなはあの屋敷とはなんのかかりあいもねえんですかい」

「うむ、今のところはな」

「というと、これからかかりあいができるかもしれねえんですね」

「おまえの話を聞いて、もし気の毒な人がいるようだと、わしは善人さんだから、つい同情して力になってやりたくなるかもしれないな」

「本当かね、だんな」

「侍というものはな、源太兄貴、殿さまから扶持《ふち》というものをもらって、その日その日の苦労なく暮らしているんだ。だから、いつでも世の中のための働く責任を生まれた時から持っている。それでないと俗にいう穀《ごく》つぶしになってしまうからな」

「へええ、こいつはおもしろいことを聞いた。すると、だんな、当節江戸にはその穀つぶしのお侍がいっぱいうろうろしているってことになるんですかい」

「わしはな、人の振り見てわが振り直せで、穀つぶしにならないようにいつも心がけているんだ」

「気に入りやしたぜ、だんな。たしか笹井又四郎さんとかいいましたね」

「さよう、みそすり用人のせがれだ」

「それじゃ、あっしがあの角屋敷でのぞいてきたくさいところってのをひとつ話してみやしょう」

道はいつか坂道にかかって、右がわは屋敷の塀《へい》がつづき、広々とした青麦畑になってきた。ところどころに菜の花畑があって、そこだけがおぼろ月に煙って見える。夜桜とはまた別な野趣がある。

「待て、源太兄貴。あそこに妙な女が立っている」

又四郎は行く手の左がわの塀ぎわに、ぴったりと身を寄せるようにして立っている女を見つけて、源太の話し出そうとするのをとめた。

五

「なるほどねえ」

　この坂道はまもなく突き当たって、そこを左へ曲がるとやがて品川新宿二丁目へおりていくようになる。その角屋敷の手前の塀《へい》ぎわに、たしかに女が立っているのだ。

　手ぬぐいをあねさまかむりにしているから、それが夜目にも女だとわかったので、女が一人でなんでこんな寂しいところに立っているのか、怪《あや》しいといえばまさに怪しい。

「だんな、旅支度のようですぜ」

「そうらしいな。旅支度なら、まさか女ののぞき屋でもないだろう」

「からかっちゃいけやせんや」

　近づいてみると、道行きを羽織ったわらじがけで、年ごろ二十七、八、背のすらっとした、少し強い顔だが水ぎわ立った女ぶりである。

「あのう、失礼ですが、お武家さま、そこまでごいっしょさせてくださいまし」

女もこっちの姿をはじめから見かけて待っていたらしく、つと月の中へ出てきて、ていねいに小腰をかがめる。

「おまえ、一人のようだね」

「はい」

「旅支度のようだが、どこへ行くんだね」

「いいえ、川崎まで用足しに行って、いまもどってきたところなんですが、妙な男たちに跡をつけられて困っているんです」

「そうか。どこまで送ってやればいいんだね」

「品川のほうへ出たいんですけれど――」

「源太、わしはこの婦人を品川まで送っていく。おまえもいっしょにこい」

「へい、お供しやす」

源太は心得て、すぐ一足うしろへさがっていた。

又四郎は女をうながしてゆっくり歩き出す。

「にいさん、ごめんなさいね」

年だけに女は如才《じよさい》なく源太のほうへ会釈《えしやく》をしてから又四郎と肩をならべる。

――いい女だなあ。こいつは何者なんだろう。

のぞき屋の源太はたちまちそんな好奇心をおこしていたが、又四郎は別にその女の名前さえ聞こうとはしない。黙って肩をならべて歩いている。

――わからねえといえば、この男もまったくおれには見当がつかねえ。

源太は変な気持ちだった。

まもなくその屋敷の塀がつきようとするあたりまできて、品川通りのほうからふいに浪人者らしい二人連れがこっちへ曲がってきて、あっというようにそこへ立ちどまった。

「妙な男たちというのはあれかえ」

又四郎がのんびりと女に聞く。

「そうですの。でも、なるべくけんかはなさらないでくださいまし」

「大丈夫だ。わしはけんかは好きなほうじゃない」

しかし、こっちは事を好まなくても、相手のほうが承知しなかった。

「おい、貴公、おぬしその女にたのまれたな」

御家人くずれとも見える着流しのほうが、じろりと又四郎を見すえてくる。

「今晩は――。貴公はだれだったかなあ」

又四郎は鷹揚《おうよう》に立ちどまりながら、人のいい顔をして聞きかえす。

六

「おれはおぬしに、その女にたのまれて道づれになったんだろうと聞いているんだ」

御家人くずれはあくまでも高飛車に出てくる。

「まあいいだろう。わしはただほんの親切で、このひとを品川まで送っていくところだ」

又四郎は少しも逆らおうとはしない。

――相手が悪いな、おとぼけさん大丈夫かな。

源太はちょいと心配になってきた。御家人くずれは相当悪党ずれがしている上に、腕も立ちそうだからである。

「おい、その女には女道中師の嫌疑《けんぎ》がかかっているんだぞ。貴様、知っているのか」

御家人くずれは意外なことをいい出す。

「それは違うようだ。このひとは善人だ。女だから善女といったほうがいいかな。

それとも貴公はこのひとになにか取られたのかね」

「なにっ」

「こんな善女にぬれぎぬを着せてはいけない」

「許さん。――おぬしは何者だ、名を名乗れ」

「わしは笹井又四郎、みそすり用人のせがれだ」

「どこの家来なんだ」

「それは貴公の名を聞いてからにしよう」

「おれは本所割《ほんじょわ》り下水《げすい》の御家人、龍崎定次郎《りゅうざきさだじろう》だ。その女をおとなしくこっちへわたさなければ、しようがねえ、切る」

半分は脅《おど》しかもしれないが、龍崎は左手でぐいと刀の鍔《つば》ぎわを握ってみせる。

「お待ちくださいまし、お武家さま」

たまりかねたように女があねさまかむりを取りながら一足前へ出て、

「わたくしは芝金杉橋《しばかなすぎばし》で人入れ稼業《かぎょう》をしている立花屋金兵衛《きんべえ》の娘、香《きょう》と申します。どうして女道中師などと間違えられたのでございましょうね」

と、不審そうな顔をする。髪は大丸髷《おおまるまげ》で、さすがに荒っぽい男相手の稼業柄、落ち着いたあいさつぶりである。

「なにっ、立花屋のお香だと」

定次郎はじろりと相手を見すえながら、

「うそをつけ、立花屋お香はおやじの金兵衛にかわって立派に稼業を切りまわしていける女元締めだ。こんな夜道を一人でなど歩いているもんか。そんな口から出まかせは通らねえ」

と、頭から一本きめつけて出る。

「困りましたねえ。それでは信用していただけないんでしょうか」

「あたりめえだ。金杉橋へ帰るんなら、品川通りをまっすぐ歩いていくはずだ。それを、なんでおぬし、こんな横町のほうへ逃げこんだんだ。正直に申してみろ」

「あなたがたにつけられているんで、本当は怖かったんですの」

お香はにっとわらってみせる。

「そうれ見ろ、身にうしろ暗いことがあるから人の目が怖いんだ」

「いくら気が強くても、女は女ですもの、男につけられるとやっぱり用心したくなりますわ」

「とにかく、そこまでいっしょに行け。おぬしがお香の本物とわかるまでは許すわけにはいかん」

定次郎は強引に出てきたようだ。

「では、金杉橋までいっしょにきてくださいまし」

お香も負けてはいなかった。

七

「わざわざ金杉橋まで行くことはない。立花屋はたしか尼崎《あまがさき》十万石松平伊勢守さまが出入り屋敷だったはずだ。すぐそこの高輪の高台に尼崎の下屋敷がある。さあ、そこまでいっしょに行け」

御家人定次郎はずばりといって、角ばったあごをしゃくってみせる。

あっと源太は目をみはった。自分がいまのぞいてきた角屋敷が、その尼崎の下屋敷だったからである。

「あら、龍崎さんは尼崎さまにどなたかお知り合いがあるんですか」

お香は動じた色もなく聞きかえす。

「そこの下屋敷用人大野佐兵衛《さへえ》とは旧知の間柄だ。首実検をしてもらえば一目でわかることだ」

「しようがありません。では、お供いたします。――笹井さん、あなたもいっしょに行ってくださいますね」

お香はあらためて又四郎のほうへ聞く。

「わしは親切な男だから、それから元締めを品川へ送ってあげることにしよう」

「ならねえ。どこの馬の骨だかわからねえ野郎を、大切な下屋敷へつれて入れると思うか」

定次郎はまたしても山犬のようにかみついてくる。

「龍崎さん、そんな心配はいらない。首実検なら、なにも下屋敷へ入らなくても、その用人さんに門の外までちょいと出てきてもらえば簡単にすむことだ」

「おい、おとなしく手を引かねえと、おれはおぬしを切るとはっきりいっておいたはずだぜ」

「人の命を粗末にしてはいけないな。お香に嫌疑《けんぎ》をかけたのは貴公のほうなんだから、その嫌疑さえ晴れればそれでいいのではないかね。それとも、龍崎さんはお香が美人なんでなにか難癖《なんくせ》をつけてやろうという野心でもあるのかな」

又四郎はけろりとしてそんなことをいってのける。

「うむ、許さん」

定次郎は血相を変えて抜刀《ばっとう》しようとした。

「待った、先輩」

連れの中肉中背の浪人者のほうがいそいでとめた。

「石渡忠蔵《いしわたちゅうぞう》、なんでとめる」

「ここで刀を抜いては後が面倒だ。これが本物のお香かどうかは、後刻立花屋へ行ってみればわかることだ。我々はもう一軒ぜひまわらなければならない忙しい体なんだ。ここは一応その女はそこの甘い男に品川まで送らせて、我々は我々の仕事のほうへかかるというのはどうなんだろうな、龍崎さん」

忠蔵という男はなだめるようにいう。どうやらこの男のほうが腹は黒いようだ。

「おぬし、きいた風なことをいうぜ」

「まあ任せておきなはれ。――おい、親切な色男、殿さまの御意《ぎょい》のかわらねえうちに、早くその女狐《めぎつね》を品川まで送ってやるがいい。ただし、途中で化かされねえようにな」

「それはありがとう。お香、まいろう」

又四郎はお香をうながしてさっさと品川通りのほうへ歩き出す。

「命運のいいやつだ」

定次郎はいまいましそうにそんな悪態を投げつけていた。

八

「笹井のだんな、あの二人は高輪の角屋敷へなにか手を打ちに行ったんですぜ」

清水横町《しみずよこちょう》のほうへ坂をおりながら、又四郎とお香の後からついていく源太は、声をひそめながらいった。

「あれはたしか尼崎の下屋敷だったな」

「そうですよ。あいつらはこんどは高輪海岸のほうへ先まわりをするかもしれねえ」

「わしもそんな気がする」

「立花屋の元締めは、どうしてこんなやつらにねらわれるんでしょうね」

源太はお香のほうへ話しかけてみる。会うのははじめてだが、この女はおやじが隠居のような形になってから、女だてらに婿《むこ》もとらず、立花屋の稼業《かぎょう》を一手に切りまわしている評判の女元締めなのである。

「源太さんは高輪の下屋敷を知っているの」

それをお香はこっちへは聞かずに、又四郎のほうへ聞いている。さすがに用心深い女だなあと源太は思った。

「これはな、お香、のぞき屋の源太といって、わしの兄弟分なんだが、どうしてなかなかたのもしい男なんだ」

又四郎のいうことはあいかわらずあけっ放しで、手ごころというものがないから、痛しかゆしである。

「のぞき屋って、のぞいて歩くんですか」

「そのとおりだ。しかし、女湯をのぞいて歩くんではなくて、この男は大名屋敷ばかりねらっている名人なんだ」

「ふ、ふ、笹井さんもいっしょにのぞいて歩くの」

「うむ、わしはいま兄弟分について修業中でな。手はじめに今夜は立花屋をのぞいてみようかな」

又四郎は平気でそんな無遠慮な口をきく。

「あたしの家なんかのぞいたって、珍しいものはなんにもありゃしません」

「ところが、ぜひのぞいてみたいものがある」

「お香には間夫《まぶ》という人間が五、六人はついているんだろう。違うかね」

「そうですかしら」

「怒らなくたっていいよ。わしもその間夫の一人になってあげようか」

「なんですって――」

これはまたあきれたずうずうしさである。お香もむっとしたらしく、それっきり口をつぐんでしまう。

「だんな、元締めにそんな口をきいちゃいけねえや」

源太は我にもなくあわてていたしなめていた。ここでお香を怒らせてしまっては、なんとなくぶちこわしになってしまいそうな気がしたからである。

「いいんですよ、源太さん。あたしはこんなことぐらいで怒りゃしません」

意外にもお香は明るくわらいながら、

「又さん、三人でどこかで飲みましょうか。付き合ってくれますか」

と、あっさり持ちかけてくる。

「そうだな、付き合ってもいいよ」

「源太さんは――」

「お供いたしやす」

こいつは妙なことになりやがったぞと、源太は内心あいた口がふさがらない。が、向こうからさそうのだから、なにも遠慮することはないのだ。

九

清水横町から品川通りへ出ようとする一つ手前の裏町通りの左角に、花屋というしゃれた料理屋がある。ここはどうやらお香の父親立花屋金兵衛が隠居仕事にめかけにやらせている店のようだった。

お香は女中にいいつけて、そこの奥まった座敷へ又四郎と源太を案内させ、自分は別間へ旅装をなおしに行ったようである。

この辺は表通りに有名な青楼《せいろう》が多いし、ここへも芸者が入るらしく、まだ宵《よい》のうちだから華やいだ弦歌《げんか》の音が絶えない。

「だんな、妙なことになりやしたね」

源太は二人きりになると声をひそめながら、あたりを見まわしていた。

「まあいいだろう」

又四郎は行儀よく座りながら、なにかぽかんとした顔つきだ。

「あっしにゃどうもわからねえ」

「なにがそんなに気にかかるんだ、源太」

「元締めは、さっきだんなが間夫《まぶ》が五、六人もいるんだろうといったのに、ちっとも怒りやせんでしたね」

「そうだったな」

「それから、だんなはいい気になって、おれも間夫になりたいといった。それでも元締めは怒らねえで、かえってこんなところへ誘ってきた。こいつはどういうわけなんでしょうね」

「それはたぶん、お香はわしに間夫になってもらいたいからだろう」

又四郎はけろりとしてそんなことをいう。

「そりゃあまあだんなはともかくも元締めを助けてやるにはやった。けど、それとこれとは別の話でさ。あの元締めは男まさりで、そんな浮いたうわさなんか一つもないしっかり者だって評判なんですがねえ」

「それよりなあ、源太あにい、お香はさっきこの家の前を通りこしてあんな寂しい場所まできている。どうしてなんだろうな」

又四郎が妙なことをいい出す。

「なあるほど、そういえばそうだ」

「それに、川崎まで用足しに行ってきたにしては、わらじが真新しすぎる」

「へえ、だんなはそんなところまで見ているんですかい」

源太はちょいとあきれながら、

「ああ、わかった。じゃ、だんなは、この近所に元締めの間夫がいて、わざとあんなかっこうをして人目をくらましてその間夫に会いに行くところだったといいてえんですね」

「いや、その間夫に会ってきた帰りかもしれないな」

まるで見てきたようなことをいう又四郎だ。しかも、真顔なのだ。

「本当かね、だんな」

源太はからかわれているような気がしてしようがない。

そこへ女中が酒肴《しゅこう》の膳を三つ運んできて、程よくならべ出す。

「ねえさん、ここは元締めのやっている店なんかね」

源太はその三十がらみの女中に聞いてみた。

「いいえ、元締めのおとっつぁんの隠居所のようなものなんです」

女中が目でわらいながら答えているところへ、お香が旅支度を解いて入ってきた。明るい灯の中で見るお香は、まったくすばらしい年増《としま》ぶりだった。

十

膳は、又四郎を正面にして、源太とお香はその左右に向かいあうように配られていた。

が、お香はすぐに又四郎の前へきて座り、

「笹井さん、お酌《しゃく》をさせてくださいまし」

と、銚子をとりあげ、そのままなかなか自分の膳の前へ行こうとはしなかった。

「お香、おまえにもあげよう」

又四郎は如才《じょさい》なく、お香にも杯をすすめて、酌をしてやっている。

「あたし、あんまりいただけませんのよ」

男のようにしゃっきりとしていたお香の体つきが、なんとなくなよなよと女になってきて、どう見てもこれは男に媚《こ》びているかっこうとしか思えない。

——けっ、甘ったれていやあがる。

こっちで一人で飲んでいる源太は、妙にやけてくる。

「元締め、いまだんなはねえ、元締めは今夜間夫《まぶ》に会ってきた帰りだ、その間夫はこの近所にかくしてあるんだろうといっているんですがね、どうなんです」

つい意地になって、そんないやがらせが口に出てしまう。

「あら、笹井さんはそんなこといったんですか」

お香はほんのりと酒気の出た目でわらいながら、まじまじと又四郎の顔をながめている。

「源太あにい、そんなことより、おまえ、今夜見てきた角屋敷の様子をここで話してみないか」

又四郎がのんびりと持ちかけてきた。

「よしやしょう。そんなのぞきの話は女の前でするもんじゃありやせんや」

「その遠慮はいらぬ。それはきっとお香の気に入る話なんだ」

「本当かね、元締め」

「尼崎さまの下屋敷の話でしたね、のぞき屋の親方」

「そうですよ」

「ぜひ聞かせてくださいまし」

お香はとろんとした目をこっちへ向ける。

ようし、それならこの女がどんな顔をするか、ひとつその赤くなる顔を見てやれと源太は思った。

「あの下屋敷には脳に病《やまい》のある若さまが保養にきているのは、元締めも知っていやすね」

「そんなうわさは聞いています」

「その若さまを介抱しているのは、清野っていう三十女のお中﨟《ちゅうろう》さまでしてね、これは元締めのように男まさりっていうほうなんでしょうね。ほかに腰元が四人ばかり、近習《きんじゅう》ってのが七、八人ついているようだが、だれも若さまには近づけない。いつもたいていお中﨟さまが一人でお相手をしているようだ。こいつ臭いとあっしはにらんだ。脳に病があるといっても、若さまは二十三、四の血気な男だし、お中﨟さんは取り澄ましてはいても脂の乗りきった三十女ですからね。ただですむはずはないと見ていると、案の定、お中﨟さまは夜が更《ふ》けてから若さまの御寝所へ忍びこむんでさ」

「御寝所へですか」

「そうですよ。御寝所へ入ってしまえば、もう二人っきりですからね。若さまが床の上へ起きて座ると、お中﨟さまは違いだなの袋戸だなの中にかくしてある酒壺《さかつぼ》を取り出すんです。そして、それを湯飲みに一杯なみなみとつぐ」

十一

ここまでくればもう話のおちていくところはわかっているだろうに、お香は別に悪びれた風もなく、まじまじとこっちの顔を見すえている。

「さあ、これからいよいよ話は本題に入るんですがね」

源太はもったいをつけるように杯の酒をぐいと一つ飲んで話をつづける。

「お中臈さまはその湯飲みの酒を行儀よく二口三口お毒味をしてから、若さまのところへ持っていくんでさ。若さまはそれを待ちかねていたように、一気にごくごくと飲みほしてしまう。それを見とどけてから、お中臈《ちゅうろう》さまはゆっくり立って寝間の片すみへ行き、帯を解いて、しどけないしごき姿になり、こんどは男のひざの横へ行って、しなだれかかるように座る。ちょうど酒気が程よくまわってきた男は、いきなりその肩を引き寄せて、気のすむまでお中臈さまの体中をなぶり出すんだが、あっしの見たところじゃ、どうもお中臈さまのほうがすっかり男にほれこんでいるようだ。男になぶられればなぶられるほど、体中のしまりがとろんとしてきて、切なげにあえぎ出す。だんだん荒っぽくなってくる男は、果てはしごきに手をかけて、三十女のすばらしい肌をむき出しにして、むっちりとした鳥の子もちのような乳房へ子供のように吸いついていく」

「親方、話の腰を折るようですみませんが、そこは御寝所だといいましたねえ」

お香がふっと口を入れてきた。

「そうですよ。御寝所でなけりゃ、そんな思いきったふざけっこはできやせんからね」

「その御寝所は別に座敷牢《ろう》にはなっていないんですね」

「なんですって――」

源太は我にもなく目をみはっていた。

「隣の書院座敷のほうには腰元たちが宿直《とのい》をしているはずねえ」

「二人で寝ず番をしていやす。あとの二人は控えの間のほうで、交替の時のくるまで横になっているんでさ」

「中奥のほうはどうなっているんでしょう」

「変なことが気になるんだなあ、元締めは」

「本当はねえ、親方、あたしものぞき屋になってみたいんですのよ」

お香は冗談のようにいってわらっている。

「からかっちゃいけやせんや。あべこべにのぞかれちまったらどうするんです。女の木のぼり下から見ればばって歌がありやすぜ」

「大丈夫ですのよ。その時は忍び装束《しょうぞく》というのをつけていきますから」

「本気かね、元締め」

「でも、あそこは夜番がきびしいんでしょうね」

「夜番は御用人の係で、表玄関わきにたまりがあるんでさ。かなりきびしいようですよ」

「中奥に近習方《きんじゅうかた》が八人、四人ずつが宿直をするとして、これは御寝所と少し離れていますね」

「そうか、元締めはあの下屋敷へ行ったことがあるんだな」

「それはお出入り屋敷ですもの。笹井さん、あたしの間夫《まぶ》になって、いっしょにのぞきに行ってくれませんかしら」

お香は又四郎のほうを向いて急にそんなことをいい出すのである。

十二

「お香、わしはおまえの間夫《まぶ》になってやってもいいが、ほかにおまえの間夫はいま何人ぐらいいるんだね」

又四郎はさばさばとした顔をして聞く。

「七人いますのよ」

お香は真顔ではっきりと答える。

――正気の沙汰《さた》じゃねえ、どっちもどっちだ。

源太はあきれて、二人の顔を見くらべていた。

「そこでなあ、お香、たとえば五郎さんを盗み出したとして、その連中は五郎さんをかくまっておく場所を用意しているのかね」

「実は、その場所がむずかしいんで、みんな困っているんです。笹井さんになにかいい知恵はありませんかしら」

「さあ、突然そう聞かれても困るんだが、まあ考えてみよう」

はてなと源太は思った。五郎さんとは、あの濃厚なお中臈《ちゅうろう》に介抱されている若さまのことに違いない。お香と又四郎は、いや、ほかにいる七人の間夫というのも、五郎さんを盗み出そうとしているようだ。

するると、五郎さんはあの角屋敷へ病気保養にきているのではなくて、だれかに監禁されていることになりそうだ。

「ああ、わかった。元締め、あんたはその七人の間夫といっしょに、悪人どもの手から五郎さんを助け出そうとしているんだな」

「お察しのとおりよ、親方」

「それを悪人どものほうで感づいたから、さっきの龍崎たちを使って元締めをねらい出したんだ。——そうなんでしょう、だんな」

「うむ、そういうことになる」

「こいつはおもしろい。だんな、あっしもひとつ仲間に入れておくんなさい。きっとお役に立ってみせやすぜ」

源太は我にもなく目を輝かせている。

「いや、おまえはもうずいぶんわしたちの役に立っている。仲間に入れてやろう」

又四郎は人を疑うなどということはまったく知らないらしく、鷹揚《おうよう》にそういってくれた。

「ありがてえ。信用してくれるんですね、だんな」

「おまえは信用してもいい男のようだ」

いってみれば、どこの馬の骨だかわからない人間をそこまで信用してくれるのかと思うと、源太はとてもうれしかった。

「あっしは働きやすすぜ、だんな。──元締め、よろしくたのんます」

「あたしのほうこそ、お下屋敷の様子がすっかりわかってよろこんでいますのよ」

「あらためてそんなことをいわれると恥ずかしいや」

こっちはいい気になってのぞきの自慢話をしているつもりだったのに、それを聞いているほうには別に大きな目的があったのだ。源太はいまさらのように顔が赤くなってくる。

「お香、五郎さんにはもう一つ差し迫った大事がある。知っているか」

「喜久姫《きくひめ》さまとのお見合いのことですか」

「そうだ、偽者《にせもの》に対面の儀をすまされてしまっては、取り消しがきかなくなる。そうなると、五郎さんはいやでも一生監禁の憂き目《うきめ》を見なければならない」

「みなさんもそれを心配しているんです。それまでになんとか五郎さんを助け出したいんですけれどねえ」

お香は真剣な目になってきたようだ。

十三

「お香、おまえの聞いている話とわしの聞いた話とがもし食い違っているようなことがあると、これからいっしょに仕事をしていくのに不都合を生じる。一応わしの聞いていることを話してみることにしよう」

又四郎はあらためてそう切り出す。

「はい、そうしてくださいまし」

お香は行儀よく座りなおしていた。

「尼崎十万石の御当主松平伊勢守さまは目下在国中で、去年の初冬ごろ領内に百姓一揆がおこった。その取り鎮《しず》め方に不都《と》合のかどがあって公儀の問題になった。おそらく、隠居しなければなるまい。御当主には江戸に正室の腹から生まれた寿五郎《じゆごろう》どのという嫡子がある。当然この寿五郎どのが跡目をつぐはずだが、そうなるとこれまで御当主を取りまいて勝手に藩政をかきまわしていた国家老津田大膳《だいぜん》、江戸家老岩崎森右衛門《もりえもん》、側用人《そばようにん》栗原主馬《しゅめ》、家中ではこれを三人衆といって、心ある者はひそかにまゆをひそめている奸物《かんぶつ》なんだそうだが、この三人は新当主に追われることになる。そこで、三人衆は寿五郎どのの跡目をきらい、自分たちの手で妾腹《しょうふく》の松之丞《まつのじょう》どのを立てようと策動しはじめた。その手段に問題がある」

「あたしもそのように聞いています」

「こんどの跡目相続は、森右衛門一派がある御老中に裏面から運動して、当主は隠居、新当主は大御所さま妾腹の喜久姫さまを夫人に迎えること、この二カ条を条件にして尼崎十万石は無事に立ててやろうという内意をやっとうけることができたという事情が陰にあるので、いまさら寿五郎どのを松之丞どのと勝手に代えるわけにはいかぬ。そこで、彼らは寿五郎どのをひそかに監禁して、松之丞どのを寿五郎どのにこしらえ、ともかくも喜久姫さまとの御対面をすませてしまおうという非常手段を考え出したのだ。そして、その第一段はすでに成功している。尼崎の家中でも、寿五郎どのがどこに監禁されているのかまだ知らない者のほうが多いという話だ」

「そうなんですの。あたしがかくまっている近習方《きんじゅうかた》七人も、それがはっきりしないので困っていたところなんです」

「すると、今のところ五郎さん派の味方はその七人きりということになるのかね」

「いいえ、いざとなれば江戸にも国もとにもかなりいるはずなんですけれど、さしあたって五郎さんのおために死のうと約束をしたのは七人なんだそうです」

「御対面の日は、今日を入れて四日しかない。たった七人ではちょいと心細いな」

「それに、敵は血眼《ちまなこ》になってその七人のかくれ家をさがしているようですから、今のところ手も足も出ない始末なんですの」

「お香だってもう敵にねらわれている」

「こんなこと、あたしが聞いてはいけないかもしれませんけれど、笹井さんはどなたから尼崎家のお話をお聞きになったのかしら」

お香が遠慮そうに聞いた。

それは源太としてもぜひ聞いてみたいことなのである。

「わしはみそすり用人のせがれなんだが、おやじさまが仕えているのは尼崎家とは縁の深い松江家なんだ」

「まあ。松江家にはたしか源三郎《げんざぶろう》さまとおっしゃる若さまがおいでになるはずでございますね」

十四

「松江家の源三郎さまと、尼崎家の寿五郎さまとはいとこ同士の間柄なんだ。実は、わしはその源三郎さまの内密のおいいつけをうけて、寿五郎さま組の人たちに助太刀《すけだち》をしてやろうと思い、今夜こうして出てきているんだ」

又四郎ははじめて自分の身分を打ちあける。

「あたし、笹井さんのおうわさなら聞いたことがありますのよ」

お香はあらためて又四郎の顔を見なおさずにはいられなかった。

松江家に源三郎という聡明《そうめい》な若者がいて、この人は磐城平《いわきたいら》の内藤家へ養子に入ることに話がきまっているが、その近習役《きんじゆうやく》に笹井又四郎という少し変わっている器量人がいるということは、元締め仲間では時々耳にするうわさだった。では、どう少し変わっているのかという話になると、どういうものかそれを満足に知っている者はほとんどないらしい。つまり、少し毛色の変わった器量人ということだけが知られているふしぎな人物なのである。

正直にいうと、お香はさっきこの男が笹井又四郎と名乗るのを聞いて、ひょっとするとこれがうわさに聞いたその男かもしれないと思ったので、ここへ誘ってきたのだが、――いま当人の口から、わしがその松江家の笹井だといわれてみると、ひどくたのもしいような、それでいてどこかたよりないような、なんとも妙な気がしてくる。

たのもしいと思うのは、いうことにちゃんと筋がとおっているからで、なにかたよりなく見えるのは、この人には少しも鋭いところがないからだ。

この澄んだ涼しい目といい、おっとり構えてめったに動じた色を見せない態度といい、それはたしかに常人とは違うものがあるようだ。が、はたしてこの人に高輪に監禁されている若殿を助け出せるほどの器量があるかどうかとなると、お香はやっぱり心細い気がしてくるのだ。

だいいち、まだどこの馬の骨だかわからないのぞき屋の源太などといういかがわしい男をあっさり信用してしまうなどは、あまりにお軽すぎはしないだろうか。

「あたし安心しました。笹井さんのようなお方が味方をしてくだされば、もう大丈夫ですわ」

どうにも心細いお香は、我にもなくもう相手を試してみようという気になっている。

「さあ、この仕事はそう簡単に、もう大丈夫だときめてしまうわけにはいかないかもしれないな」

又四郎はもっともらしくいう。

「それはわかっていますけれど、寿五郎さまは負けてはならないお方なんです。ですから、あたしたちも弱気になってはいけないんですのよ」

「わしは無論強気でいくつもりだ」

「強気になって、寿五郎さまを助け出すには、どうすればいいんでしょう。教えてくださいまし」

「その前に、わしは差し迫っている喜久姫さまとの御対面をしばらく延期してもらうほうが先だと思うんだが、どうだろう」

「まあ、そんなことができますかしら」

相手は将軍家を笠《かさ》にきている喜久姫なのである。尼崎家の重臣たちでさえ思うように口のきけない家柄だのに、この男はどうしようというのだろうと、お香はまたしても顔をながめてしまう。

十五

「喜久姫さまのお屋敷は、たしか本所小梅《こうめ》の業平橋《なりひらばし》だったね」

又四郎はいかにも自信ありげに聞く。

「そうですのよ。笹井さんは御自分で小梅へおいでになるつもりなの」

お香はついそんな皮肉が口に出てしまう。平侍が自分でそんなところへ出かけていっても、門前払いを食わされるにきまっているからだ。

「わしは強気になろうと思うんだ」

「でも、先さままで会ってくれますかしら」

「お香がそんな弱気では心細いな」

「いくら強気になっても、先さまが相手にしてくれなければどうしようもありませんわ」

「いや、相手にしてくれるようにしていけばいい」

「じゃ、どうやって行くんです」

「若殿御名代として、土産物を持っていく。供まわりはお香の稼業《かぎょう》だから、立花屋でこしらえてもらう」

「まあ」

お香はあいた口がふさがらない。それは、寿五郎さま名代の資格で行けば表門をひらいて通してはくれるだろうが、その若殿はいま高輪の下屋敷に監禁されているのだ。

だいいち、そんな偽使者《にせ》の件が後で上屋敷の重役どもに知れれば、又四郎にしても立花屋にしてもただではすまなくなる。

「お香はそんなかかりあいになるのはいやかね」

「いやということはありませんけれど、そんな偽使者のことが後で公儀にでも知れると、尼崎家に傷がつきませんかしら」

「悪い重臣どもが若殿を勝手に監禁していることだって、公儀に知れれば家名に傷がつく。悪人どもにそういう弱みがあるから、後で偽使者の件がわかっても表ざたにはできない。つまり、御対面延期はこっちが思いきってやりさえすれば実現させることができるのだ」

そういわれてみればそうには違いないけれど、はたしてその偽使者がうまくいくかどうか、事があまりにも突飛《とっぴ》すぎるので、さすがのお香も急には決心がつかない。

「笹井さんは、失礼ですけれど、喜久姫さまのことを御存じなんですか」

「多少は聞いているよ」

「とても気のお強いお姫さまなんですってね」

「うむ、気が強くて、つむじ曲がりで、何度も縁談が破談になっているんで、年も二十二、三にはなっているそうだ。まあ、五郎さんとしては、むしろ破談になってしまったほうがいいんだろうが、尼崎十万石と引きかえの花嫁さまなんだから、こっちからこわすわけにはいかないんだ」

又四郎はなんでもよく調べてきているようである。

「では、笹井さんには偽使者になれる自信はおありなのね」

「それはある。わしは喜久姫さまに会って、うまくいったら姫君をおだてて五郎さんを助け出してもらおうかとも考えているんだ」

「まあ、あなたって人は――」

この人は正気なのかしらと、お香は急に不安にさえなってくる。

「あのう、元締め――」

さっきの女中が入ってきて、当惑したようにそこへ座る。

十六

「どうかしたの、おとし」

お香はその顔色を見ただけでなにかあったなとわかった。

「実は、元締め、二階座敷へ築地の鳴門屋のだんながお客さまとみえていて、そのお客さまというのが例の岩崎さまなんです。それが、さっきここへ元締めが入るのをちらっと見かけたとかで、ほかならぬお出入り屋敷の御家老さまなのだから、元締めにちょいと顔を出してもらえないかというんです」

「鳴門屋さんと御家老さまがねえ」

来たなとお香は思った。

岩崎森右衛門はいわゆる三人衆の一人で、江戸の一味を牛耳《ぎゆうじ》っている江戸家老である。鳴門屋波右衛門《なみえもん》は尼崎で回船問屋をいとなみ、江戸の築地にも出店を持っている怪物で、こんどの事件では三人衆と結託してその金方を引きうけている男なのだ。しかも、自分のような跳ねっかえりのどこがいいのか、このごろ会えばそれとなくしきりにきげんを取ってくる。お香にとっては油断のできない鳴門屋なのである。

「あたしは、元締めも今夜はお客さまのお相手をしているんですからとおことわりしたんですけれど、そっちさえかまわなければ、そのお客さまといっしょでもいいんだから、ぜひ都合を聞いてきてくれといってきかないんです。どうしましょうねえ」

おとしは女中頭《がしら》をつとめているしっかり者なのだが、相手が家老と鳴門屋ではどうにもうまくさばききれないのだろう。

「笹井さん、どうします。御家老さまと鳴門屋さんに会ってみますか」

尼崎家の様子にはかなりくわしい又四郎のようだから、怪物たちの名前ぐらいは聞いているだろうし、この男の器量を試してみるにはいい機会だと、お香はふっとそんな気がしてきたのである。

「お香がそういうなら、会ってみてもいいよ」

又四郎はあいかわらずのんびりとわらっている。

「じゃ、いっしょにうかがいますとあちらへ御返事をしてもいいんですね」

「それはかまわない。しかし、お客にはお客としての身分をこしらえておかなくてはお香が困るだろう」

「それはそうですね」

「わしはこんど立花屋の帳つけになる男で、おまえの知り合いの家の勘当息子《かんどう》の又さんということにしておこう」

「又さんはどうして勘当されたんです」

「道楽をしたから、勘当されたのさ」

「なんのお道楽にしておきましょうね」

「女道楽でいいだろう」

「それにしては、少しあか抜けがしていないようなんですがねえ」

「半分はあかだと答えておけばいいだろう。女に持てる男ばかりが道楽をするとはかぎらないからね」

「ふ、ふ、そういえばそうでしたねえ」

お香はあきれて思わずわらい出しながら、

「おとし、聞いてのとおりだから、いまうかがいますとあちらさまへいっておいておくれな」

と、おとしに答えた。

「かしこまりました」

おとしはちょいと不安そうに又四郎の顔をながめていたようである。

十七

「だんな、あっしはどうしやしょう」

源太が聞いた。忘れてもらっちゃ困るといいたげな顔つきである。

「おまえはわしの取りまきで、道楽のほうの指南番ということにしておこう」

又四郎は無造作に答える。

――こんな男をつれていってどうする気なのかしら。

そうは思ったが、しばらく又四郎に一切をまかせて、お香は黙って見ていることにした。

二階の鳴門屋の座敷には、正面に岩崎森右衛門が座り、それと並んでいつも森右衛門の用心棒をつとめている腰ぎんちゃくの山部亀三郎《かめさぶろう》が控え、波右衛門は少しさがった右がわに膳をおいていた。

岩崎も鳴門屋も四十二、三の男盛りといった年配で、徒士組頭《かちぐみがしら》をつとめる山部は三十五、六、腕も立ちそうだが、いかにも才気走った目つきの鋭い男である。

おとしは波右衛門の膳の前について酌《しゃく》をしていた。まだ芸者はきていない。

「御家老さま、おいでなさいまし」

お香はずっと下座に着いて、まず森右衛門のほうへ三つ指を突いてから、

「鳴門屋さん、お言葉に甘えてお客さまといっしょにごあいさつに出ました」

と、波右衛門にあいさつをする。

「立花屋さん、よく顔を出してくれたねえ。やぼをいってすまなかった」

波右衛門は如才《じょさい》なく会釈《えしゃく》をしてから、

「で、そちらのお客さまというのは」

と、又四郎のほうへ冷たい目を向ける。

こっちは世辞のつもりでお客といっしょでもいいといったのに、それを真にうけてこんな席へ客をいっしょにつれて出る、やぼだなあという腹が鳴門屋にはあるようだ。

「こちらは笹井又四郎さんとおっしゃる方で、こんど立花屋の帳つけをお願いすることになっていますの」

「なるほど、立花屋さんへ奉公する人なら、御家老さまにお目にかかっておきたいわけだ。御浪人さんかね」

「そうなんですの」

「当節は浪人さんにもいろいろある。元締めはしっかりしているからそんなこともなかろうが、うっかりした男を帳場などへ座らせると、元締めはまだひとりものなんだし、どんな災難をうけないとはかぎらない。大丈夫なんかね」

鳴門屋の口ぶりにはなんとなく毒があるようだ。

「いや、わしはその災難からお香をまもってやるほうの帳つけなんだ」

又四郎はけろりとした顔つきでいう。

「すると、笹井さんはよほど腕に自信があるんでしょうな」

「腕のほうは、まあ普通かな。しかし、知恵のほうならめったに負けないつもりなんだ」

「なるほどねえ。そんなに知恵のある人が、どうして浪人などなすったんでしょうな」

鳴門屋はいささかあきれた顔である。

「これはあんまり人の前ではいいたくないんだが、浪人をしないと立花屋の帳場へ座るわけにはいかないんでねえ」

お香は内心あっと目をみはる。知らない者には変な返事に聞こえるだろうが、その実、又四郎は鳴門屋を手玉に取っているのだ。

十八

「御浪人をなすってまで立花屋の帳場へ座りこみたいというと、笹井さんは自慢の知恵を働かせて、江戸でもいま売り出しの女元締めの御亭主におさまってみたい、そんな大望《たいもう》でもおありなのかね」

鳴門屋は又四郎をすっかり甘くみくびってしまったようだ。

家老の岩崎も、腰ぎんちゃくの山部も、冷たい目で又四郎の顔をながめている。

「無論、お香がその気なら、わしはそうなってもかまわないんだ」

又四郎は少しも悪びれようとしない。

「元締めのほうはどうなんだろうな」

「さあ、どうなんでしょうか」

お香はわらいながら軽くうけ流しておく。

「鳴門屋うじはわしが立花屋へ婿入《むこい》りしてはなにか都合の悪いことでもあるのかね」

「とんでもない。そう話がきまれば、おめでたのことですからな。わしも角樽《つのだる》ぐらいは祝わせてもらいましょう」

　鳴門屋は苦わらいをしながら急に真顔になって、

「ところで、元締め、今夜は御家老さまがぜひ元締めに内々で聞いておきたいことがおありになるんだそうで、これは他聞をはばかることなんだそうでな、どうだろう、お客さまがたにしばらくのあいだ遠慮してもらうわけにはいかないだろうかね」

　と、強引に出てきた。

「それは、鳴門屋うじ、困る。わしはもう立花屋の用心棒なんだから、お香のそばを離れるわけにはいかないんだ。それに、お香はどうせその内々の話というのを後でわしに相談するんだから、ここでいっしょに聞いてもおなじことになるんだ」

　又四郎がすかさずやりかえす。

「笹井さん、これは冗談やお座興ではありません。御家老さまの大切なお話なんですから、まじめに聞いてもらわないとこっちも困ります」

　鳴門屋は苦い顔をして、むっとしたように頭から一本きめつけてきた。

「いや、わしも大まじめなんだ。鳴門屋うじはわしが知恵者だといったのを本当にしていないようだな」

又四郎は涼しい顔をしている。

「笹井さん、いいかげんになさらないと、立花屋の稼業《かぎょう》にさわりますぞ。御家老さまの前でそんなおかしなことばかりいって、もし立花屋がお出入り差しとめにでもなったらどうしますね」

「そう怒っては困るな。怒る前にもう一度考えてみる気にはなれないかね。いくらわしがのんびりしていても、これでも男なんだから、まったく知らない座敷へのこのこ顔を出すはずはない。わしはここは尼崎家の御家老さまの座敷だと聞いたからあいさつに出たのだ」

「なんですって——」

「つまり、これから出る話はかなり面倒なことになりそうだ。わしは立花屋の後見役として、みんなであんまりお香をいじめてもらいたくないんだ」

「冗談ではありません。御家老さまが元締めをいじめるなどと、そんなはずはないではありませんか。ばかばかしい」

鳴門屋はあらためてなんとなく又四郎の顔を見なおしているようである。

十九

「そう話がわかれば安心だ。わしはしばらく遠慮してあげよう。――お香、いま聞いてのとおりだから、おまえ一人でも心細いことはないだろう」

又四郎はこっちをそんな子供あつかいにする。

「ええ、一人で大丈夫ですのよ」

「では、わしは下へ行っているから、なにか困るようなことがあったら相談をしにくるがいい」

そんな人もなげな態度は、相手にとってふざけているとしか思えなかったのだろう。

「笹井うじ、お待ちなさい」

又四郎が立ちあがろうとすると、案の定、山部亀三郎がむっとしたように声をかけてきた。

「なにかわしに御用かな」

「貴公は尼崎家の事情についてだいぶくわしいようだが、だれからそんなことを耳にしたんだね」

「いや、わしはただ世間のうわさを聞いているだけで、山部さんが気にするほどくわしいことは知りません」

「では、その貴公が聞いた世間のうわさというのを、ここで一通り話してみてもらいたい」

「うわさなどというものはたわいのないもので、尼崎家の若殿さまはこんど将軍家から喜久姫さまをおもらいになることになった。というのは、去年、国もとに百姓一揆がおこって、その取《と》り鎮《しず》め方になにか不手際なところがあったため、御当主さまは隠居なさらなければならない、それについて若殿さまが尼崎家十万石を無事に継承するには、公女を迎えて櫓下《やぐらした》の感情をやわらげなければならなかったのだと世間ではいっているようです」

又四郎は当たらずさわらずにあっさりいい抜けようとする。

「ただそれだけかね」

「それだけです。近く若殿さまと喜久姫さまの御対面の儀があるそうですな」

「その儀についても、貴公はなにか聞いているはずだ。正直に話してもらいたい」

「そういえば、今夜お香は二人づれの妙な男に跡をつけられている。お香はなにか疑われているようですな」

又四郎は逆に相手から話を引き出そうとする。

「こっちはそれがぜひ聞きたいのだ。貴公も立花屋も、尼崎家を無断で出奔《しゅっぽん》した脱藩者に会って話を聞いているに違いないのだ」

山部はちらっと家老の顔色をうかがいながら、そう切り出してきた。

「山部さん、それをあなたの口からいうと角が立ちそうだ。わしから御両人に話してみようと思うが、――御家老さま、どうでございましょうな」

鳴門屋がそばから口を出して、岩崎家老のほうへ同意を求める。

「うむ、そうしてくれ」

家老は鷹揚《おうよう》にうなずいてみせる。

「元締め、これはまじめな話なのだから、そのつもりで聞いてもらいます」

鳴門屋はそう念を押して座りなおしていた。

「どんなお話でございましょう」

お香はいよいよ来たなと思った。それにしても、今になって、又四郎がそばにいてくれるのがなんともたのもしい気持ちである。

二十

「実は、この月のはじめごろ、若殿寿五郎さまは大森あたりまで遠乗りを駆けられました折、どうしたはずみか落馬をなされ、高輪のお下屋敷へ入られて三日ほど御静養あそばされたそうです。若殿さまはひどくおつむを打たれたとかで、一時は御重役がたもたいそう心配なすったそうですが、これは幸い三日目に無事に上屋敷へおもどりになられました。まあ大事にいたらなくてよかったようなものの、当日遠乗りのお供をされた近習《きんじゅう》がたは不行き届きの責任を取らなければなりません。そこで御用部屋では、一同一様に当分の間閉門謹慎の処分を申しわたした。ところが、そのうち七人の方々がこれを不服として、その夜のうちに上屋敷を無断で出奔《しゅっぽん》してしまったというんです」

鳴門屋は淡々とそう説明しながら、それとなく又四郎の顔色を見ているようだ。

その又四郎はおとなしく両手をひざにおいて目を伏せながら、一度も顔をあげようとしない。鳴門屋としてはそれが妙に気になるようだ。

「御承知のとおり、若殿さまは近く喜久姫さまとの御対面の儀がひかえていますので、御落馬のことなどはなるべく世間に知られたくない。万一屋敷を出奔した七人の口からそんなことが世間にもれては困るので、御家老さまは極力その七人の行方をさがしているわけです。ところが、正直にいいますと、その七人の者はお出入りの立花屋をたよってかくまってもらっているという者が、このごろになって出てきたわけです。なるほど、そう聞いてみると、これはありそうなことですからな。その辺のところを、今夜は直接元締めに会って聞いてみたい、御家老さまから内々でこう相談をうけましたので、わしがこうしてお供をしてきたというわけなんで。――どうだろうな、元締め、どんなことがあってもおまえさんには決して迷惑はかけない。それはこの鳴門屋がきっと約束するから、ひとつ本当のことを打ちあけてもらいたいんだがね」

鳴門屋は如才《じょさい》なく、いよいよ勝負と出てきたのである。

「なるほど、わしが会っているに違いないと山部さんが疑ったのは、その七人のことなんだね」

又四郎がひょいと顔をあげて、だれにともなくいう。

「そのとおりです。笹井さんは元締めの後見人なんだから、それが本当ならその七人に会っていると考えるのは、だれが考えたって当然ですからな」

こんどこそのがさぬぞというように、鳴門屋はだめをおしてきた。

「当日遠乗りのお供をしたのは何人ぐらいなんだろうね」

「十五人だったそうです」

「すると、あとの八人はおとなしく閉門の処分をうけているわけだね」

「そうです」

「その七人はなにが不服で脱藩などしたんだろうな。どこの藩でも脱藩は重罪ときまっている。その七人がつかまると、尼崎家でも詰め腹を切らせるんだろう」

又四郎は気の毒そうな顔をする。

うまいなあとお香は感心した。こう念をおしておけば、みすみす死罪になる七人のことは、人情としてかくまうのが当然だということになってくるからだ。

駆け引き

一

「笹井《ささい》さん、どこの御家中にもお家にはお家のおきてというものがあります。しかし、事情によってはそこに含みということがある。笹井さんは御浪人なんだから、あまり他家のことに口出しするのは遠慮したほうがいいんじゃありませんか」

鳴門屋は冷たい顔つきでたしなめてきた。

「ありがとう。わしもこの辺で遠慮したほうがいいと考えていたところだ。しかし、他家のことでもただ一つ心配なのは、若殿さまが三日も下屋敷で静養されたとなると、打ったところがおつむだというから、後で脳に病《やまい》が出るかもしれない。余計なことだが、今のうちに名医の診察をうけておいたほうがいいと思うな。ことに、御対面が近づいている折からだしね」

又四郎は人のよさそうな顔をしていう。

「そこに如才《じょさい》のあるはずはありません」

「それなら結構。たぶん、脱藩をした七人の心配もその辺にあるんでしょうな。――では、お香《きょう》、わしは下へ行って待っていることにするが、おまえは女なんだから、あんまり利口ぶった口はきかないほうがいいよ」

「あたしがそんな口をきくはずはないじゃありませんか。苦労性なのね、又さんは」

お香はわざと甘ったるい声になってわらっていた。

「いずれもがた、失礼いたした」

又四郎《またしろう》はそうあいさつをして座を立ってきたが、家老岩崎森右衛門《もりえもん》はついに口らしい口は一言もきかなかった。

「だんな、あんなところへ元締めを一人でおいてきていいんですかい」

下の座敷へ帰ってくると、源太《げんた》がさっそく心配そうに聞く。

「いや、大丈夫だ。あの連中もまもなく帰るだろう」

又四郎は気にしていないようだ。

「だって、七人のかくれ家を白状しろって、元締めはしつっこくあの連中に責められるんじゃありませんか」

「それほど頭の悪い連中でもなさそうだ。どう責めたってお香は白状しないと、もうわかっているはずだからね」

「そうかなあ」

そんな話をしているところへ、案の定、お香が新しい銚子を持って入ってきたのである。

「又さん、御苦労さま」

お香はいかにもうれしそうな顔つきだ。

「おどろいたなあ。元締め、あの連中は本当に帰ったんですかい」

「帰りました。うちの帳つけさんにあんなくぎを一本さされてしまっては、口がきけなくなりますからね」

「といいやすと――」

「つかまれば命のない七人のことを、あたしが白状するはずはないでしょ。それを責めれば、責めるほうがやぼになります。――そのかわり、御家老さまが妙なことをいっていましたわ」

「なんていったんです」

「笹井という人は器量人だ、どうだろう、尼崎《あまがさき》家へ仕官する気はないだろうか、ついでのとき立花屋から聞いておいてくれって」

「いや、わしは立花屋の帳つけのほうがいい」

又四郎は即座にいって、けろりとした顔をしていた。

二

「帳つけさん、七人組みに会ってくれますか」

お香は又四郎を誘うように聞く。

「今夜はあぶない。わたしたちにはもう森の字組のひもがついている」

「そうかしら」

「闘いの火ぶたはすでに切られたんだ。ことにお香は気をつけないと、どこかへさらっていかれて監禁されるおそれがある」

「大丈夫ですのよ。そのために帳つけさんがついていてくれるんですもの」

お香はなんとなくうきうきしていて、そんな差し迫った気持ちにはなれないようだ。

「ところで、だんな、今夜はこれからどういうことになるんです」

源太はあらためて聞いてみた。

「そうだな、とにかく元締めを金杉橋《かなすぎばし》まで送ってやろう」

「つまり、敵の出方を見てやろうってわけなんですね」

「そういうことになる」

三人きりで大丈夫かなと思ったが、源太はわざとそれは口にしなかった。

三人とはいっても、いざ切りあいとなって刀を抜くのは又四郎一人で、お香にしろ自分にしろ二人は逃げる一手で、なんの役にも立たない。それを又四郎は一人でどうさばくか、女元締めのお香がどんな度胸を見せるか、ちょいと見ものだと源太は思ったからである。

その三人が軽く腹ごしらえをして、まもなく花屋を出たのは、やがて五ツ（八時）をまわるころだった。

品川宿のにぎやかな夜の街をさっさと通りすぎて、八ツ山下《ややま》から高輪《たかなわ》の大木戸を入ると、道は高輪海岸にそって急に寂しくなる。

「お香は今夜七人組みに会ってきたのか」

肩をならべている又四郎が、ふっと思い出したように聞く。

「ええ、会ってきました」

「七人組みはいつごろ五郎さんを助け出すつもりなんだろうな」

「あたしが高輪の下屋敷をさぐって、五郎さんがたしかにそこにいるとわかりさえすれば、すぐにも押しこむことになっているんです」

「五郎さんを助け出して、どこへかくまうつもりなんだね」

「さっきもいうとおり、それがまだはっきりきまっていないようなんです。そのまま高輪の下屋敷へ立てこもれば、きっと同志が集まってくるという人もありますし、いや、御親類がたの屋敷へ駆けこんで、その力を借りたほうがいいという人もあって、なかなか意見がまとまらないんです」

「そうだろうな。事が表ざたになると家名に傷がつく。どっちにとってもそれがいちばん怖い」

「そうかといって、喜久姫《きくひめ》さまとの御対面の儀がすんでしまっては、それこそどうにもならなくなってしまいます」

「偽《にせ》五郎さんはもう上屋敷へ入りこんでいるんだね」

「そうなんです。お側《そば》の方々には偽五郎さんとわかっていても、本物は頭が狂ってしまったのだからしようがないとあきらめて、みんな口をつぐんでいるようなんです」

「落馬をしたというのは本当なのかね」

さすがに又四郎は真顔になっているような口ぶりだった。

三

「落馬されたのは本当なんだそうです。それも、当日大森からの帰りに、高輪の下屋敷へ入られてお弁当を使われ、いよいよ御帰館ということになって、玄関前からお馬に召されたとたん、日ごろはおとなしい御乗馬が急に棹立《さおだ》ちになったとかで、御休息中に馬屋中間《ちゅうげん》がなにか細工をしておいたのではないかという疑いもあるんだそうですの」

お香は聞いているとおりのことを又四郎に打ちあける。

「すると、頭を強く打ったということもありうるわけだな」

「でも、七人組みの方々は、そのとき若殿さまはすぐに御自分で起きあがり、奥まで歩いて入られたくらいだから、お脳のほうはそう大したことはないはずだ、それをお中臈《ちゅうろう》さまが大事を取って、無理に御寝所へやすませたので、すべては森の字一味のはじめからの筋書きだったんだというんですの」

「清野《きよの》は当日中食《ちゅうじき》の世話に高輪へきていたのかね」

「いいえ、その二、三日前から、御自分の保養のために高輪へきていたんだそうです」

「そうか。すると根はかなり深いと見ていいな」

「ねえ、だんな、あのお中臈さんははじめから色仕掛けのつもりだったんでしょうかね」

うしろから源太が聞く。

「いや、おそらくそうではあるまい。お中臈さんの役割はもっとほかにあるんだが、男と女だからついそんなことになってしまったんだろう」

「そうなんでしょうねえ。色仕掛けにしちゃ女のほうが年上すぎますからね。それだけに、お中臈さんのほうが熱が高い」

「帳つけさん、出たようですわ」

お香は又四郎の耳もとへそういいながら、思わず男のたもとをつかんでいた。

薩摩屋敷の長い塀《へい》がつきたところに、高台へのぼっていく横町がある。その横町から出てきた二人づれが、こっちを見ながらそこへ立ちどまったのだ。どうやらさっきの龍崎定次郎《りゅうざきさだじろう》と石渡忠蔵《いしわたちゅうぞう》の二人のようだ。

「お香、刀を抜いたら、わしにかまわずに源太と二人で一足先に逃げてしまえ」

又四郎がそっとこっちへささやく。

「あたしは大丈夫ですのよ」

そんな気にはとてもなれないお香なのだ。

「おい、親切な色男、おぬしはまだその女狐《めぎつね》のしりを追いまわしているようだな」

こっちがかまわず二人のほうへ近づいていくと、こんどは石渡のほうがそんな毒舌《どくぜつ》をあびせかけてきた。

「貴公は石渡さんだったたな。もう一軒の用足しはすんだのかね」

「うむ、すんだからおぬしたちのくるのをここで待っていたんだ」

「鳴門屋になにかたのまれているようだね」

又四郎はずばりと図星をさしていく。

「なかなか気のきいたことをいうぜ。どうだろうな、その女狐をおとなしくこっちへわたしてもらいたいんだが」

「これは立花屋お香という元締めなんだ。それは貴公たちにもうわかっているんだろう」

「それはわかっている。その立花屋の女狐をこっちへわたしてもらいたいんだ」

石渡はあくまでもずぶとく出てくるのだ。

四

「貴公たちはだいぶお香に執心《しゅうしん》のようだが、お香にどんな用があるんだろうな」

又四郎はわざと不審そうな顔をする。

「その女狐《めぎつね》は出入り屋敷を裏切って主家を脱藩した不埒者《ふらちもの》七人をかくまっているんだ。おれたちはその女狐を拷問《ごうもん》にかけても、やつらのかくれ家を白状させなければならんのだ」

石渡は平気でそんなすごいことを口にする。

「拷問にかけるなどとは、おだやかではないなあ」

「拷問が怖ければ、やつらのかくれ家をすなおに白状すればいいんだ」

「あなたがたはどうして七人組みが脱藩は重罪と承知の上で主家を出奔《しゅっぽん》したか、

そのわけは御存じなんでしょうな」

「無論、それは知っている」

「すると、あなたがたはお家の悪人どもにたのまれてその手先になるんだということを知っていて、こんなあくどい仕事を引きうけたことになる」

「なにっ」

「七人組みはお家の悪人を倒して正しいお跡目を立て、藩政を明るく立てなおしたいからあえて脱藩をしたんで、悪人たちのほうでは、その七人組みが怖いからあなたがたに始末をしてくれとたのんだ、わしはそう見ているんだが、違うかね」

又四郎はあくまでも冷静にずばりといいきる。

「黙れっ。一体、貴様は何者なんだ」

「わしは今日から立花屋の帳場に座ることになった新米の帳つけさんなんだ」

「そんな新米の帳つけなどに、どうして他家の正しい正しくないがわかるんだ。あんまり大口をたたくとその分にはしておかんぞ」

石渡はかっとなりながらも、相手があまりにも落ち着きすぎているので、思わず顔を見なおしているようだ。

「そう腹を立ててはいけない。わしはさっき御家老さまと山部さんと鳴門屋の三人に会っていろいろ話しているんだが、一つだけいい忘れたことがある。それをあんたから御家老さまに取り次いでおいてもらいたいんだがね」

「なにを取り次げというんだ」

「わしは近日中に高輪の下屋敷へ出向きたいと考えている。その時はあそこに監禁されているお方に会わせてくれるように、御家老さまから下屋敷用人にいいつけておいてもらいたいんだ」

さすがに石渡は唖然《あぜん》として、とっさには言葉が出ないといった顔つきだ。

「実は、わしが下屋敷へ行ってそのお方に会っておかないと、七人組みがどんな不心得を起こさないとはかぎらない。それでは双方にけが人が出るだろうし、事が表立ってもおもしろくないからねえ」

「忠蔵、どけっ」

たまりかねたように龍崎定次郎が前へ出るなり、

「いくぞ、笹井」

待ったなしに、さっと抜刀《ばっとう》した。

「危ないっ。龍崎さん、短気をおこしてはいけない」

又四郎はそうたしなめながら後へさがって、同時に抜きあわせている。たった一打ちといきりたっている龍崎は上段、冷静な又四郎は青眼の構えだった。

五

——大丈夫かしら。

お香はきりきりと胸が痛み出すような不安をじっと奥歯でかみしめていた。

見た目に、龍崎の上段は全身に殺気をみなぎらせて、いまにも切りこんでいきそうである。やや海のほうを背にして崖《がけ》っぷちに立っている又四郎の青眼は、どう見ても受け身で、自分から切って出ようという鋭さがどこにもない。

勝負は一瞬にしてきまって、どっちかの命が消えるのだ。しかも、龍崎のうしろには石渡という助太刀《すけだち》がついていて、これもいつ刀を抜くかわからない。

——負けちゃいやだ、又さん。

お香は自分になんの力もないのがたまらなく情けなかった。

「おうっ」

龍崎がすごい形相《ぎょうそう》になって、じりじりと間合いを詰め出した。

又四郎は無言のまま動こうともしない。

勝手が違ったか、龍崎の前進がちょっと止まった。二呼吸ほどの不気味な間をおいて、龍崎は絶対に切れるという自信を得たのだろう。

「えいっ」

だっと一気に踏みこみながら、上段から火のように切りこんでいった。

「とうっ」

同時に又四郎のもろ手突きがさっと体ごと相手の胸をねらって走る。その思いきったもろ手突《てづ》きのほうがわずかに早かったらしく、

「おうっ」

龍崎は振りおろす太刀で、胸へ迫るもろ手突きの切っ先をあやうく引っ払いながら前へ飛びぬける。

「あっ」

その目の前が崖っぷちになっているのは龍崎にもわかっていたはずだが、又四郎の意外にも敏捷無類《びんしょうぶらい》のもろ手突きを引っ払うのが龍崎としては精いっぱいで、そこに体勢の狂いを生じ、崖っぷちで踏みとどまることができなかったのだろう、そのまま下の砂浜へ飛びおりていった。

一方、又四郎が飛びぬけていった前には石渡忠蔵が突っ立っている。その忠蔵にしても、まさかこんな風に又四郎がいきなり自分の前へ飛びこんでくるとは思いもかけなかったらしく、

「うぬっ」

石渡はあわてて柄《つか》に手をかけながらひらりとうしろへ飛びのいていた。

「石渡さん、今夜はもうこのくらいにしておこう」

その前でぴたりと踏みとどまった又四郎がすかさず声をかける。息ひとつはずませていないのだ。

石渡はあっけに取られた形で、まだ柄に手をかけたままだ。

「お香、出かけよう」

又四郎はこっちへうながして、もうさっさと金杉橋のほうへ歩き出しながら、刀を鞘《さや》におさめていた。

「まあ、あんたって人は――」

お香は夢中で走り寄っていって、しっかりと男の腕をつかみながら、急には後の言葉がつづかない。

そして、ああよかったと思い、胸いっぱいのよろこびがあふれてきたのはしば

らく歩いてからだった。

六

又四郎はうしろからついてくる源太を呼んだ。

「源太――」

「なんです い、だんな」

源太もまだ今の興奮からさめきらないような声音《こわね》である。

「あの薩摩屋敷の横町に、もう一人だれかかくれていたようだが、おまえ気がつかなかったか」

又四郎が意外なことをいい出す。

「本当ですか、だんな」

「わしはたぶん森右衛門家老の子分の山部亀三郎《かめさぶろう》だろうと見たんだがねえ」

「なるほど、ありそうなことですねえ。すんません、あっしはうっかりしていやした」

「そこでなあ、わしはわざとあのとき石渡に、近日中に高輪の下屋敷へ出向きた

いよいよ用心がきびしく
いと申し入れておいた」

「へい、それは聞いていやした。あんなことをいやあ、いよいよ用心がきびしくなる、まずいんじゃないかと思っていたくらいなんで」

「ああいっておけば、ただ用心がきびしくなるばかりじゃないだろう。ことによると五郎さんを別のかくれ家へ移す気になるかもしれない」

「ごもっとも――」

「移すとすれば、昼間は人目につきやすいから、夜の仕事になる」

「おっしゃるとおりで」

「屋敷へ押しこむより、途中で五郎さんを助け出したほうが、仕事がしやすいんじゃないかね」

あっと源太にもやっと又四郎の気持ちがのみこめたようだ。

「で、だんな、あっしにどうしろというんで」

「山部の亀さんはこれからまだ品川あたりで待っている家老と鳴門屋のところへ報告に行くんじゃないかと思う。その跡をうまくつけて、様子をさぐってきてもらいたいんだ」

「承知しやした。まかしといておくんなさい」

源太はもう颯爽《さっそう》とそこから踵《きびす》をかえしていく。

「又さんはやっぱり知恵者なのね」

お香はとてもかなわないと思った。

「そうお香にほめてもらうと、もっと知恵が出してみたくなったな」

「どんな知恵なんです」

「お香はどうして七人組みを命がけでかくまう気になったんだね」

「あたしは寿五郎《じゅごろう》さまの御生母の奥方さまに以前三年ほどお仕《つか》えしたことがありますのよ」

「ああ、今は浜町《はまちょう》の中屋敷へ入られている奥方さまだね」

「そうですの。こんど中屋敷へお移りになりましたのは、殿さまのことで御自分から公儀へ御遠慮されたのだと表向きはそうなっているんですけれど、本当はこれも三人衆一味の計らいで、奥方さまのお目が光っていては偽《にせ》五郎さんが上屋敷へ入りにくいからなんです」

「では、奥方さまのお声がかりで七人組みをかくまったことになるわけだな」

「ええ」

「すると、悪人どものお香への風当たりは、これからいよいよ強くなるばかりだね」

又四郎にいわれるまでもなく、それはもう覚悟をきめているお香なのだ。

七

翌朝――。

お香はなにかとてもうれしいことが待っているような気がして、居間で目をさました。もう朝日がのぼっているらしく、雨戸をもれる金色の光が障子にさして部屋の中は明るい。

「そうだ、家の二階に又さんが泊まっているのだ」

お香はじいんと胸がしびれるようなよろこびを感じて、思わずもう一度目をつむってみた。

おっとりとした又四郎の顔がまぶたの中でわらっている。

――好きだなあ、あたし。

なんとなく甘いため息が出てくる。好きで好きでたまらない男、そう思うと我ながら小娘のように体中が熱ぼったくなってくる。

あんなたのもしい男に出会ったのは生まれてはじめてである。

少しおっとりしすぎていて、はじめは利口なのかぼんやりしているのかよくわからなかった。男はどんなに立派な人でも、ひょっとすると物ほしそうな目つきをかくしきれないものなのだから、油断はできないと用心していた。が、あの人の目はいつも深い湖のような色をたたえて澄んでいて、しかも明るい。その明るいのが、なんとなくお人よしのようにも見えるのだ。

それが昨夜は、岩崎家老、山部亀三郎、それに鳴門屋波右衛門《なみえもん》という一筋なわではいかぬ剛の者三人を相手に、のらりくらりと話が進んでいくうちに、いつの間にか相手をいい負かして退散させていた。

高輪海岸では、龍崎定次郎と石渡忠蔵という札つきの悪御家人と刀を抜きあわせて、これもあっさりあしらってしまった。切れば切れたかもしれないのに、お人よしだから切りたくなかった、きっとそんな気持ちだったに違いない。

――あたしはあの時から、又さんにすっかり女の魂を吸いとられてしまったのだ。

お香はそれを自分でもよく知っている。

が、考えてみると、今日はそんな甘い気持ちでよろこんでばかりいるわけにはいかなかったのだ。
又四郎は今日、どうしても本所業平橋《なりひらばし》の喜久姫さまをたずねるのだといってい
る。明々日に迫っている寿五郎さまとの御対面の儀を延期してもらい、できれば
その喜久姫さまの力を借りて寿五郎さまを助け出す腹のようだ。
当人は、わしは知恵者だから大丈夫だといってはいるが、昨夜はじめてその話
を聞いた父親の金兵衛《きんべえ》でさえ、
「笹井さん、そいつは一つ間違うと首が飛ぶ仕事じゃありませんか」
と、あきれた顔をしていた。
「しかしなあ、おとっつぁん、このままじっとしていたって、お香にしてもわし
にしても七人組みをかくまっている以上、三人衆一味の者に首をねらわれるんだ。
おなじことなら、思いきった手を打ったほうが、かえって道がひらけるんじゃな
いかとわしは思う」
又四郎も一歩もひかなかった。
そのとき父親の金兵衛が、とてもうれしいことをいってくれたのである。

八

「笹井さん、娘はごらんのとおり跳ねっかえりで、奥方さまへ御恩がえしのつもりでこんどはまあ命がけになっているようです。女だてらにどれほどのことができるかわかりやせんが、そのことについてはこのおやじになんの文句もありません。ただ、相手はなにぶんにもお出入り屋敷のことですから、あちらさまから表向きに掛け合いがくるようなことでもあると、おやじとしては一応娘を勘当《かんどう》ということにするよりしようがない場合も出てくる。そいつを含んでおいていただいて、娘のことは一切笹井さんにおまかせしますから、いちばんいい死に場所をさがしてやってもらいたいんで、親の口からあらためてお願いしておきやす」

父の金兵衛はそうはっきりと又四郎にたのんでくれた。

「承知した。しかしなあ、おやじどの、わしたちが負けると、世の中に泣かなくてはならない人間がたくさん出てくる。わしの目の黒いうちはめったにお香を死なせるようなことはしないつもりだから、まあ長い目で見ていてくれ」

又四郎はそうたのもしく誓っていた。

――あの人が負けるなんて、そんなことは考えられない。

お香はまたしても胸が甘くなりかけた時、ふっと廊下へ足音がとまって、

「あのう、元締め、起きていますか」

と、小女のおふみが遠慮そうに聞いた。

「起きてるわ。どうかしたの」

「はい、いま台所口へ源太さんという人がきて、笹井のだんなが泊まっているはずだ、取り次いでくれといってますけれど、どうしましょう」

源太が昨夜の報告を持ってきたのだろう。

「笹井さんはもう起きているの」

「いいえ、これからお二階へ行ってみるところなんですけれど」

「じゃ、おまえ行って、取り次いでみておくれ。あたしももう起きるから」

「はい」

おふみはすぐ二階へ行ったようである。

――さあ大変、ぐずぐずしてはいられない。

お香は起きあがって、急に気がせいてきた。

それでも洗面をすませ、身じまいだけは念入りにして、いそいで二階の客座敷

へ行ってみると、又四郎はまだ寝まき姿のままのんびりと寝床の上へ座って、源太と話しこんでいた。

「お早うございます」

「やあ、お早う」

「親方、御苦労さま」

「恐れ入りやす。元締めは昼間見てもきれいでござんすね」

源太はわざと目をみはってみせる。そんな冗談が出るようなら心配な話は出ていないんだなと、お香は安心した。

「きらわれては困るお方があるもんですから」

と、我ながらついそんな思いきった言葉が口に出てしまう。

「朝っぱらから手放しでげすかい。驚いたなあ」

「親方、あちらさまの様子はどうだったんです」

「いまもそのことでだんなと話していたんですがね、どうも油断ができねえんでさ」

源太の顔色が急に曇ってきたようだ。

九

「親方、おもしろくないって、どうおもしろくないんです」

お香は源太をうながすように聞いてみた。

「ゆうべあっしが例の高輪海岸まで引っかえしていきやすとね、だんなのいったとおり山部亀三郎が出てきて、龍崎と石渡と三人でまだ海っぷちに立ってなにか話しこんでいやがった。それから三人で品川へ引っかえして、山亀だけがそこの藤乃屋《ふじのや》という料理屋へ入っていき、まもなく家老が町駕籠《まちかご》で山亀を供につれて帰り、それを玄関まで見送った鳴門屋が、こんどは龍崎と石渡といっしょになって八ツ山下のほうへぶらぶら歩き出したんでさ。こっちはうっかり近づくわけにいかねえんで、なにを話しているのかよくわからなかったが、笹井のだんなと元締めはたしかに金杉橋へ帰ったんだなと、鳴門屋はそいつをしきりに気にしているようでした」

源太は意味ありげに目でわらってみせる。

「ふ、ふ、大きなお世話じゃありませんか」

お香もついつりこまれながら、なんとなく又四郎の目がまぶしい。

「ごもっとも――。しかし、鳴門屋にすればその大きなお世話をぜひ自分で焼いてみたいんで、気がもめるんでしょうよ」

「まあおことわりしますね」

「結構でござんす。さて、そのやきもちやきの鳴門屋のだんなは、薩摩屋敷の角で龍崎と石渡の二人に別れ、二人は横町のほうへ曲がったんで、あっしはその跡をつけてみやした。あの横町は狭くてしいんとしているから、こんどは話し声が時々耳に入ってくる。すごいことを話していやしたぜ」

「たしかあの横町をのぼりきった角屋敷が尼崎さまの下屋敷でしたね」

「そのとおりでござんす。結局、二人はその下屋敷へ入ったんだが、――二人とも今夜は笹井のだんなを討ちもらしているんで、散々油をしぼられたんですね。そのあげく、この二、三日中に笹井のだんなはきっと消してしまうこと、きれいな元締めは必ず生け捕りにすること、この二つを鳴門屋からきびしくいいつけられてしまったようです。しかも、金に糸目はつけないから、打てる手はどんな手でも打ってみろといわれているようです」

「この二、三日中というと、御対面の儀のある日の前までにというのかしら」

「無論、そうなんでしょうよ。驚いたことには、その二人が下屋敷へ入ってみると、そこの用人大野佐兵衛《さへえ》のお小屋に山部がきて待っていたんでさ」

「三人でなにか手を打とうっていうわけね」

お香は思わず又四郎の顔を見てしまう。

「ところで、あっしのいちばん心配なのは、あの下屋敷の中間《ちゅうげん》の中には立花屋から入れてある男もいるんじゃありやせんか」

「それはいるわ」

「そいつを敵が金で手なずけてうまく利用するとなると、どんなあくどい手でも打てそうだ。まったく油断ができないことになる」

「まあ」

お香はどきりとせずにはいられなかった。立花屋の人足部屋にはそういう男たちがいつも五人や十人ごろごろしていて、そういう連中はたいてい悪に染まってきているのが普通なのだ。それを取り締まるために小頭《こがしら》というのが三、四人おいてあるが、全部に目がとどくというわけにはいかない。

十

「お香、いよいよいそがしくなったな」

又四郎はそういって微笑する。まだ寝まき姿のままで、いそがしそうなところなどどこにもない明るい顔つきなのである。

「今日はこれからどうなさるつもりなの」

お香は真顔で聞いてみた。

「わしはまず七人組みに会ってみたい。七人組みがどんなことを考えているか、聞いておきたいんだ」

「かくれ家へ行ってくださるの」

「いや、わしは本所業平橋へ出向かなくてはならないから、あそこに小倉庵《おぐらあん》という料理屋がある。おまえ行って、そこへ七人組みをつれてきておいてくれぬか」

又四郎は今日、どうしても業平橋の喜久姫に会いに行くつもりでいるようだ。

「そのくらいのことはわけはありませんけれど、七人組みは昼間出歩いて大丈夫かしら」

「それはお香にもわしにも、今日は敵のひもがつく。この立花屋のまわりにはもう敵の目が光っているだろうからね」

「ですから、あたし、昨日はわざわざ旅支度で家を出たんですのよ」

「今日はそんな小細工はよそう。敵の目を怖がっていたんでは、なんにも仕事はできない。それより大切なことは、七人組みがはたしてわしのいうことを聞いてかくれ家を出てくるかどうかということだ。おまえから七人組みに、わしのことをよく話してみてくれ」

あっとお香は目をみはる。笹井などというわけのわからぬ男は信用できないと七人組みにいわれてしまえばそれまでの話だからである。

「もし信用できないというようなら、無理につれ出さないがいい。わしはまた別な手を考える」

「いいえ、大丈夫ですのよ。あたしからきっとわけを話してみます」

これは大役だぞとお香は思った。

「わしはおそくも八ツ（二時）までには小倉庵へ行っている。——源太はお香の供をしてやってくれ」

「承知しやした。けど、だんなは一人で大丈夫なんですかい」

源太が心配そうに聞く。

「わしは大丈夫だ。お香、念のために七人の名前を聞いておきたいな」

「市原信太郎《しんたろう》さんという人が七人の中では組頭《くみがしら》なんです」

「いくつぐらいになるんだね」

「二十七、八かしら。西村三吉《さんきち》さんて人がいちばん若くて、二十四だといっていました」

「みんな元気いっぱいの年ごろだな」

「ええ。後は坂田伍助《ごすけ》さん、横川邦之助《くにのすけ》さん、伊東一平《いっぺい》さん、室戸平蔵《へいぞう》さん、長野七郎《しちろう》さん、これで七人です」

「市原、西村、坂田、横川、伊東、室戸、長野の七人だね」

「そうなんですの」

「よかろう。着替えをしよう」

又四郎は気軽に立ちあがる。

――大丈夫なのかしら、この人。

お香はうしろへまわって着替えを手伝いながら、急に胸が重くなってくる。

「又さんは、どうしても今日、喜久姫さまにお目にかかるつもりなの」

ついそれが口に出てしまうお香だった。

十一

又四郎は朝飯をすませるとすぐ、お香たちより一足先に金杉橋の立花屋を出た。芝の金杉橋から本所業平橋まではざっと三里ほどの道のりである。江戸の朝の町々はまだどこへ行っても花見に出かける連中でにぎやかに浮き立っていた。その中を又四郎は至極《しごく》のんびりと歩いていく。たぶん尼崎家のひもがついているはずだが、そんなことはあまり気にもしていなかった。

それよりやっかいなのは、これからたずねていく喜久姫屋敷の用人渋谷助左衛《すけざえ》門《もん》に、笹井又四郎という初対面の男をどうして信用させるか、これがちょいと問題なのである。

助左衛門はすでに六十を越した老人で、喜久姫の後見役として一切をまかされているくらいだから、決して話のわからないおやじではないが、相当がんこなところがあって、皮肉屋だとも聞いている。

まずこのおやじに信用してもらわないと、これからの仕事が非常にやりにくなるのだ。

次は喜久姫で、これがまた二度も三度も縁組みがうまくいかず、婚期を逸している大姫の上に、強情でわがままで、おおげさにいえば手に負えないじゃじゃ馬だという評判がある。

要するに、尼崎十万石は無事に立ててやろう、そのかわり大姫をもらえといって押しつけられた縁組みなのだから、尼崎家としては多少のことは我慢しなければならない立場なのだ。

又四郎はそのじゃじゃ馬をうまく利用して、こんどの事件を無事におさめてやろうという腹なのである。

――毒は毒をもって制する。こんなことをいったら、じゃじゃ馬もがんこ用人もかんかんになって怒り出すだろうな。

又四郎は我ながら内心わらい出したくなってくる。

その又四郎が、やがて業平橋をわたって右手に見える喜久姫屋敷の表門の前に立ったのは、昼にはまだ少し間のある時刻だった。

「御門番、わしは尼崎家の家来にて、笹井又四郎と申す者だが、若殿寿五郎さま内々の仰《おお》せつけにて御用人さまにお目にかかりたく、まかり越した。お取り次ぎ願いたい」

そこに立っている門番中間《ちゅうげん》に申し入れると、

「尼崎さまの御家来でございますな」

と、中年の中間は変な顔をして聞きかえす。

若殿の使者に立つほどの者が、若党も中間もつれずに一人でくるなどということはほとんど例がないからだろう。

「さよう、若殿さま付きにて、近習《きんじゅう》をつとめる者です。これは些少《さしょう》ながら、若殿さまから御門番一同にくだしおかれた内々のお心づけでござる」

又四郎は小判一枚紙に包んで、そっと門番にわたしてやる。

「しばらくそこにてお待ちください」

門番は門番小屋のほうへ引っこんでいったが、こんどは足軽が出て来て、

「笹井さまでございますな。さっそくお取り次ぎいたしますから、どうぞこちらへ」

と、表玄関のほうへ案内してくれる。

——まずこれでよし。

尼崎家の若殿の使者と名乗っているのだから、助左衛門の耳へ入りさえすれば

ことわられるはずはないと、又四郎は思った。

問題なのは、がんこおやじに会ってからの口のきき方なのだ。

十二

又四郎が書院座敷へ案内されて待っていると、まもなく用人渋谷助左衛門はそう待たせもせずに出てきて座に着いた。

なるほど、少しねこ背ではあるが上背のあるしゃっきりとした老人で、一家言《いっかげん》ありそうな鋭い目つきをしている。

「お手前は尼崎家の若殿のお使者だそうだな」

老人は御連枝《ごれんし》の後見役という自負があるから、一見横柄《おうへい》ともおもえるようなあいさつぶりである。

「はあ、笹井又四郎と申します。お見知りおきいただきたい」

又四郎もまたおじぎの安売りはできないほうなのだ。

「お使者のおもむき、これにてうけたまわりましょう」

こっちのおじぎが高いので、助左衛門はじろりと顔を見ている。

「この度は御当家姫君さまとわたくしども若殿寿五郎さまとめでたく御縁組みがとのいまして、家来一同まことにありがたく心得、およろこび申しあげます」

「それは御家来としてのあいさつだな」

助左衛門は早く用件をいえといいたげな冷たい顔つきだ。

「さようでございます。こちらさまの姫君さまは、この度の御縁組みをあまりおよろこびくださいませんのでしょうか」

又四郎はそれとなく一本突っこんでみる。

「姫君さまには御貞淑《ごていしゆく》なお生まれつき故《ゆえ》、なにごとも上様のお言葉には違背《いはい》せぬように心がけておられる」

「結構なことと存じます。それでは姫君さまにもこの御縁組みをよろこんでいただいていると、さように考えてもよろしいのでしょうな」

「お手前はどうしてさようなことばかりくどくどと気にするのかな」

「お腹立ちでは困りますが、あまりよろこんでいただけぬ御縁組みでは、御夫婦になられてからうまくいかないのではないかと心配になるからです」

「お手前はそんなことを心配して、もしうまくいかないようなら、この度の御縁組みを辞退してこいと、若殿からいいつけられてきているのかね」

助左衛門は辞退のできない縁組みだということを十分承知の上で、そんな皮肉を口にする。多少若い使者をからかってやろうという老人のいたずらっ気もあるようだ。

「いや、そんなことはありません。若殿さまにはこの度の御縁組みをたいそうよろこばれ、おしかりがなければ、お手元金のうち金子《きんす》三千両、お支度金として内々にて姫君さまに献上したい、御内意をうかがってまいるようにと申しつけられてまいっているほどなのです」

又四郎はここでそんな思いきった切り札をあっさり出してみた。

さすがに老人も内心あっと目をみはったようである。

「お手元金を三千両な」

「はい、おうけいただければ、今夜にも内々にて献上いたします」

「それがお手前の今日の使者の口上《こうじょう》なのか」

「いいえ、口上は別に大切なことをいいつけられてきています」

又四郎はおっとり構えながら、いよいよ勝負と出ていく。

十三

「お使者、お支度金の儀は姫君さまの御意向をうかがってからあらためて返事をするとして、まずその大切な用件というのをうけたまわることにしよう」

助左衛門はなんとなくこっちの顔を見なおしているようだ。財政の苦しい公儀から切り詰めた支給しかうけていない喜久姫の台所にとって、ここに三千両の支度金があるとないとでは、そのやりくりが大いに違ってくるからだ。

「実は、御承知のとおり、喜久姫さまと若殿寿五郎さまとの御対面の儀は、明々日に迫っております。そこで、正直に申し上げますと、若殿さまには先日遠乗りに出られまして、運悪くお腰を痛められ、その痛みがまだすっかりなおっておりません。はじめてお目にかかる喜久姫さまにあまり見苦しい姿はお見せしたくない、御対面の儀はもうしばらく先に延期してもらうわけにいかぬだろうかというのが若殿さまの御希望なのです」

又四郎はまずそんな風に切り出していく。

「お痛みはよほどひどいのか」

「いや、びっこを引かれる程度なのですが、その儀について、重役どもの意見としましては、こんどの御縁組みは率直にいって尼崎家十万石を無事に継承させていただくという恩典の意味も含まれているのだから、ここでさようなわがままをいい出して、喜久姫さまのきげんを損じ、万一破談にでもなっては一大事である。たとえお身代わりを立ててでも、明々日の御対面の儀は実行しなければならぬと、なかなか強硬な決意をかためているのです」

「待ちなさい。そのお身がわりというのは、どういうことなのか」

助左衛門はすぐに聞きとがめてまゆをひそめる。

「つまり、寿五郎さまに代えて、お部屋腹の御舎弟松之丞《まつのじょう》さまをお身代わりに立てようという考えのようです」

「すると、寿五郎さまの御家督をのぞいて、松之丞さまを若殿に立てようというのか」

「いいえ、そうなりますとあらためて公儀へ届け出なければなりませんので、いっそ松之丞さまを寿五郎さまにしてしまおうという腹のようです。御老人は尼崎家に三人衆というあまり芳《かんば》しからぬ重役どもがいるのをお聞き及びでしょうか」

「うむ、それは聞いている。この度の国もとの百姓一揆も、その三人衆の藩政のとりかたに私曲《しきょく》があったからだと耳にしている」

「真相を申しあげますと、その三人衆は聡明《そうめい》な寿五郎さまに御家督をつがれては、自分たちの立場が危うくなるのです」

「おかしなことをいうなあ。それではまるでお家騒動を地でいっていることになりはしないのか」

「実はそういうことになるのです」

「置きなさい。お手前たちは家来として、そんな三人衆の陰謀を黙って見ているのか」

「そんなことはございません。すでに七人の者が、三人衆一味の者をのぞいて寿五郎さまを救い出そうと、脱藩までして必死の計画を立てています」

「なにっ、救い出す。では、寿五郎さまはもうどこかに監禁でもされているのか」

「お察しのとおりでございます」

又四郎はずばりといって助左衛門の出方を待つ。

十四

「お手前は正気なのだろうな」

助左衛門の目が光り出してきた。

「ごらんのとおり、正気でございます。正気ですから、喜久姫さまのおそでにすがりにまいったので、明々日の御対面の儀はしばらく御延期を願いたいのです。松之丞さまが寿五郎さまとして明々日姫君さまと御対面をしてしまっては、寿五郎さまは生涯、日陰者になってしまいます」

又四郎はじっと助左衛門の顔を見すえる。

「黙らっしゃい。いやしくも将軍家の姫君が、そんなからくりに引っかかると思っているのか。けしからん話だ」

老人は居丈高《いたけだか》になってしかりつける。

「又四郎もさようなことがあってはならぬと考えましたので、内々にて今日御相談にあがったのです」

又四郎は至極《しごく》冷静だった。

「相談もなにもあるか。喜久姫さまともあろうお方をそんなだましにかけるとは言語道断、当家としてはこの儀ただちに御老中方まで訴え出るから、さよう心得ろ」

「それは、御老人、少し短慮のようでございますな」

「なにっ、なにが短慮だ」

「明々日はまだすんではおりません。たとえ御老中がたのお調べがあっても、尼崎家としてはさような事実はありませんといいぬけることができます」

「そうはいわせぬ。お手前がなによりの証人だ」

「わしは主家をつぶすわけにいきませんから、腹を切ってわびることになります。その結果は、この度の御縁組みが破談になるだけのことで、尼崎家はなんの損得もない。むしろ、損をするのは御当家のほうで、御老人の短慮が世間に知れ、年がいもないといわれるだけのことです」

「憎いことを――」

助左衛門はこっちをにらみつけていたが、さすがに年だけに、

「それなら聞くが、お手前は若殿のお手もと金のうちから三千両のお支度金を献上したいといっていた。監禁されている若殿に、どうしてそんなことができるの

だ」

と、冷笑するように逆手を取ってきた。

「それはできます。おしかりがなければ、今夜にも実物を献上いたします」

「お手前は自分の力でそれを才覚してくるつもりなのか」

「そうです」

「必ずできるんだね。大言壮語《たいげんそうご》というやつではないんだね」

老人はいささかあきれた顔つきになっていた。

「わしはうそやできないことは口にしない男です。そのかわり、たのみがあります」

「申してみなさい」

「わしたちは三人衆一味と闘って、ぜひ寿五郎さまを助けなければなりません。それについて、姫君さまと御老人のお力ぞえを願いたいんです。いかがでしょうな」

「それも大言壮語ではなくて、きっと勝てる成算があるんだね」

「きっと勝ちます。負けるとこっちの命がなくなるんですからね」

又四郎は涼しい顔をして、きっぱりといいきってみせる。

十五

「お手前はまったくあきれた男だ。それで、喜久姫さまやわしをどう利用しようという腹なのかな」

助左衛門老人はまだ半信半疑ながら、だいぶ常人放れのしたこっちのいうことに、とにかく興味だけは持ちはじめてきたようだ。

「まず明々日の御対面の儀の延期を、御当家から尼崎家の重役どものほうへ申し入れていただきたいのです」

「それはだめだ。わしはまあいいとしても、姫君さまが納得されまい」

「と申しますと、姫君さまはそんなに明々日の御対面の儀をたのしみにしていられるのですか」

「これこれ、口を慎《つつし》みなさい。たのしみにしていられるいないではなく、姫君さまは理由のないことは決して御承知なさらぬ強い御気性なのじゃ」

「結構です。どうでしょう、御老人、この儀はわしから直々《じきじき》にお願いしてみたいと思うのですが」

「なにっ」

「その理由を直々わしから申しあげて、おそでにすがってみたいと思うのです」

「お手前は姫君さまの御気性を知らぬからそのように気安そうなことをいうが、世の常の姫君だと思うと大きな見当違いだぞ」

「しかし、姫君さまは姫君さまには違いないのでしょう、つまり、やはりおなごの姫君さまなんでしょう」

「黙らっしゃい。お手前は困った御仁だのう」

老用人はまじまじとこっちの顔を見すえていたが、ふっと気をかえたように、

「よかろう、百聞は一見にしかずということもあるから、一応姫君さまの御都合をうかがってみてつかわそう。しばらくこれにて待っていなさい」

といって立ちあがった。

直々に会わせて、その結果を見たほうが話が早いと思いなおしたのだろう。

――いよいよじゃじゃ姫と御対面か。

もともとこっちの注文にはかなり無理があるので、又四郎としても直接ぶつかって話し合ってみたほうが、わかりが早いと考えていたのだ。

ただ問題なのは、喜久姫にこっちの話を理解してくれる聰明《そうめい》さがあるかどうか

で、あまり利口でないただのじゃじゃ姫だったら、おとなしく引き下がって、策を立てなおさなければならないのである。

それにしても、かなりしばらく待たされたようだった。相手が相手だから、姫君のきげんでも悪いのか、それともなにか皮肉ないたずらでも考えているのか、大奥の女中どもは意地の悪いのがそろっているということだから、油断はできないと思った。

そのうちに、大ぶすまのしめきってある控えの間のほうへ数人のきぬずれの音がして、

――来たようだな。

と思っているうちに、そのきぬずれの音がしずまり、えへんというせき払いと同時に、すうっと大ぶすまが左右にひらいたのである。

「あっ」

見ると、違いだなのほうを背にして、年ごろもおなじなら、衣装もおなじ紫《むらさき》矢絣《やがすり》の女中が五人、一列にならんで座り、行儀よくこっちを見ているのである。

十六

その一列に並んだ女中たち五人の前から六尺ほどさがった廊下寄りのほうに、年ごろ三十二、三の中藹《ちゆうろう》が一人、打ち掛け姿の盛装で着座している。きりっと整った面立《おもだ》ちで、いかにも意地の強い、気位の高そうなお中藹さまである。

——そうか、この五人の女中たちの中に喜久姫さまがいるんだな。

奥女中どもらしいいたずらだと又四郎が内心苦笑しながら見ていると、

「あなたは尼崎家若殿さまのお使者だそうですね」

案の定、お中藹さまが切り口上《こうじょう》で声をかけてきた。

「はあ、笹井又四郎と申します」

「わたくしは喜久姫さまにお仕えする中藹、雪島《ゆきしま》です。見知りおいてください」

「手前のほうこそ、よろしくお願いいたします」

「お使者には姫君さまになにか内々にてお願いしたいことがあるとかうかがいましたが、そうなのですか」

「はい」

「姫君さまは、ほかならぬお使者のお申し入れゆえ、わざわざこれへお出ましくだしおかれました。ありがたくごあいさつなさいますように――」

中﨟雪島は取りすました顔で、五人の女中どものほうを目でさしながらうながす。

「お中﨟さまにおうかがいいたしますが、この度若殿寿五郎さまにお輿入《こしい》れくださいます喜久姫さまは、お一方ではなく、五人なのでございましょうか」

又四郎はわざと五人の顔を見くらべながら小首をかしげてみせる。

「いいえ、喜久姫さまはお一方でございます」

「すると、この五人のお女中の中から喜久姫さまを当ててみろといわれるのですな」

「当てるなどと、そのような失礼なお口をきいてはなりません。わたくしは姫君さまにごあいさつをなさるようにと申しているのです」

「かしこまりました。しかし、もし間違ったお方にあいさつをしては使者の面目《めんぼく》にかかわりますから、姫君さまをこちらの座敷へ御案内したいと思います。よろしいでしょうか」

「それはかまいませぬ。そのかわり、間違ったお方を御案内しますと、姫君さまはすぐに奥へお立ちになりますから、そのおつもりで――」

「結構です。では、失礼します」

又四郎はすっと立ちあがった。はじめから五人の真ん中にいるのが喜久姫だと見当がついている。両がわの四人は男の目で見すえられるとつい目を伏せてしまうが、姫君だけは恐れげもなくまじまじとこっちを見かえしているからだ。

又四郎はつかつかと姫君の前へ進んで、ひざを突きあわさんばかりのところへ座った。

貴人の前へ出るのは膝行《しっこう》するのが礼儀で、あまり近々と座るのは失礼にあたる。だいいち、そんな大胆なまねのできる家来はほとんどいないのが普通なのだ。

「ああこれ、なにをするのです、無礼な」

さすがに雪島もあわてたらしく、中腰になってしかったので、それだけでも又四郎は自分の目の狂っていないことがわかった。

十七

「姫君さま、笹井又四郎でございます」

又四郎は雪島の制止など耳にもかけず、近々と喜久姫の顔を見ながら会釈《えしやく》をした。

「又四郎、そんなところへ座っては雪島にしかられます」

喜久姫は当惑したようにたしなめながら、ほんのりと顔が赤くなってくる。そんな近いところから男に顔を見られるのははじめての経験だったに違いない。

「いいえ、大丈夫です。ぜひお耳に入れたい内緒ばなしがあるのですから、次の間へお立ちください。お手をお取りいたしましょうか」

又四郎はおっとりと微笑してみせる。

「なりません。又四郎どの、もそっと座をおさがりなさい」

またしても雪島があきれたようにしかる。

「お中臈さま、わしの目に狂いはなかったようですな。約束ですから、姫さまをあれへ御案内いたします」

又四郎は動じた色もなく雪島のほうへいう。

「あなたはどうしてそう作法知らずなのでしょうね」

「いや、又四郎は作法は心得ております。それゆえ、お中臈さまの今日のこのお取り計らいに心から感謝しているのです」

「感謝——？」

この男はなにをいい出すのだろうといいたげに、雪島は強い目をみはる。

「手前は今日主家の一大事を抱えて使者に立っておりますので、一つ間違うと切腹しなければなりません。そういう事の真相などというものは言葉づかいなどいちいち遠慮していては申しあげにくい。お中﨟さまはその辺のことをお察しくだされ、遠慮なく話がしよいようにと、わざわざ姫君さまをお女中姿になおされ、お目通りをおゆるしくだされた、そのお心づかいのほど、又四郎肝に銘じてありがたく存じております」

又四郎はあらためてていねいに会釈をした。

「又四郎どの、今日のお使者はそんなに難しい御用なのですか」

「はい、尼崎十万石の浮沈にかかわる大事にて、ぜひ姫君さまのおそでにすがらなくてはなりません」

このおそでにすがるという言葉が、勝ち気な喜久姫の好奇心をそそったらしく、

「又四郎、あちらへまいりましょう」

と、自分からすっと立ちあがった。

「かたじけのうございます」

又四郎が礼をいって立ちあがると、女中の一人がさっそく姫君の褥《しとね》を書院座敷の正面へなおしてくれる。

こんどは又四郎も三歩ほどさがって姫君と対座したが、実はそれでもまだだいぶ近すぎるのだ。

雪島は前の約束があるから、自分の席を立つわけにいかず、そこからじっとこっちを監視していた。

「姫君さまは御用人さまから、若殿寿五郎さまのこの度のことをもうお聞き及びでしょうか」

又四郎は座がきまるのを待って、すぐに切り出した。

「いいえ、まだなにも聞いていません。寿五郎さまがどうかされたの」

喜久姫はこの作法外れのことばかりする男にようやく少し慣れてきたようだ。

十八

「これは先ほど御用人さまのお耳には入れましたが、絶対に外へもれては困るのです。そのお含みにてお聞き願います。実は、寿五郎さまにはお家の悪い重役どもに計られて、先日来ひそかに高輪の下屋敷へ監禁されていられるのです」

又四郎はなるべく女中どもの耳にとどかないほどの声で正直に打ちあける。

「それは本当ですか、又四郎」

さすがに喜久姫はわが耳を疑うように、目をみはった。

「その子細は、若殿は先日大森まで遠乗りを駆けられてのもどり、高輪の下屋敷へ入られ、中食《ちゅうじき》を取られて、いざ御帰館という時になって落馬されたのです。その折、脳を強く打たれて、頭が少しおかしくなった。明々日に迫る姫君さまとの御対面の儀に、万一間違いなどあっては大変だから、お部屋さま腹の御舎弟松之丞どのをお身がわりに立てようと、悪い重役どもが勝手にきめてしまったのです」

「お待ち、又四郎。もし喜久がそれを知らずに明々日の御対面の儀をすませると、喜久はその身がわりのところへお輿入《こしい》れをすることになるのですか」

「はあ、それが悪い重役どものねらいなのです」

「無礼な。尼崎家の重役どもは喜久をなんと心得ているのです。もう許しません。きらいです」

喜久姫はかっとなったように、思わず声が高くなって又四郎をしかりつける。

「さようなことがありましては一大事ですから、今日わしが内々の使者に立ったのです」

「もうそんな使者には及びません。尼崎家など大きらいです。お帰りなさい」

喜久姫は悔しくてしようがないというように、居丈高《いたけだか》になってきた。

次の間の雪島や女中どもがびっくりしたようにこっちを見ている。

「困りましたなあ」

又四郎は口がきけなくなっていた。というより、いま口をきいてもむだだと思ったので、黙って喜久姫の顔をながめている。

「又四郎、そなたはなぜ喜久の顔ばかり見ているのです。失礼ではありませんか」

これは腹立ちまぎれの八つ当たりだ。

「姫君さまはお腹立ちになるといつもそのお顔になられるのですか。それは勇気のあるお顔で、見事ですねえ」

「お黙りっ。そなたは、そなたは喜久を侮《あなど》るのですね」

「違います。手前はいつもお人形のような姫君さまばかり見なれていますので、今日はじめていきいきとした姫君さまにお目にかかり、うれしく思っているのです」

「喜久はそなたがきらいだと申すのに――、そなたは腰抜けです」

「わしがですか――」

「そうです。そなたが勇気のある男なら、なぜ早く悪い重役どもをこらしめて寿五郎さまを助けてあげないのです」

「わしは勇気がありますので、若殿を助けるために、姫君さまのおそでにすがりにまいっているのです。しかし、安心いたしました。お怒りになることを知らない姫君さまではたよりにならないと心配していたのです」

又四郎はおっとりといって、目に微笑さえ含んでいる。

十九

怒りっぽい性分《しょうぶん》の人間は、その怒りを爆発させてしまうと、気持ちが発散して、かえって爽快《そうかい》になるものである。

しかも、相手があまりにもおっとりと構えこんでいるので、

「又四郎、そなたは腰が抜けて立てないのですか」

喜久姫はそんな皮肉を口にしながら、それが自分でもおかしかったか、思わずちらっと微笑さえ見せてきた。

「いや、わしはのんびりと腰を抜かしている暇はないんです。今夜にも寿五郎さまを高輪の下屋敷から助け出さなければならない責任があるんですからな」

「高輪には悪い重役どもの味方がたくさんいるのでしょう」

「それは鬼どもの巣ですから、大勢います」

「又四郎は一人で大丈夫なのですか」

「こっちにも味方が七人います。この七人は寿五郎さまの近習《きんじゅう》で、上屋敷へ閉門させられていたのを、脱藩までして若殿を助け出そうという忠義者ばかりなのです」

「その七人に又四郎を入れてもたった八人ですね。鬼どもに勝てますかしら」

「姫君さまが味方をしてくだされば、きっと勝てます」

「どうしてです」

「こんどのことは、公儀に知れますと、せっかくこっちが勝っても家名が立たなくなります。そこにいろいろと面倒はありますが、姫君さまがお味方だとわかれば、こっちはそれだけ勇気が出ますし、鬼どものほうはあべこべに仕事がしにくくなります。それだけに鬼どものほうも死にもの狂いになるでしょうから油断はできませんが、そこをうまく切りぬけて、こっちはどうしても勝たなくてはならないのです」

「又四郎にそんな器量がありますかしら」

「それは御用人さまにうかがってもらえばわかります。とにかく、明々日に迫る御対面の儀を、姫君さまの御都合によりということにして、御当家からしばらく延期を申し出されていただきさえすれば、又四郎は必ず鬼どもに勝ってお目にかけます」

これだけはなんとしても承知してもらわないと、こっちは手のうちようが苦しくなってくるのだ。

「又四郎、それでは喜久をそなたたちの大将にしますか」

喜久姫は妙なことをいい出す。

「大将と申しますと――」

「これからそなたたちのすることをいちいち大将の喜久の耳に入れて、一切喜久の指図《さしず》にしたがうのです」

これは大変だと又四郎は思った。こっちにはとてもそんな姫君の遊び相手になっている暇などありえないのである。

が、正直にそんなことをいえば、この話はぶちこわしになってしまいそうだ。

「承知いたしました。姫君さまにはたしかに大将になられる御器量がおありのようですからな」

「又四郎よりはずっと大将の器だと思っています」

「それについて、一つだけ約束していただきたいことがあります」

又四郎はもっともらしくいう。

二十

「申してごらん、又四郎」

喜久姫はもう大将になったつもりで、誇らしげな顔をしている。

「それでは申しあげますが、およそ闘いには臨機応変ということがございまして、その場その場の決断が勝負を左右するものです。手おくれになっては、せっかくの勝機を逸してしまうおそれがあるのです。そこで、その必要のある時は大将たる姫君さまに自ら御出馬を願わなければならぬこともありましょうし、また急用の場合は昼夜の別なく、わしはお取り次ぎを待たずに御前に出るようになるかもしれません。この二つの儀を、あらかじめ許すと約束しておいていただきたいのです」

二つともできない相談を承知の上で、又四郎はもっともらしく持ち出してみた。

「喜久が自分で出馬をするのですか」

「そういうこともあろうかと思います。とにかく、悪人ども相手の闘いですからな」

「わかりました。喜久は後へは引きません。いくさは勝たなくてはなりませんからね。それから、そなたが取り次ぎなしにいつでも喜久の前へ出られるように、これも屋敷の者たちに必ず申しつけておきましょう」

喜久姫は二つの難題をあっさりのみこんでしまうのである。

が、これは後で家来たちの間から問題がおこって実行不可能なことはわかりきっているから、

「姫君さまはさすがでございますな。その二つさえお約束くだされば、我々どもよろこんで御大将としてお迎えいたします」

と、又四郎もまたあっさり答えておく。

「それで、又四郎はこれから今日はどうするつもりです」

「はあ、今日はこれから味方七人の者を集めて、今日の姫君さまのありがたいおぼしめしを伝え、御当家から御対面の儀の延期の使者が出るのを待ちまして、寿五郎さま救出の手を打つことにしようと思います」

「結構です。寿五郎さま救出のはかりごとがきまりましたら、さっそく大将の耳へ入れなければいけません」

「承知いたしました」

「又四郎、いちばん大切なことは、救出した寿五郎さまをどこへ案内するか、そのお城をよく考えておくことですよ」

あっと又四郎は内心目をみはる。そんなところへ気がつくようでは、ただのおもしろ半分ではなく、喜久姫は本気で大将になる気でいるらしいからだ。

「かしこまりました。さっそくよいお指図をいただき、又四郎慎《つつし》んでお礼を申しあげます」

「その時宜《じぎ》には及びません。喜久は大将なのですから、このくらいのことはあたりまえです」

「恐縮――」

「そなた軍師ですからいそがしいのでしょう。――雪島、喜久はもう奥へまいります」

喜久姫は颯爽《さっそう》と立ちあがった。心憎いような進退ぶりである。

――これは一体、どういうことになるのかな。

女たちが廊下の奥へ消えていくのを見送りながら、又四郎はしばらくはなんともぽかんとした気持ちだった。

じゃじゃ姫さま

一

まもなく老用人渋谷助左衛門《すけざえもん》が苦りきった顔をして出てきた。

「御老人、喜久姫《きくひめ》さまはまことに御聡明《ごそうめい》な姫君さまでございますな。下世話に、見ると聞くとは大違いと申すことがありますが、又四郎《またしろう》お目通りをしてみて感心いたしました」

又四郎はまんざら世辞ではなく、正直に感心してみせる。

「お使者、その聞くというのは、どんなことを聞いているのかな」

老人はあいかわらずそんな皮肉なことを口にする。

「世間のうわさでは、姫君さまは相当なじゃじゃ姫さまのようにうかがっていたのです」

「それなら、そのうわさはあまり外れておらぬ。初対面のお使者といきなり妙な約束などなさるのは、じゃじゃ姫でなくてはできぬことだ。だいいち、お手前もよろしくない」

助左衛門は苦々しげに一本きめつけてきた。

「そうでしょうかなあ。手前もよろしくなかったでしょうか」

「大いによろしくない。今後はじゃじゃ姫さまをあのようにおだてて踊らせようとするような言動は、十分慎《つつし》んでくれ。後でわしどもがごきげんを取るのに骨が折れてかなわぬ」

「しかし、姫君さまはこれから尼崎《あまがさき》家へお輿入《こしい》れくださるお方です。その尼崎家がお取りつぶしになるか、無事に立つかの瀬戸ぎわに立って、姫君さまが御尽力を約束してくださいましたことは、我々にとりまして百万の味方を得たよりはるかにありがたいことなのです」

「これこれ、お手前はどうしてそうおおげさな口ばかりききたがるのだ。困った御仁だな。たとえば、姫君さまがお手前たちの大将になると申されたところで、御自身御出馬などということは思いもよらぬことだし、また出馬してみたところで、どれほどの役に立つと思っているのか。そんな夢のようなことを考えているお手前たちだとすると、わしはまずお手前たちの器量からして疑ってみなければならなくなる。そうじゃろうがな」

「ごもっともです。我々も姫君さまに御無理をお願いしようなどとは決して考えてはいません。ただ尽力してつかわそうという姫君さまのありがたいお言葉に感謝しているのです」

「それなら結構。本心をいえば、わしだとてできるだけの助力はしてやりたい。ただ、分にすぎたことを望まれては困るぞと、念を押しておきたかったのだ。わかるだろうな」

「はい、よくわかります」

「まあ、しっかりやりなさい。お使者御苦労であった」

「なにぶん、よろしくお願いいたします」

これ以上老用人の言葉を取ろうというのは今のところ無理だとわかっているので、又四郎はあいさつをして座を立つことにした。

――これでよし、手ごたえは十分あった。

又四郎は満足して、喜久姫屋敷の表門から往来へ出る。小倉庵《おぐらあん》で七人組みと落ちあう約束の八ツ（二時）にはまだだいぶ時刻が早いようだが、業平橋《なりひらばし》の橋だも

とのほうへ足を向けていくと、

「あれえ、だんな、変なところから出てきやしたねえ」

と、意外にもふいに源太《げんた》が走り寄ってきた。

二

「どうした、源太、早かったじゃないか」

又四郎がそのまま小倉庵のほうへ行こうとすると、

「だんな、そっちじゃありやせん、こっちでさ」

源太はそれをとめて、さっさと業平橋をわたり出す。

「みんなは小倉庵へきているんじゃないのか」

「へい、時期が悪かったんですね。お花見どきでしょう、いっぱいでおことわりを食っちまったんです」

「そうか、それはうっかりしていたな」

「時に、だんな、いまだんなが出てきたお屋敷は喜久姫さまのお屋敷でござんしょう」

源太は八軒町《はちけんちょう》のほうへ歩きながらさっそく聞く。

「そのとおりだ」

「それで、用は足りたんですかい」

「うむ、まあ足りたと思っていいだろう」

「なんだか心細いなあ」

「どうして――」

「いいえね、元締めはあれから七人組みのかくれ家へ行って、北番場《きたばんば》の法禅寺《ほうぜんじ》っていう寺なんですが、七人組みに、これこれだから、これから本所まで行ってくれって、元締めがだんなのことを話しますとね、七人ともあんまり乗り気じゃなさそうなんでさ」

「それはそうだろうな。七人組みにとってわしはまだ未知の男なんだから、そう頭から信用しろといっても無理だ」

「そこでね、七人組みとしちゃ、だんなが今日喜久姫屋敷へ乗りこんで御対面延期の儀がうまくいくかいかないか、それで腹をきめようじゃないかということになったようでしてね、元締めも内心それをひどく心配しているんでさ。話がそううまく運んでいねえようだと、元締めの顔はまるつぶれになっちまいやすからね」

源太もそれが心配でたまらないようだ。

「まあいいだろう。それは向こうへ行って話すとして、七人組みはいまどこで待っているんだ」

「八軒町にうなぎ屋がありやしてね、そうきれいな店じゃねえが、そこの二階で待っていやす」

「どうだ、敵のひもはついていたようか」

「そいつは、ついていると見ておいたほうがいいでしょうね。だんなのほうはどうなんです」

「わしのほうも、たぶんついているだろう」

しかし、又四郎は別にうしろを振かえってみるようなまねは一度もしなかった。

やがてそのうなぎ屋へ着いてみると、七人組みはまだ膳も取らず、茶をのみながら行儀よく待っていた。

七人ともそれぞれたのもしい面魂《つらだましい》はしているが、さすがに顔色はさえない。重い責任をどうして果たせばいいか、まだそこまでの見とおしがつきかねている人たちなのだから無理はない。

「さっそくですがねえ、笹井《ささい》さん、喜久姫さまのお屋敷へはもううかがってきたんですか」

一通り初対面のあいさつがすむと、それを待ちかねていたように、紅一点のお香《きょう》が切り出してきた。

「うむ、いまうかがってきた」

「御用人さまにお目にかかれたんでしょうね」

「会ってきたよ」

又四郎があっさり答えると、七人組みの目がいっせいにじっとこっちを見すえている。

三

「いきなり行って、よく御用人さまにお目にかかれましたね」

本当かしらというように、お香はちらっと不安そうな目をする。

「わしは門番にまずツルをつかったのだ」

「ツル――?」

「それ地獄の沙汰《さた》もなんとやらという、あのツルだ」

「ああ、お金をつかませたのですね」

「こっちは寿五郎《じゅごろう》さまの近習《きんじゅう》で、内々のお使者に立ったのだという触れこみだから、取り次ぎの言葉が用人の耳に入りさえすればきっと会ってくれる」

「喜久姫さまの御用人は、たしか渋谷助左衛門さまといわれましたな」

七人組みの中でも頭目格の市原信太郎《しんたろう》が、そばから口を入れてきた。さすがに落ち着きのある人柄のようだ。

「さよう、なかなかがんこな老人でした」

「どんなお使者の口上《こうじょう》を申しあげたんです」

お香はそれを早く聞いてしまわなくては安心できないといった顔つきである。

「喜久姫さまはこの度の寿五郎さまとの御縁組みをよろこんでいてくださるでしょうかと、それを老用人にたしかめてみた。老用人は苦い顔をして、そちらはどうなんだと逆ねじを食わせてきた」

「そんなわかりきったことを聞けば、あたりまえですわ」

「そこでわしは、寿五郎さまはとてもおよろこびになっていて、おしかりさえなければ、お手元金のうちから三千両、この度のお支度金として献上したいといっていられるくらいだと出ていった」

「あら、またツルですか。それにしても、三千両とは大きなツルですねえ」

「尼崎十万石が三千両のツルで無事におさまれば安いものだからね」

七人組みはそれとなく顔を見あわせている。

「それで、御用人さまはツルを受け取るといったんですか」

「いや、それはいずれ姫君さまにうかがってみてから返事をする、今日のお使者の口上はそれだけかと聞くから、使者の口上は別にある、実は寿五郎さまはこのほど遠乗りの途中、運悪く落馬をされ療養中だから、御対面の儀をしばらく延期してほしいと正直に申し入れてみた」

「承知してくれましたの」

「老人はむっとした顔になって、痛みはよほどひどいのかと聞いた。そこでわしは、痛みは少しびっこをひくぐらいで、大したことはないんだが、重役どものほうが心配して、こんどのことは先方を怒らせては都合の悪い縁組みなんで、いっそ明々日はお身がわりを立てようと相談しているとこっちの事情をあからさまにぶちまけたんだ。老用人がとたんに怒り出してねえ、尼崎家では姫君さまに偽者《にせもの》をつかませる気かとどなりつけられた」

「あたりまえですわ。困った方ねえ」

お香はあきれたようにため息をついている。

「笹井さん、それでそのおさまりはどうついたんです」

ひざを乗り出すようにして聞いてきたのは、西村三吉《さんきち》という七人組みの中ではいちばん若い、明るい顔つきの男だった。

四

「老用人はがんこだが、話のわかりはいい。わしは、そういう偽者《にせもの》をつかませられないためにも、御対面の儀を御当家の都合にてということにして、しばらく延期してほしい。その間に我々は七人組みの同志たちといっしょに若殿さまを救出して、必ず三人衆の一味を取りのぞいてみせるといった」

又四郎は淡々として話をすすめる。

「それで、御用人さまのごきげんはなおったんですか」

お香ははらはらしているようだ。

「いや、きげんはなおらないが、老人としてはそうするよりしようがないということはわかった。しかし、はたして喜久姫さまがそんなことを承知するかどうか、じゃじゃ姫さまのことだから、これだけは老人にも見当がつかない。そこでわしは、姫君さまに会わせてくれ、直々《じきじき》にお願いしてみると申し入れてみた」

「まあ、御用人さまはさぞあつかましい男だとお思いにならなかったかしら」

「それは思ったようだな。お手前はあきれた男だといって、顔をながめていた。しかし、こんどの縁組みをまた破談にするということは、姫君さまのために決してよろこばしいことではない。それなら今のうちに我々に協力して、三人衆一味を取りのぞいておいたほうが、姫君さまのためにも望ましいということになる。だから、ではお手前から姫君さまのおそでにおすがりしてみろといって、奥へ取り次ぎに立ってくれた」

「うまいなあ、笹井さんのやり方は」

若い西村三吉は思わずそれが口に出てしまったようである。

「それで、姫君さまにお目にかかれたんですか」

お香はいくらかほっとしたような顔つきである。

「うむ、向こうから雪島《ゆきしま》というお中﨟《ちゆうろう》さまと女中どもを四人したがえて、自分もおなじ女中姿で表書院へ出てきたんだ」

「御自分もお女中姿でですか」

「姫君さまは退屈していられるから、わしを試してやろうという芝居っ気をおこされたんだ。しかし、じゃじゃ姫はじゃじゃ姫ながら、御聰明《ごそうめい》なところもあって、そういうことなら喜久がそなたたちの大将になってあげようと約束してくれた」

「まあ、大将になるって、どういうおつもりなんでしょう」

啞然《あぜん》としたのはお香一人ではなく、七人組みも、階段口のほうに座って見張り役をつとめている源太も、ぽかんとこっちの顔を見ている。

「必要な時には御自分も出馬してやるという気持ちらしい。それはともかくとして、味方にとって松平喜久姫さまのお名がかつぎ出せるのは、場合によっては大きな力になる。悪いことではない」

「笹井さん、すると、御対面の儀延期のお使者は、いつ出してくれるのでしょう」

市原が念のためにというように聞く。

「それは明日になるだろう。三千両のツルを運びこんでからでないと、あちらさまもうっかりしたまねはできないだろうからね」

「その三千両のツルは、どこから出るんでしょうな」

市原の心づかいはさすがにこまかいようだ。

五

「そのツルは、松江家の源三郎《げんざぶろう》さまのお手元金の中から出ます」

又四郎は涼しい顔をして答える。

「ありがたいことです」

市原はそれだけで納得したようだ。

「笹井さんは源三郎さまの仰《おお》せつけで寿五郎さまのために働いてくれることになったんですか」

こんどは坂田伍助《ごすけ》が聞いてきた。

「そうです。寿五郎さまの御生母、こんど浜町《はまちょう》へ移られた奥方さまは源三郎さまの叔母《おば》君にあたられ、その叔母君から源三郎さまに密書がとどいたので、わしがこの役目を仰《おお》せつけられたのです。ただし、これはだれにも内密のことですから、口外しないでいただきたい」

「それは、笹井さんはあくまでも寿五郎さまの近習《きんじゅう》として働くという意味なんですか」

「そういう源三郎さまの仰せつけです。尼崎家が松江家の力を借りたと世間に知れることは、尼崎家の名誉にならないというお考えからだと思います」

「よくわかりました。どうぞよろしくお願いいたします」

坂田もまた又四郎の尽力を納得したようである。

「笹井さん、喜久姫さまが我々の大将になってくれるということは、御用人の渋谷さまも承知してくれたんですか」

室戸平蔵《へいぞう》がふっと思い出したように聞く。

「いや、承知したとはいいません。むしろ、あまりじゃじゃ姫をおだててくれるなと苦い顔をしていた。しかし、老人のいうことをおとなしく聞いているじゃじゃ姫さまではないようだから、結局黙認という形になるでしょう。それはそれでいいと思う」

「そこで、笹井さん、高輪《たかなわ》の下屋敷のほうへはどんな手を打てばいいでしょうな」

若い西村がいきなり本題を持ち出してきた。七人組みの顔がいっせいに緊張してくる。

「わしの考えでは、明日喜久姫屋敷から御対面の儀延期の使者が立つとして、敵もすぐその裏をさぐり出すだろうから、そうぐずぐずはしていられなくなる。そして第一に考えることは、寿五郎さまを我々の知っている高輪におくのは危ないということだ。だから、敵はどこか我々の知らないところか手のとどかないところへ、寿五郎さまを移そうとする。その移す途中をねらうのが、こっちとしてはいちばんいいんじゃないかと思う」

「すると、こっちとしては、高輪の下屋敷を見張っている必要がありますね」

「それを今夜からあんたがたに実行してもらいたいのだ」

「こっちの本陣はどこにきめますかな。品川の法禅寺では、いざというとき少し遠すぎるでしょう」

坂田がさっそく提案する。

「それは地利にくわしいお香と相談してきめるとして、――お香、もうそろそろ膳を出してもいいだろう。腹がすいてきた」

又四郎はお香のほうへいいつける。

「おっと、そいつは、だんな、あっしが引きうけやしょう」

階段口の源太が声といっしょに気軽に立っていった。

七人組みの勇士たちも急に腹がすいたような顔をしている。

六

そのころ――。

喜久姫屋敷の中奥の書院座敷では、老用人渋谷助左衛門と中﨟《ちゆうろう》雪島が、今日の尼崎家の使者のことについて善後策を打ちあわせていた。

「とにかく、あたくしは笹井又四郎という男をあまり姫さまに近づけるのは危険だと思います」

雪島はさっきからそれを何度も口にするのである。

「無論、それはわしも同意だ。あれはまったくつかみどころがあるような、ないような、怖い男だ」

助左衛門はその度に、又四郎のおっとりした風貌《ふうぼう》をおもいうかべながら、つい苦わらいが出てくる。まるで自分のせがれのような男に、どう考えてもいつの間にかいいようにいいくるめられている。我ながら年がいもないと反省させられながらも、憎いやつだなどという感情は少しも残っていない。むしろ、ああいうせがれがあったらさぞたのもしいだろうと、そんな気さえしているのである。

「どうだろうな、姫君さまはあの男に対して、どういうお気持ちでいられるようかな」

「それがいちばん心配なのでございます」

「心配というと――」

「姫君さまは御承知のとおりの御気性でございますから、尼崎家のこんどのやり方に対しては内心ひどくお腹立ちあそばしていられるようです。ですから、あの人たちの大将になって悪人どもをこらしめてやりたいと、本当にそう考えられているようです。しかし、たとえ姫君さまがどう考えていられても、相手さえなければそう心配しなくてもよろしいのですが、又四郎という男は平気で姫君さまを引っぱり出すかもしれない。それをやるだけの度胸と才覚を持っているかもしれません。それが心配なのです」

「なるほど。もしあの男が今夜、三千両のお支度金を自分の力で才覚して、本当に運びこんでくるようだと、その心配は十分あるだろうな」

「その点、助左どのはどう見ていられるのでございます。あの男にそんな大金が才覚できるのでしょうか」

「それは今夜になってみないとはっきりした口はきけぬが、わしはあの男のやり口から見て、金のできる目鼻がついている、だから今日使者に立ったのではないかと、そんな気がするのじゃ」

「助左どのはそのお支度金をお受け取りになられるおつもりなのですか」

「受け取ってはまずいかな」

助左衛門は念のために聞いてみた。

「それを受けてしまいますと、あの男が姫君さまに近づくのを、わたくしたちの力ではふせぎきれなくなりはしませんかしら」

雪島はいかにも不安そうな顔をする。いってみれば、それだけもう又四郎という男に負けているのだ。

「そういわれると、たしかにこれは考えものだな。平たくいえば、相手にすれば三千両で姫君さまのお体を縛《しば》ろうとしているのかもしれんからな」

「わたくしにはそれについてもう一つ心配がございます」

雪島はそういって、はっきりとまゆをひそめてみせる。

七

「それについての心配というと、どんなことかな」

助左衛門はあらためて口紅の濃い雪島の顔を見なおす。

「姫君さまはあの又四郎という男に、なにか特別な興味をもたれているようでございますの」

「ふうむ。で、その特別の興味というと」

「これまで姫君さまの御前へ出て、あのように臆面《おくめん》もなく生地のままに振る舞える殿方はございませんでした。姫君さまにはそれがお珍しくもあり、おもしろかったのでもございましょう。奥へもどられてから、こんどはあの男を思いきり困らせて、その顔が見てやりたいなどと、腰元どもと話し興じておられたようでございます」

「なるほど――。つまり、けんか相手にしてなぶってやろうというお気持ちなのかな」

「そういう娘心は、火遊びをしますのとおなじで、いつ間違いがおこらぬともかぎりません。ああいうお方はなるべく姫君さまにお近づけにならないほうがよろしいのではございませんでしょうか」

雪島は案外きびしい顔つきになっている。

そういう心配は、形の上からいえばあまりにも身分違いで到底ありえないはずなのである。が、そのありえないと思われることが、往々にして間違いを生じ、世上の問題になることも珍しくはないのだから、雪島の心配を杞憂《きゆう》とばかりはわらえない。

「よろしかろう。わしも十分心がけることにするから、雪島どのにもその点、今後ともたのみおきます」

「かしこまりました。それからもう一つ、これは今夜のお支度金献上のこととはかかわりなく、明々日の御対面延期の儀はこちらから申し入れておいたほうがよろしいかと存じます。ほかのこととは違い、大切な姫君さまの御縁組みに身がわりを立てるなどとはもってのほかのことで、非礼にも程があります」

「そのとおりじゃ。無論、明日わしが尼崎家へまいって、重役どもの出ようによっては事のしだいを御老中のお耳にも入れるつもりでいる」

「それがよろしいかと存じます」

「どうであろう、この儀についての姫君さまの御立腹の程度は」

その辺の事情は又四郎からあらまし耳にしているはずなのだから、喜久姫の性格として、一言のもとに破談にせよといい出さないのがふしぎなくらいなのである。

「それは、たいそうお腹立ちでございます。ですから、御自身の手で尼崎家の悪人どもをこらしめてやりたいとお覚悟あそばしたのではないでしょうか」

「お勇《いさ》ましい御気性だからな、あるいはそういうことかもしれぬ」

その点、助左衛門にしても、雪島にしても、なんとなくふにおちないところはあるが、とにかくこれで打ちあわせは終わって、今夜の又四郎の出方を待ってみることにした。

その又四郎が、千両箱三個をつんだつり台を人足にかつがせて表門から玄関へ乗りこんできたのはその夜の六ツ半（七時）ごろで、こんどは供侍《ともざむらい》が二人ついていた。

――やっぱり来たか。

助左衛門はなんとなくどきりとせずにはいられない。

八

「笹井さん、お手前は口に出されたことは必ず実行される、なかなか立派なものだな。老人、感心いたした」

助左衛門は玄関へ出ていくなり、惜しみなく又四郎をほめあげる。そのかわり、今夜は座敷へあげないつもりなのだ。

「はあ、わしは約束は固いほうで、それだけが取り柄の男です。献上はこのとおり持参いたしました。姫君さまによろしく御披露《ごひろう》願います」

又四郎は千両箱三つを玄関式台へ杉形に積ませてていねいにあいさつをした。うしろに供侍《ともざむらい》が二人並んでおじぎをしている。

「そのうしろのお二人は、七人組みの方々かな」

ずるい助左衛門はわざと献上金のことには触れず、そんなことを聞く。

「はあ、同志の者で、姫君さまに忠義を誓うたのもしい方々です」

又四郎がそう引きあわせるのを待って、

「手前は室戸平蔵と申します」

「拙者《せつしや》は西村三吉と申す若輩《じやくはい》、よろしくお見知りおき願います」

と、行儀よくあいさつをする。

「わしは当家の用人渋谷助左衛門じゃ。方々はたしか寿五郎さまの御近習役《ごきんじゆうやく》と聞いているが、さようかな」

「仰《おお》せのとおりでございます」

「すると、いろいろと苦労があるわけだな。今日のお使者、姫君さまにもさぞおよろこびのことと存ずる。立ちかえられたら若殿さまによろしく申しあげておいていただきたい」

助左衛門は又四郎を抜きにして、二人のほうへあっさりといってのける。

「かしこまりましてございます」

それを受けたのは若い西村三吉だった。七人組みの市原信太郎を助けて、副将格の室戸平蔵は、さすがに黙って控えている。

「御老人、それではわしどもの今夜の役目はこれですみました。姫君さまにくれぐれもよろしく御披露くだされたい」

又四郎もまた至極《しごく》あっさりと出る。

「さようか、もうもどられるか。おのおのがたの体は人一倍多忙であろうからな、引きとめては悪い。ずいぶん気をつけてもどられるよう。お使者御苦労でござった」

助左衛門はあくまでもそらっとぼけてしまうつもりである。

「お心ぞえかたじけない。しからば、これにて失礼いたします」

又四郎はていねいにもう一度おじぎをして、鷹揚《おうよう》に表門のほうへ引きかえし出す。

室戸と西村が後につづき、人足三人が空のつり台をかついでこれにしたがう。

なんとなく三千両のお支度金を老人にただ取られてしまった感がないでもない。

「三吉、どうして貴公は一人で勝手に御用人のあいさつをうけてしまったのだ」

表門を出ると、さっそく室戸がなじるように西村にいう。

「わしが一人で勝手にというと――」

「立ちかえって、若殿さまによろしくという御用人のあいさつを、貴公が受けるべきではない。あれは正使の笹井さんが受けてお答えをするのが本当なんだ」

「しまった」

正直な西村はどきりとしたようにそこへ立ちどまっていた。

九

「笹井さん、申し訳のないことをしました」

西村は面目《めんぼく》なさそうにおじぎをして体中を固くしているようだ。

「いや、よろしい。そんなことは気にすることはない」

又四郎はわらいながら、喜久姫屋敷の塀《へい》にそって横川《よこかわ》の川下のほうへ歩き出す。

「しかし、笹井さん、あの御用人は少し失礼じゃないでしょうかな。こっちはともかくも尼崎家の若殿の使者ということになっているんです。金子《きんす》だけを受け取って玄関から追いかえすというのは、どういうつもりなんでしょう」

室戸は大いに不満のようだ。

「いや、老人は大事を取っているようだ」

「大事といいますと――」

「わしたちを姫君に会わせると、姫君がまたどんな難題を持ち出すかわからない。間に立って困るのは、御用人とお中﨟《ちゅうろう》さまだからね。つまり、わしたちはうまく敬遠されたことになるんだな」

「しかし、それではお支度金をただ取られたことになりはしませんか」

「そんなことはまさかあるまい。まあ、明日まで待ってみることだ」

「そうでしょうかなあ」

「こっちとしては、御対面延期の使者さえ明日出してもらえばいいので、それ以上のことを望むのは望むほうが無理なのだ」

又四郎はおだやかに室戸をなだめておく。助左衛門老人の出方は、たぶんこうだろうとはじめから予想していたことだし、いまさら失望することはないのだ。ただ一つたのしみだったのは、約束どおりこっちが今夜お支度金を運びこんだとわかった時、じゃじゃ姫がどう出てくるか、それを期待していたのだが、老用人にこう抜けめなく用心されてしまったのでは、これも明日まで待って様子を見るほかはない。

「失礼ですが、笹井さんですな」

喜久姫屋敷の塀を出外れようとすると、そこの横町の角からふいに若侍が一人出てきて聞いた。年ごろ二十三、四のがっしりとした体つきで、男らしい目つきをしている。

室戸と西村はたえず敵にねらわれている体なので、はっとして刀の柄《つか》に手をかけたようである。

「わしは笹井又四郎だが、あなたは――」

「渋谷金吾《きんご》と申します。お見知りおきください」

「はてな。渋谷というと、御用人のお身内かね」

「はい、三男坊です」

「なるほど、――それで、御用件は」

「口どめをされております。これからさるところへ御案内いたしますが、来ていただけましょうか」

　金吾はにっとわらってみせる。

「わし一人がまいるのか、それとも三人いっしょか、どっちだろうな」

「ごいっしょでかまいません」

「さようか。では、案内していただこう」

　又四郎はそう答えてから、

「これ、立花屋、おまえがたはこれで帰ってよろしい。御苦労だったな」

と、つり台をかついでいる人足たちにいって、手早く酒手《さかて》をわたしてやった。

十

「だんな、ありがとうございます。——おい、みんな、御祝儀《ごしゅうぎ》をいただいたぜ」

「へい。ありがとうござんす」

「どうぞお気をつけなすって」

立花屋の人足たちは口々に礼をいって帰っていった。

「さあ、金吾さん、案内をたのむ」

又四郎は室戸と西村のほうへ目くばせをしておいて金吾をうながす。

「承知しました。どうぞ——」

金吾は先に立って、喜久姫屋敷の塀《へい》にそった横町のほうへ入っていく。

今夜もしっとりとしたおぼろ月夜だった。

「笹井さんは大人物のうちへ入る器量人のようですね」

金吾は感心したようにそんなおおげさなことを口にする。

「金吾さんは世辞がいいな。わしはむしろ大愚物のうちに入るかもしれない」

「いや、愚物はわしのほうです」

「それはまたどうしてだね」

「こんな役目をつとめると、後でおやじさまやお中﨟《ちゅうろう》さまに大目玉を食うのはわかりきっているんです」

「それはちょいと気の毒だなあ」

「なあに、そんな大目玉があんまり通じないところに愚物のいいところがあるんです」

「それなら、わしなどは大愚物に近い」

「まあ、よろしくお願いします。じゃじゃ姫さまはあれでなかなかあつかいにくいところがありますからね」

要するに、金吾はそのじゃじゃ姫の密命をうけて、助左衛門や雪島には内密でこっちを迎えにきたのだろう。これはたのもしい若者だと又四郎は思った。

やがて横町をぬけると、裏は松林になっていて、その向こうは畑地のようだ。そこを塀にそって左へ折れると、まもなく質素な裏門の前へ出た。

「ここです、笹井さん」

金吾はそこのくぐりから中へ入る。外庭は梅林になっていて、小道なりにしばらく行くと、こんどは内木戸の前へ出る。

内木戸を入ると、右手に小高い築山ができていて、金吾はその築山へのぼっていく。築山は岩石をあしらって、一面につつじが植えこんであるようだ。

喜久姫はその築山の上の四阿《あずまや》に待っていた。昼間の腰元姿ではなく、色羽二重《いろはぶたえ》の部屋着姿で、搔取《かいど》りは着ていない。

「姫君さま、又四郎どのを御案内いたしました」

金吾が前へ出て告げると、

「御苦労でした。――又四郎、これへ」

と、直々《じきじき》に声をかけてきた。

「恐れ入ります」

又四郎が前へ出ると、金吾は室戸と西村に目くばせして、坂のおり口までさがっていった。

どこかに腰元がついてきているはずだが、姿は見えない。屋敷うちとはいえ、こんなところへ夜分勝手に忍び出てくるあたり、たしかにこれはじゃじゃ姫の名に背《そむ》かないようだと、又四郎はひそかに感心した。

十一

「又四郎、遠慮なくそれへお掛けなさい」

喜久姫は自分の前の床几《しょうぎ》へ鷹揚《おうよう》に目でうながす。

「それではあまりに失礼に当たりますから」

そこは少し姫君に近すぎるようなので、又四郎は四阿《あずまや》の外へひざまずこうとした。

「いけません。そこでは話が遠すぎます。そこへお掛けというのに」

「そんなことをして、お中﨟《ちゅうろう》さまにしかられはしないでしょうかなあ」

「ふ、ふ、それほど気の弱い又四郎ではないでしょう」

姫君はからかうようにいってわらっている。

「では、お言葉に甘えて失礼いたします」

又四郎はいわれるとおりに、喜久姫の前へ行って掛けることにした。

さすがに姫君はいささかも悪びれた風はなく、近くへきた又四郎の顔をまじまじと見すえている。普通の娘にはとてもまねのできない見識がおのずと備わっているようだ。

「わしは今夜はこうして姫君さまにお目にかかれようとは思っていませんでした」

又四郎もまた目を逃げようとはせず、平気で喜久姫の顔を見ながらおっとりと切り出していく。

「又四郎、助左も雪島もなるべくそなたを喜久に近づけないようにしているのです。そんな思いやりのある役目の上のことですから、悪く取ってはいけません」

「それはよく心得ています。しかし、姫君はわしたちが今夜こっちへうかがったことがよくおわかりになりましたな」

「そなたは約束のとおり今夜きっとまいると思っていたので、まいったらすぐそっと知らせるようにと金吾に申しつけておきました」

「なるほど。金吾どのはたしかにものの役に立つ侍のようです」

「あれは又四郎に劣らぬ知恵才覚を持っているかもしれません」

喜久姫はちらっと自慢そうな顔をしてみせる。

「御用人さまの三男坊だそうですな」

「そうなの。いつも助左に、出すぎる出すぎるといってしかられています」

「今夜のことなども、後で知れると大いにしかられそうですな」

「しかられたら小さくなっていればよいのだと、金吾はわらっています」

「それはすばらしい軍師です」

「それより、又四郎、そなたたちの明日の手はずはどうなっているのです」

喜久姫は急に真顔になる。

「わしたちのほうは、明日こちらから御対面延期のお使者が立つとして、尼崎家の重役どもは必ずうろたえるに違いありません。その結果、寿五郎さまを高輪の下屋敷へおいてはあぶないと見、どこかへ移す気になる。こっちはそこをねらうことにして、すでに今夜から七人組みに高輪の下屋敷を見張らせてあります」

「寿五郎さまを助け出してどこへかくまうか、その場所はきまっていますか」

喜久姫はそれがいちばん気になるようだ。

十二

「実は、わしは思いきった手を打ってみようと考えているんですがねえ」

又四郎は声をひそめながら少し身を乗り出すようにする。

「どんな手を打つのです」

喜久姫もさそわれたように思わず顔を近づけてくる。

「寿五郎さまを救出しましたら、とりあえず行列を仕立て、姫君さまの御病気お見舞いという触れこみにて御当家へおうかがいするのです」

「まあ、喜久が病気になるのですか」

「たぶん、明日の御対面延期の使者の口上《こうじょう》は、姫君さま御病気につきということになるんでしょうからね」

「ああ、そうでしたね。それで――」

「本当の寿五郎さまが姫君さまと御対面をしてしまえば、尼崎家の重役どももも
う偽者《にせもの》をかつぎ出すわけにはいかなくなります」

「それはそうですね」

「そこで、無事に姫君さまと御対面の儀がすみましたら、寿五郎さまは御生母のおられる浜町の中屋敷のほうへお入りになればよいのです」

「中屋敷のほうには悪人はいないのですか」

「それはいるかもしれません。しかし、姫君さまと御対面のすんだ寿五郎さまは

もう立派な尼崎家の若殿なのですから、悪人どももうっかり手を出すことはできなくなります。つまり、寿五郎さまは姫君さまのお力をかりて堂々と悪人どもと対決すればよいのです」

又四郎は事もなげにいってのける。

「まあ、又四郎はすばらしい軍師――」

喜久姫は正直に目を輝かせながら、

「では、寿五郎さまさえこっちへ取りかえせば、もう大丈夫ということになるのですね」

と、念を押してくる。

「そういうことになります」

「たった七人で、うまく寿五郎さまが取りかえせますすか。明日こちらから使者が立てば、悪人どものほうでもどんな手を打ってくるかわからないでしょう」

喜久姫もすぐそこへ気がついたようだ。

「実をいいますと、それがいちばん問題なのです」

「悪人どものほうでも、こんどの軍師は又四郎だともう気がついているのでしょう」

「それは気がついていると思います」

「喜久が考えても、こんどのことは又四郎がいなければうまくいきそうもないと思います。又四郎がいるからどんな思いきったことでもできるので、だいいち、今夜のことにしても、ほかの者では喜久もこうして会う気にはなれなかったかもしれません」

「恐れ入ります」

「喜久でさえそうなのですから、悪人どもにすればいちばん又四郎がじゃまになります。きっと命をねらわれますよ。大丈夫ですか」

喜久姫はいかにも心配そうな顔をする。

「わしは大丈夫ですが、心配なのは悪人どもの手が姫君さまに伸びるかもしれないことです」

「喜久をどうしようというのです」

「直接姫君さまをどうしようということはないでしょうが、御家来の中に裏切り者をこしらえるぐらいのことはするかもしれません」

「それはどういうことなのです」

喜久姫は解せないというように聞きかえす。

十三

「いまも申しあげましたとおり、この度のことは姫君さまのお力ぞえがなければ到底成功は望めません。悪人どもにもそれはよくわかっているでしょうから、どんな手段を使ってでも又四郎を中傷させ、姫君さまが又四郎を信用しなくなるように働きかけてくるのではないかと思います。いわゆるこの反間苦肉《はんかんくにく》の策というやつが、味方にとっていちばん怖いのです」

相手が姫君だけに、これだけははっきりと念を押しておいたほうがいいと思ったのである。

「それは大丈夫です。喜久はそんなひきょうな手に乗るほどうっかり者ではありません」

喜久姫はきっぱりといって目でわらってみせる。

「ありがたいことです。それをうかがって安心しました」

急に金吾が走り寄ってきてそこへひざまずく。

「金吾、どうかしましたか」

「はい、ただいまお中臈《ちゅうろう》さまがここへまいられるようです」

「かまいません。もうまいる時分だと思っていました。そなたたちはおとなしく控えていればよいのです」

「かしこまりました」

金吾はおじぎをしてさがっていく。

「お中臈さまはさぞ怒っていられるでしょうな」

「又四郎は黙っていればよいのです」

「そういたしましょう」

まもなく雪島は腰元二人にぼんぼりを持たせて築山へのぼってきた。

「金吾どの、これはなんとしたことなのです」

雪島は金吾の前へ立ちどまったようだ。

「まことに申し訳ございません」

「あなたは申し訳ないことと知っていていつもこうなのです。今夜はゆるしませんから、そのおつもりでおいでなさい」

思ったよりきびしい声でしかりつけておいて、そのまま四阿《あずまや》の前へ進んできた。

「姫君さま、雪島に一言のおことわりもなく、どうしてかような無分別なまねをあそばすのでございます」

切れ長な目がいくぶんつりあがっているようだ。

「雪島、そのようにしからないで――。喜久はただ又四郎に今夜の礼が一言いってやりたかったのです」

「それなればどうしてお座敷のほうへお呼び出しになられなかったのです」

「助左も雪島も、今夜は喜久に取りついではくれませんでした。黙って使者をかえしては喜久の気がすみませんので、金吾にいいつけて呼びもどしてもらったのです。しかし、その礼ももうすみました。お居間へもどることにします」

喜久姫はすなおにいって、すらりと床几《しょうぎ》から立ちあがる。いうだけのことはちゃんといって、まことにあざやかな身のかわし方である。

「又四郎どの、かようなことになりましては、役目の手前、雪島は身をひくほかはないかと思います。お含みおきくださいませ」

半分は姫君に聞かせる言葉なのだろうが、これも相当意地の強いお中﨟さまのようである。

「心づかぬことをしました。いずれ明日あらためておわびにあがります」

又四郎はそうあやまっておくより手はない。

十四

「清乃《きよの》、もどります」

喜久姫は物陰のほうへ声をかけて四阿《あずまや》を出た。

その四阿のかげから出てきた清乃という腰元は、申し訳なさそうにお中臈《ちゅうろう》さまに会釈《えしやく》をして姫君のうしろへしたがう。これも後でお中臈さまのおしかりはまぬがれないのだろう。

ぼんぼりを持った腰元の一人がいそいで姫君の前へ立つ。

雪島はもう一人のぼんぼりの腰元に足もとを照らさせながら姫君の後へつづく。きっと口を結んだきびしい顔つきで、もうだれにも口をきこうとはしなかった。

「笹井さん、しかられましたねえ」

喜久姫の一行がしずしずと築山をおりていってしまうと、金吾が立ってきて、わらいながら又四郎にいった。

「金吾さんはお中臈さまが少しも怖くないようだなあ」

「いや、あのおばさんはあれでなかなかものわかりのいいほうなんです」

「しかし、後でしかられることはたしかなんじゃないかね」

「しかられたらあやまります。しかられるだけの理由はあるんですからね。しかし、いくらしかられても、やるだけのことはやらなくちゃならない。その点、おやじさまにしても、おばさんにしても、ちゃんとわかっているんじゃないかと思うんです」

金吾はけろりとした顔つきである。なるほど、これはたのもしい男だと又四郎は思った。

「金吾さんはやっぱり大人物のようだ」

「せっかくですが、わしは大愚物のほうが好きだ。人をしかるより、しかられる人間のほうが気が楽ですからね」

「それはそうだろうが、あんたもことによるとこれから命をねらわれそうだな。十分気をつけていないといけない」

「それはわしから笹井さんにいいたいことです。今夜はこれから高輪へ帰るんでしょう」

「そういうことになります」

「帰り道に化け物が待っているかもしれませんよ」

「そうかもしれない」

「さあ、そこまでお送りしましょう」

金吾は気軽にいって先に立つ。

「お造作をかけました」

「そんなことはありません。ひょっとすると、わしは喜久姫さまについて尼崎家へ行く人間かもしれないんですからね」

「ありがとう。ぜひそうなってもらいたいな」

「ああ、そうそう、わしに用があったら、表門の門番に吉兵衛《きちべえ》という中間《ちゆうげん》がいますから、いつでも吉兵衛を使って呼び出してください」

そんなこまかい手はずまでちゃんと用意してある金吾だった。

その金吾は裏門口まで送り出してくれて、そこから引きかえしていった。

「笹井さん、怖いお中﨟さまでしたね」

外へ出てから、西村がそういって首をすくめていた。

「つまみ出されると思ったかね」

「実際、つまみ出されてもしようがない我々なんですからね。後で金吾さんは油をしぼられるんでしょうな」

西村はお中﨟さまが本当に怖かったようである。

十五

翌朝――。

小梅村の喜久姫屋敷から、外桜田の松平伊勢守の上屋敷へ、明日に迫る御対面の儀延期申し入れの使者に立ったのは中﨟《ちゅうろう》雪島であった。雪島はそれを自分から買って出たので、そのかげには金吾がひと働きしていたのである。

金吾は、これから喜久姫と又四郎が組んで尼崎家の騒動をうまく始末していくには、どうしても雪島の協力が必要になってくると考えていた。

こういう裏面工作をなるべく表立たずにやっていくには、その度にいちいち雪島の常識的な横槍《よこやり》が入ったのでは、とても仕事がやりにくくなってくる。

今のうちに雪島を説得しておくほうが利口だと考えたので、昨夜頭から一本きめつけられているのを幸い、喜久姫が寝所へ引き取った時刻を見はからい、少し大胆すぎる観はあったが、庭からいきなり雪島のお局《つぼね》の雨戸をたたいてみるという非常手段を取ることにしたのだった。

無論、そんなところを夜まわりに見とがめられると、いくら金吾でも屋敷のおきてをみだす痴漢としてただではすまないことになる。そこがまた金吾のつけ目でもあった。

「今ごろ、どなたでございます、そこをおたたきになる方は」

雨戸の向こうへ自分で立ってきた雪島の声は案の定きびしかった。しかし、自分で立ってくるくらいだから、たぶんこんな思いきったまねをするのは金吾だと承知しているのだ。

だから、こっちも平気で、

「わしは金吾です。さきほどのおわびかたがた、明日のことについてぜひお耳に入れておきたいことができましたので、無作法をかえりみず、こんな非常手段を取ったのです」

と、雨戸へ口を寄せていってみた。

「あなたはどうしてそう無鉄砲なのでしょうねえ。こんなところをもし夜まわりにでも見つかったらどうするおつもりなのです」

「実は、そんなことはいっていられない一大事なので、命がけになるほかはなかったのです」

雪島は急には決断がつきかねるらしく返事をしない。が、黙殺もできかねたらしく、

「明日の朝ではいけないのですか」

と、しばらくして聞いてきた。

「それではおそすぎるのです」

「ほかに人目はないでしょうね」

「大丈夫です」

やっと雨戸が少しあいた。

金吾は待ちかねるようにするりと廊下へあがって、手早く草履《ぞうり》を取りこみ、雨戸をしめきってしまう。

「まあ、あなたは――」

雪島は廊下の上と下で用は足りるものと思っていたらしく、唖然《あぜん》としたように寝巻きの胸を両そででかこっていた。

「灯が外へもれてはお中臈さまが迷惑します。このほうがまだしも安全なんです」

金吾はそういって廊下へ正座した。

「それはそうですけれど、――では、なるべくかいつまんで話してください。長

くなっては困ります」

さすがに雪島は落ち着けないらしく、そこへ座りながらはらはらしているようだ。

十六

「お中臈《ちゅうろう》さま、さきほどは申し訳ございませんでした」

金吾は行儀よく両手をひざにおいてまずわびごとから切り出していく。

障子越しに行燈《あんどん》は明るいが、雪島のしどけない姿から見ても、座敷にはすでに床がのべてあるに違いない。その向こうに中の間があって、その次の玄関の間にはお端《はした》が寝ているはずだから、あまり大きな声は出せない。

「あれはもうよろしいのです」

雪島はまったく不意を突かれてまだ落ち着けないらしく、いつもの意地の強い小言は口に出さなかった。そういえば、あのきびしい顔つきまで忘れてしまっているようだ。ただそこにあるのは、男に見られてはならない寝巻き姿をうっかり見せてしまった自分の不用意を恥じて、体中で当惑しているような顔、形で、しかも女盛りのあふれるようないろつやをかくしきれないだけに、ひどくなまめかしいものに見える。

「実は、笹井さんからお中臈さまに大切なおことづけがあるんです」

金吾はきびしさを忘れている雪島の生地のままの顔をまともに見ながらいう。

「笹井さんからですか」

「はあ、お中臈さまはさきほど、役目の手前身をひかなくてはならぬと申されていました。いまは姫君さまにとりましても尼崎家にとっても重大な場合になっていますので、それだけはぜひ思いとどまっていただくようにと又四郎どのは心配しております。だめでしょうか」

「それにつきまして、今夜わたくしは姫君さまにも清乃にも後でなんにも申してはいません。けれど、だからといって少しも心配がないというのではございませんし
「といいますと――」

「一体、笹井さんはどういうおつもりであゝして直々《じきじき》に姫君さまにお近づきになりたいのでしょうね」

「それは、姫君さまはいずれ尼崎家へお輿《こし》入れになられるお方です。その前にぜ

ひ悪人どもの始末をしておかなくてはならない。それにはどうしても姫君さまのお力ぞえが必要なんです。はたして姫君さまにそれだけの熱意があるかどうか、笹井さんはそれを姫君さまのお口から直々にうかがいたかったのだろうと思います」

「つまり、御用人さまやわたくしなどが仲に入っていてはじゃまになるというのですか」

雪島は思わずきっとなって両手をひざへなおしていた。

「いや、決してそういうつもりではございません。しかし、姫君さまがああして直々に笹井さんを招いてくわしい事情をお聞きになるということは、到底表向きにゆるされないことです。しかも、事態は急を要することですし、今夜はああいう非常手段を取るほかはなかったのです」

その非常手段を取った責任は金吾にある。同時に、金吾にそういう非常手段を取らせた責任は、今夜の使者を姫君に取りつがなかった助左衛門と雪島にもあるのだ。

そのことは雪島にもわかっているらしく、

「笹井さんは本当に尼崎家の寿五郎さまの近習《きんじゅう》なのでしょうかねえ」

と、それとなく話題をかえてきた。

十七

「笹井さんは本当は松江家の御三男源三郎さまの近習《きんじゅう》のようです」

金吾は正直に答える。

「では、今夜のお支度金は松江家から出たのでしょうか」

お中臈《ちゅうろう》さまはもう普通の女になりきっているようだ。

「いや、あれは笹井さんの才覚で、どこかお出入りの御用達《ごようたし》から都合してきたようです」

「たった七人か八人で、寿五郎さまをうまく高輪の下屋敷から助け出せるのでしょうかねえ」

「それは大丈夫でしょう。あの人はなかなかの人物ですからね、なにかうまい非常手段を用意していると思います」

「ですから、わたくし心配になるのです」

雪島はなんとなくひざへ目を伏せている。

「そうそう、もう一つ笹井さんからおことづけがあります」

「わたくしにですか」

「できれば明日の尼崎家への使者はお中﨟さまにお願いしたいというのです」

「どうしてです」

「おやじさまはがんこなところがあるから、向こうの重役どもとけんか別れになるおそれがある。お中﨟さまなら向こうも安心してけんかにはならない。むしろ、わなにかけようとするかもしれないから、これだけ注意してほしいというんです」

「わなといいますと――」

「こっちの口上《こうじょう》がすむと、偽若殿《にせ》にお目通りをすすめるかもしれない。お目通りをしてしまっては偽若殿が本物になってしまうので、その時は、寿五郎さまも御静養中とうかがいましたがお大切になさいますようにと軽くかわしておいてくれるようにということです」

「大役でございますね。わたくしにつとまりますかしら」

「お中﨟さまなら大丈夫です。及ばずながら、わしもお供をします」

「金吾さんがいっしょにまいってくれますの」

「わしでは安心できませんか」

「金吾さんも笹井さんに負けない人物ですから、あたくしかえってそれが怖い」

雪島はからかうようにちらっと目でわらってみせる。相手が年下なので、つい親しさが出てきたのだろう。体つきまですっかりゆるんできているようだ。

「わしは人物じゃありません。ただ多少野放図なところがあるようですから、お中﨟さまにしっかり手綱《たづな》さえ取っていてもらえば、これでもいくらか役に立つ男になれるかもしれません」

金吾は真顔になってそんなうまいことをいう。

「ふ、ふ、あたくしにあなたの手綱など取れるものですか。平気でこんな非常手段をお取りになれる人なのですもの」

屋敷をまわる夜番の拍子木《ひょうしぎ》の音がだんだん近くなってくるようだ。

「怖い。見つからないようにしませんと」

雪島は急にそっちへ聞き耳を立てている。その人目を恐れる気持ちが、ふっと火遊びをしている時のような女の動悸《どうき》をさそってきたに違いない。ほんのりと顔が上気している。

「行燈《あんどん》を細くしておいたほうがいいかもしれない」

その顔へ金吾は声をひそめていう。

十八

長局《ながつぼね》の庭先にはそれぞれ塀《へい》がめぐらしてあって、夜まわりはその塀の外を通ることになっている。万が一にも家の中の行燈《あんどん》の灯を見とがめられる心配はないのだが、雪島が手早くそこの障子をあけ、黙って行燈のほうへいざり寄っていったのは、それだけ良心にとがめるものがあるからだろう。

——案外気が弱いんだなあ。

金吾はそういう女心に同情しながら、目は素早く床の間のほうをまくらにしてのべてあるぜいたくな寝具を見せつけられていた。

行燈はそのまくらもとのほうのすみにおいてある。雪島はこっちへ背を見せて、髪から銀の平打ちのかんざしを抜き取り、行燈の前へ座った。そこが女の寝所だけに、派手な淡紅色《ときいろ》のしごきで締めつけられてくっきりまろやかな腰のあたり、なんとなく男心をひくものがある。

寝巻き姿で行燈の灯を細くするなどという情景はただごとじゃないからなと金吾が見ているうちに、

「あっ」

気持ちの動揺している雪島は、かんざしの手もとが狂ったらしく、うっかり燈心を油の中へ引きこんでしまったようだ。

一瞬、濃い春のやみが一切のものの形をのみこんでしまう。それが男心に火をつけたのだ。

金吾はあざやかにまぶたに残っている女の残像のほうへ引きつけられていき、その手さぐりの手が女体《にょたい》にふれたとたん、なんのためらいもなくうしろから雪島の肩を強引に胸の中へ抱えこんでいた。

「あっ、金吾さん、いけません」

雪島はびっくりしたように男の手をのがれようと身もがきしたが、ちょうど夜まわりの拍子木が塀の前へきているので大きな声は立てかねる。その間に、金吾は濃厚な女の甘い脂粉《しふん》のにおいにむせびながら、女の口をしっかりと口でおさえつけていた。

金吾はいつまでも女の口から口を放そうとしなかった。雪島はそこから女の魂を吸いとられていくようにじっとりと汗ばみながら、全身から力がぬけてきたようだ。

雪島は二十で夫に死に別れてからの御殿奉公だから、男を知らなかったわけではないのである。

「あなたは悪い人」

一切が終わってやみの中へ起きなおった雪島は、もうなにもかも男にまかせきった女になりきっているようだった。

「おれはいたずらのつもりじゃないんだ。お雪さん、おれの女房になってくれ」

金吾はまともにぶつかっていった。

「でも、年が少し違いすぎはしませんかしら」

「そんなことは気にしなくていい。おれが三十になるまで、お雪さんは年をとらずにいればいいんだ」

「まさか、そんなこと――。あたくしいまに後悔されるのが怖い」

「おれが迷惑なのか、お雪さん」

「そんなことおいいになってはいや」

金吾が長局をそっと抜け出してお長屋へもどったのは、それから半刻《はんとき》（一時間）あまりたってからのことだった。

その甘いくぜつの中で雪島が心から安心したことは、こんどの姫君の縁組みについて金吾がどんなに真剣に考えているかを打ちあけた時だった。

十九

——あたくしに今日の大役、無事につとまるかしら。

女乗り物を仕立てさせて、盛装でそれに乗りこみ、小梅の屋敷を立った中﨟《ちゅうろう》雪島は、一人で駕籠《かご》にゆられていると、なんとなく不安になってくる。

「雪島、御苦労ですね。そなたなら悪人どもに負けないでしょうから、大丈夫です」

屋敷を立つ時、姫君の前へあいさつに出ると、喜久姫さまは頭からこっちを信じているように明るい顔をしていた。

そして、介添え役《かいぞえやく》としてついていく金吾には、

「金吾、今日はなにごともおとなしく雪島の指図《さしず》にしたがわなくてはいけません」

と、念を押すようにいっていた。

「雪島どの、こっちにはなにもひけめはないのだから、少しも遠慮することはありませんぞ」

助左衛門は助左衛門で、一人で力みながらそうはげましてくれた。

「かしこまりました。それでは、行ってまいります」

雪島はだれにも言葉すくなに答えて駕籠へ乗ってきたが、我ながら今日はいつものきびしい顔を忘れていたようである。いや、もうそんな怖い顔をする気になれなくなっているのだ。

――女というものは、一晩でこんなに気持ちが変わってしまうものなのかしら。

それは年だけに、金吾と目が合ってもうろたえるようなことはなかったが、その取り澄ました顔を作っているのが精いっぱいで、正直にいえば金吾と目の合うのをできるだけ避けようとさえしていた。

金吾のほうは、そんなことは一向に気にかけていないらしく、目が合うとその目がなんとなく親しげにわらいかけてきそうにする。

考えてみると、金吾の目はそれが普通なので、その人を人くさくも思っていないようななれなれしさが昨日までは妙にずぶとい男に感じられて、こっちはわざと冷たく見かえしていたのだった。中﨟という役目の手前、だれにも負けてはならないという、女の意地がいつも働いていたからだ。

そういう気位の高い自分が、どうしてゆうべあんなにもたわいもなく金吾に負けてしまったのか、ふしぎな気さえする。しかも、一度負けてしまうと、その若い金吾はひどくたのもしいような、好きでたまらない男になっている。

「お雪さん、あんたもおれもいずれは姫君について尼崎家へ行く体なんだ。おれたちがいっしょになれるのは、姫君が無事に尼崎家へお輿入《こしい》れした時なんだから、おれたちはどうしても笹井又四郎という男と手を握りあわなければならない。それでも悪人どもに負けるようなことがあったら、たぶんおれは生きちゃいない。これだけは今から覚悟しておいてもらいたいんだ」

やみの中で金吾の声がきっぱりといっていた。

「いいんですよ。その時はあたくしもいっしょに死んであげる」

そう誓った言葉は、決してうそでもたわいのないうわごとでもなかった。このたくましい金吾という男を離れては自分の女としての幸福はどこにもないと、雪島の心は歓喜に燃えてそう誓わずにはいられなかったのだ。

二十

雪島の乗り物が数人の供侍《ともざむらい》にまもられて外桜田の尼崎家の上屋敷の表玄関へ横

づけにされたのは、やがて四ツ半（十一時）になろうとする時刻であった。

雪島は喜久姫さまの使者として、金吾はその介添《かいぞ》え役《やく》として、すぐに表書院へ案内された。

が、尼崎家としても、この突然の使者はなんの用できたのかちょいと見当がつけにくかったのだろう。しばらく二人きりで待たされなければならなかった。

無論、それだけ自分のほうにひけめがあるからあれこれと対策を相談しているので、待たされる身にとってはそれがなんとなく重い負担になってくる。行儀よく正座している雪島は、我ながら胸が重苦しくなってくるのをどうしようもなかった。

「お中﨟《ちゅうろう》さまはきれいだな」

正使より少し下がって裃《かみしも》姿で控えている金吾が、ふいにからかうように話しかけてきた。

「いけません、金吾さん」

場所柄からいってもあまりにも不謹慎すぎるので、雪島は思わずどきりとしながらたしなめる。

「そんな怖い顔しないでくれよ。もっと甘い顔をしていないと、かえって向こうに胸の中を見すかされてしまうよ」

金吾は平気でわらっているようだ。

「まあ」

雪島はどぎまぎせずにはいられない。

「気を楽に持って、都合の悪いことはなんでも介添え役に押しつけてしまう、そのつもりでいればいいんだ」

たしかにそうだと雪島は思った。あまり堅くなりすぎると、どんな失言をするかもしれない。いや、失言はまだいいとして、妙な言質《げんち》でも取られると、後で取りかえしがつかないことになる。

「これはまだ内緒だけれど、おれはもうお中臈さまのだんなさまなんだ。そのだんなさまがうしろについているんだから、なにも心配することはないんだ」

「いけませんというのに、――どこに人目があるかわかりませんのよ」

「わかったわかった。ここじゃまさかゆうべのようなまねはしないから大丈夫さ」

「いけませんというのに、あなたは」

雪島はほんのりと顔が赤くなったのが自分でもわかった。

――困った人。

そうは思ったが、なんとなく胸の中が甘ったるくなってきて、いつの間にか思いつめていた重苦しさは消えていた。

「そうら、かぼちゃ頭どもが出てきたようだよ」

「大丈夫ですわ」

きちんと居ずまいをなおしているうちに廊下の足音が近づいてきて、えへんとせき払いをしながら、家老岩崎森右衛門《もりえもん》が若侍二人をしたがえて書院へ入ってきた。

「これはこれは、たいそうお待たせいたしまして失礼しました。手前は当家の江戸家老をつとめる岩崎森右衛門にございます」

森右衛門は下座について如才《じょさい》なくあいさつをする。

「わたくしは喜久姫さまづきの中﨟雪島と申しまして、今日姫君さまのお使者に立ちましてございます」

雪島は森右衛門とは初対面なのだ。

大波小波

一

「渋谷金吾《きんご》どのでしたな。御介添《おかいぞ》え役《やく》、御苦労に存ずる」

森右衛門《もりえもん》は金吾のほうへも軽く会釈《えしやく》をする。

「ごていねいなるごあいさつにて恐れ入ります」

金吾は神妙にあいさつをかえしていた。

「雪島《ゆきしま》どの、さっそくですが、お使者のおもむき、これにてうけたまわりたく存じます」

森右衛門は両手をひざになおして、あらためてうながしてきた。

「今日おうかがいいたしましたのはほかでもございません。御当家の若君寿五郎《じゅごろう》さま、明日小梅へなられまして、喜久姫《きくひめ》さまと御対面の儀を取りおこなうことになっておりますが、実は昨日姫君さまが突然お熱を出されまして、さっそく典医におみせしましたところ、これは御風邪気のお熱にて、さほど心配はありません、七、八日ほど御服薬なされれば御本復《ごほんぷく》なされましょうとのお見立てでございました。わたくしどもそれにて一応安心はいたしましたが、なにぶんにもお熱が高くて、今日になってもさがる様子がございません。これではとても明日の御対面の儀は無理のようですし、姫君さまも御対面の儀は気分がすっかりよくなってからにしたいと仰《おお》せられます。かような次第にて、明日の御対面の儀はせっかくながらもうしばらく先のことにしていただきたく、おことわりにあがったのでございます。この儀よろしく御了承くださいませ」

雪島はすらすらと口上をのべてていねいに会釈をした。

「昨日から御発病なされたのですか」

森右衛門は意外そうに雪島の顔を見ている。

「はい、突然のことで、わたくしどもも一時は途方にくれてしまいました」

「そんなにお熱が高いのですか」

「はあ、時々うわごとなども申されます」

「それは御心配ですなあ」

森右衛門はぶしつけにも使者の顔から目を放そうとしない。あきらかにこっちを疑っているようだ。

雪島はこっちの口上《こうじょう》はのべて、後は相手の返事を聞きさえすればいいのだから、おとなしくひざへ目を伏せて待っている。

――このかぼちゃ頭は油断できないぞ。

金吾は森右衛門の広い額《ひたい》をそれとなく見ながらそう思った。その冷たい目の色に奥底の知れないものがある。

「うわごとを申されるようでは、ただのお風邪ではないかもしれません」

「さようでございましょうか」

「失礼ですが、お通じなどどうなのでしょうな」

「それは普通のようでございます」

「どんな名医にも、見立て誤りということがないとはいえません。一度当家の典医をうかがわせてみましょう。大事にいたってからでは手おくれになりますからな」

森右衛門はもっともらしくずばりと切り出してきた。

「せっかくではございますが、それは辞退させていただきます」

雪島はあっさりとことわる。

「しかし、当家へお輿入《こしい》れくださる姫君さまなのですから、当家としてもそれほどの御高熱を聞き流しにはしておけませんからな」

森右衛門はそろそろ本性をあらわしてきたようだ。

二

――お中﨟《ちゅうろう》さまはうまく身がかわせるかな。

その返答のいかんによっては窮地《きゅうち》へ追いこまれることになるので、金吾はそれとなく雪島と森右衛門の顔を見くらべていた。

「御家老さま、それは姫君さまが御承知なさらないと存じます」

雪島は気の毒そうにいう。

「なぜでございますな」

「大奥の姫君さまがたは、たとえ典医でも殿方がお体に触れますことをきらうしきたりがございます。糸脈などと申しますのもそれから出ておりますので、喜久姫さまはものわかりのおよろしいほうですが、外からの医者となりますと、これだけは無理にもおすすめするわけにはまいりません」

うまいなと金吾は思った。

「いや、糸脈の儀なら当家の典医も心得ていますので、それでよろしいかと存じます」

森右衛門は強引に押してくる。

「それなら結構ですけれど、糸脈などで本当の容態がわかるものでございましょうかねえ」

「しかし、大奥では一切その糸脈で医者は投薬しているんじゃないのですか」

「はあ、次の間からふすま越しの糸脈ではなんだか心細すぎますので、わたくしなどはいつも典医にくわしい御容態《ごようたい》をお話ししまして相談することにしておりますの」

「なるほど、それはたしかにそうでしょうな」

森右衛門は苦わらいをして、それでも典医を差し向けたいとはいわなかった。ふすま越しでは仮病《けびょう》を使われていてもわかるはずはないからだ。

「しかし、困りましたなあ」

森右衛門はすぐに戦法をかえたようだ。

「明日の御対面の儀は、御承知のとおり御老中さまから内意をうけてのことで、それが延期ということになりますと、御老中さまに届け出をしなければなりません。理由は姫君さま突然の御発熱でよろしいのでしょうな」

「それでよろしいかと存じます」

「つかぬことをおうかがいしますが、喜久姫さまはこの度の当家との御縁組みについて、なにか御不満のようなことでもおありなのでござろうか」

「いいえ、さようなことはないと存じます」

「それでは、どうでしょうな。ともかくも明日は姫君のお見舞いかたがた、寿五郎さまがそちらへまいられ、たとえお目にかかれずとも御対面の儀はとどこおりなくあいすんだという表向きにいたしては。わざわざ御老中さまに届け出て御配慮をわずらわせることもないかと思うのですがな」

この口実もなかなか返答の難しい提案である。

「せっかくでございますが、こちらはなにぶん姫君さま突然の御発病にて、なにかと取りこんでおりますから、失礼なこともございますと困りますし、姫君さまに余計なお気をつかわせるのもどうかと存じますから」

「これは心づかぬことを申しあげて失礼いたしました。寿五郎さまにおかれましても、この度の御縁組みについては御老中さまの内意から出たことでもあり、たいそう気にかけておられましてな。――それでは、お使者のおもむき直々《じきじき》にお耳に入れていただくことにしましょう」

森右衛門はいよいよ切り札を出してきた。

三

ここでうっかり若殿の御前へ出て明日の御対面の儀延期の事情を直々に申しのべてしまうと、それがたとえ偽《にせ》若殿だったにしても、こっちは本物としてみとめたことにされてしまうおそれがある。雪島も金吾も若殿寿五郎に会ったことがないだけに、自重しなければならないのだ。

「つかぬことをおうかがいいたしますが、寿五郎さまの御病気はもうすっかりおよろしいのでございますか」

雪島はさりげなく森右衛門に聞く。

「はて、若殿さまの御病気とは、どういうことでございましょうな」

森右衛門はわざと不審そうな顔をしてみせる。

「先日寿五郎さまは大森のほうへお遠乗りを駆けられ、その帰途過《あやま》って御落馬のことがございまして、高輪《たかなわ》の下屋敷のほうでしばらく御静養中とかいうおうわさをうかがっておりますけれど――」

「これは驚きましたなあ。雪島どのはどなたからさようなうわさを耳にされたのでしょうな」

「それは、手前が聞いてまいったうわさなのです」

金吾が引き取ってあっさり答える。

「金吾どのはだれからそんなうわさを聞かれたのかな」

森右衛門の冷たい目がじっとこっちを見すえてくる。

「御家老さまは笹井又四郎《ささいまたしろう》という男を御存じありませんか」

「芝金杉橋《しばかなすぎばし》の人入れ稼業《かぎょう》、立花屋の帳つけの笹井又四郎という浪人者なら、一度会ったことがあるが」

「その笹井という男は、松江家の御三男源三郎《げんざぶろう》さまの近習役《きんじゅうやく》をつとめていましたそうで、手前は又四郎からそのうわさを聞いたのです」

「なるほど――。その笹井又四郎という仁が本当に松江家に縁故のある者だとすると、はなはだ心得違いの御仁だな。落馬などということは、世間に知れて決して名誉なことではない。少しでも心得のある侍なら、みだりに口にすることではありません。松江家に縁故があるというのは疑わしいものですな」

森右衛門は苦々しげにいってのける。

「その点は、手前も昨今の付き合いでなんともいいかねます」

「そう申せば、その笹井とかいう仁が、昨今小梅のお屋敷のあたりを歩いているのを見かけたという者があるのだが」

「それはたぶん手前をたずねてきた時のことかもしれません」

「気をつけぬといけませんぞ、身の軽い浪人者は、とかく事を好むようなことを触れ歩いて、なにがしかの金にしたがるものですからな」

「たしかに、そんなところがないとはいえないようです。十分気をつけることにしましょう。——お中﨟《ちゅうろう》さま、よい御忠告をいただいたところで、そろそろおいとまの時刻ではないでしょうか」

金吾がうまく持ちかけていく。

「そうでしたね。——それでは、御家老さま、若殿さまの御前体よろしくお取り計らいくださいませ。これにておいとまいたします」

雪島はすかさず両手をつかえていとまを告げてしまう。さすがに森右衛門もこれ以上引きとめる口実はなかったようだ。

四

岩崎森右衛門は小梅の使者を表玄関まで送り出してから、苦い顔をして御用部屋へ引きかえしてきた。

こっちの目から見れば、一人はたかの知れた女、一人はまだくちばしの黄色い若僧、そんな取るに足らぬ一組みにこのどたん場へきて見事に裏をかかれたかと思うと、森右衛門はどうにも胸がおさまらない。

明日の御対面の儀さえうまくすんでしまえば、先方は若殿が寿五郎であっても松之丞《まつのじょう》であってもどっちも顔を知らないのだから、こっちの計画は九分九厘成功したことになるのだ。

だいいち、御対面の儀がそれほど重大な意味を持っていることなど、とても七人組みなどの考え及ぶことではないと甘く見ていたのが間違いだったかもしれぬ。いや、早くそこへ目をつけてこんな手を打ってきた笹井又四郎という男を、昨夜のうちに始末しておかなかったのがいちばんこっちの手ぬかりだったかもしれぬ。

「御家老さま、小梅の使者は明日の御対面の儀についての使者だったそうでございますな」

御用部屋の控えの間に待たせてあった鳴門屋波右衛門《なみえもん》は、こっちの顔を見るなりずばりと切り出してきた。

「うむ、そのとおりだ。姫君さま突然御発熱のため、御対面の儀を延期してくれという口上《こうじょう》でな」

「もしそれが仮病《けびょう》だとすると、ちょいとやっかいなことになりそうですな」

鳴門屋はさすがに見とおしが早い。

「無論、その仮病のほうらしい」

「間違いはございませんでしょうな」

「間違いはない。さっそくこちらからお見舞いの典医をさし向けましょうと出ると、糸脈でよろしければと出てきた」

「それは雌のほうがですか」

海賊あがりの波右衛門は時々そんな荒っぽい口をききたがる。

「御殿者が年を取ってくると女ということを忘れがちになるからあつかいにくい」

「いや、手前の目から見たところでは、あのお中臈《ちゅうろう》さまは男に不自由をしている
ような顔つきじゃなかったようですがな」
にやりとわらってみせる鳴門屋だ。
「ふうむ、鳴門屋はそんなことまでわかるのか」
「自慢にはなりませんが、男に不自由をしている御殿者はもっととげとげしい顔
をしているものです。歩く体つきにしても、ああやわらかくはない」
「お手前、どこからお中臈さまをのぞいていたのだ」
「玄関わきから、お帰りのところをちょいとのぞかせてもらいました」
「はてな。すると、あのお中臈さまの相手は、ゆうべのおとぼけ男、笹井又四郎
かもしれぬな」
「なるほど――。あの又四郎という男は、一体何者なんでしょうな。どうもただ
の浪人者にしては少し度胸がありすぎます」
「あれはな、松江の家来、御三男源三郎さまの近習《きんじゅう》らしいと、若僧の口からわか
った」
「松江家の御家来ねえ。松江家から隠密《おんみつ》が入ったとすると、これはさっそく手を
打たなければいけません」

波右衛門も真剣な顔つきになってきたようだ。

五

「少し手おくれの感はあるが、まず又四郎を切る。これが先決問題だ」

森右衛門は自分にいい聞かせるように、きっぱりとそれを口にする。

「そのとおりです。松江家がこの事件に乗り出してくると、ちょいとやっかいですからな。それも早いほうでいいでしょう」

鳴門屋にも異存はないようだ。

「三日と日を限って、段取りをつけてみよう」

「問題はその段取りですな」

「そう難しいことはないだろう。立花屋のお香《きょう》をつかまえて、これをおとりにつかえば、又四郎はいやでもわなにかかってくる」

「なるほど――」

「なるべくなら龍崎《たつざき》や石渡《いしわた》に働いてもらいたいのだが、二人で大丈夫かな」

「ゆうべは龍崎が失敗しているようですが、相手は甘く見すぎたからで、その気になればやってやれないことはないでしょう。そっちは鳴門屋が引きうけましょう」

「当家の家来が顔を出してはまずいのだ。なにぶんたのむ」

「わかりました。なあに、殺し屋は龍崎と石渡二人にかぎったわけじゃありません。金しだいで、いくらでもすごいのが集まってきます」

「鳴門屋のお目当てはお香か」

森右衛門はちらっとわらってみせる。

「そのくらいのたのしみがありませんと、なにしろ軍資金のかかることですからな」

鳴門屋は悪びれた顔ひとつしなかった。

「もう一つ、おぬしにたのみがある」

「と申しますと――」

「小梅ではもうこっちのからくりをほぼ見ぬいているようだ。が、まだその証拠をつかまれているわけではない。小梅のほうへお支度金という名目で、三千両ほどつかってみてくれ。又四郎が消えた上に、屋敷の者たちを金で殺していけば、多少のことにそう目くじらは立てなくなる。姫君にとっては、相手が松の字さまにしても、寿の字さまにしても、当家へお輿入《こしい》れさえすればよいのだからな」

「それはまあ、そういうことになるのでしょうが、今日のお中臈《ちゅうろう》さまと介添《かいぞ》え役《やく》の若侍の二人は、意地になりそうですな」

「そのために、おぬしにはすごい手足がついているのではないのか」

森右衛門は冷やかすようにいう。

「そこまで手をのばしますかな」

「乗りかかった船で、しようがあるまい」

「よろしゅうございます。あのお中臈さまもなかなかおもしろそうですからな」

「またたのしみが一つふえたわけか」

「それはそうとして、高輪のほうはそのままにしておいて大丈夫ですか。あれを七人組みに取りかえされると、身もふたもなくなってしまいますぞ」

「それはこっちで引きうける。むしろ、高輪はあのままにしておいて、七人組みのおとりに使ってみることにしよう」

「その手がないこともありませんな」

「だいち、七人組みは高輪をつれ出してみたところでつれていくところがあるまい。もっとも、又四郎の目の黒いうちは油断は禁物だがな」

「そのほうは手前にまかせておいてもらいましょう」

鳴門屋は自信ありげにいうのである。

六

高輪南町に角屋という中旅籠《ちゅうはたご》がある。そこの二階が昨夜から七人組みの本拠になっていた。

地の利からいえば、高輪の尼崎《あまがさき》家の下屋敷へのぼっていく道の入り口に近いし、交替で下屋敷を監視するのに都合がよかった。

難をいえば、敵が少し注意をして人の出入りに気をつけていれば、この本拠はすぐにわかってしまうことだが、今となっては敵の逆襲を恐れてはいられない。むしろ、正面から闘いをいどんでいく覚悟で進むべきだというのが又四郎の意見だったのだ。敵を恐れて逃げかくれしていたのでは、なんにもできないのである。

この又四郎の説に賛成した七人組みの意気は、魚が水を得たように颯爽《さっそう》たるものがあった。

その日の八ツ（二時）すぎごろ、金杉橋の立花屋からお香が町駕籠《まちかご》を飛ばして角屋へ駆けつけてきた。

「笹井さん、小梅のお使者からいま第一報が届きました」

二階の七人組みの座敷へあがってきてそう告げるお香の顔は、ほんのり上気して花のように美しかった。

「そうか。首尾はどんな具合いだね」

「正使はお中藹《ちゅうろう》雪島さま、介添《かいぞ》え役《やく》渋谷金吾さま」

「ふうむ、お中藹さまが正使に立ったのか」

これは又四郎もちょいと意外だった。

「あの怖いおばさんがねえ」

昨夜又四郎の供をして築山で雪島にしかられている西村三吉《さんきち》が目を丸くする。

「あたしも聞き違いじゃないかと思ったんですけれど、なんでも雪島さまは今朝になって御自分からお使者を買って出たのだという話です。そんなに気の強いお中藹さまなんですか」

お香はまだ小梅の家来たちとはほとんど付き合いがないのである。

「それは、元締め、姫君さまでもだれでもしかりつけるくらいだから、気は決して弱いほうじゃないんだが、――笹井さん、あの人はわしの見たところではあまり笹井さんに好意を持っていないように見えた。違いますか」

これも昨夜いっしょだった室戸平蔵《へいぞう》が変な顔をする。

「お中臈さまはなにかこっちを用心している風があったね」

「用心しているのは老用人のほうもおなじですが、とにかく、あのお中臈さまがそういう笹井さんのたのみこんだお使者の役を、どうして引きうける気になったんでしょうな」

「たぶん、金吾どのが一晩中かかってくどき落としたんじゃないかな」

「なるほど、あの人はなかなかの人物のようでしたからな。しかし、ゆうべお中臈さまの風当たりがいちばん強かったのは金吾さんのようでしたがね」

「そこをうまく切りぬけていくのが金吾さんの腕ということになるんだろう。考えてみると、今日のお使者はなるほど助左《すけざ》老人より女のほうがよかったかもしれない。あの老人だと、へたをするとけんか別れになる」

「なんですか、話の様子では、こっちがお中臈さまだったので、岩崎さまもだいぶ勝手が違ったような話ですの」

お香はそれをここで話すのがいかにもたのしそうである。

七

「お香、小梅の使いはだれがきたんだね」

又四郎はあらためて聞いてみた。

「直吉《なおきち》さんという若党さんですの。外桜田のお屋敷を出て、途中からこちらへまわってきたとかで、明日の御対面の儀は、姫君さま突然の御発熱にて十日ほど延期ということに話し合いがつきました。その節、尼崎家の御典医の見舞いをという話が出ましたが、これもことわり、若殿さまにお目通りをという儀も、高輪のことをそれとなく持ち出して辞退しました。あちらさまもさすがに今日のことは笹井さんが黒幕だということに気がついたようですから、十分気をつけてくれるようにというお使いの口上でした」

「そうか。これでいよいよ戦いの火ぶたを切ったことになるな」

「笹井さん、さしずめ敵の打ってくるのはどんな手でしょうな」

さっそく市原信太郎《しんたろう》がひざを乗り出してくる。

「まず森右衛門はわしの命をねらう。同時に七人組みを一人ずつねらってくるだろう。今後諸兄は必ず二人一組みになって行動することにしてもらいたい」

又四郎はきっぱりとそれをいいわたす。

「承知しました。笹井さんはだれと組むことにします」

「わしのことは、お香と源太《げんた》がついているから、心配しないでもらいたい」

「笹井さん、敵はまず元締めをねらうんじゃないでしょうかねえ。元締めをおとりにしてわなをかけるという手です」

室戸平蔵がそんな発言をする。

「当然それは考えられることだね。お香も今日からここへ詰めることにしよう」

「では、今のうちに支度をしてこなくてはなりませんね」

「そんな支度がいるのかね」

「それは女ですもの。着替えぐらいはいりますし、家の者にいいおいておくことだってありますし」

お香はわらいながら気軽に座を立とうとする。

「まあ待て。闘いはもう始まっているのだ。一人で行動するのはあぶない」

「こんな昼間でもですか」

金杉橋までは表通りつづきで、人通りがとぎれるということはないのだ。

「策動の手というやつは、どんな風にのびてくるかわからないものだ」

「じゃ、親方にでもいっしょに行ってもらいましょうか」

「源太はいま見張りに出ている。そうだ、その見張りもこうなると一人では心もとないな。だれか一組み行って、源太とかわってくれぬか」

「では、わしと西村が行きましょう」

室戸が即座にそれを引きうける。

「これからいちばん大切なのは、下屋敷の動きなのだ。暮れ六ツに交替ということにして、それでは御両所にたのむことにしよう」

「心得ました」

室戸と西村はすぐに座を立っていった。

「すると、笹井さん、場合によっては、今夜、五郎さんをどこかに移すということも考えられるわけですな」

市原をはじめ七人組みの者たちは、いよいよ緊張してきたようである。

八

室戸と西村の二人が出ていくとまもなく、源太が帰ってきた。

「だんな、ただいまもどりやした」

「御苦労だったな」

「元締め、おいでなさいまし」

源太はお香のほうへも如才《じょさい》なくあいさつをしてから、

「ところで、だんな、今夜はどうも油断ができねえようですよ」

と、さっそく切り出してくる。

「そうか、下屋敷になにか変わったことでもあったのか」

「へい。さっき山部亀三郎《かめさぶろう》が組下の者を二人つれて下屋敷へ入りやした。あとから二人、そのまたあとから三人、これで八人ですが、この分だと夕方までにはもっと人数がふえるかもしれやせん。――室戸さんの話だと、今日の小梅のお使者はうまくいったんだそうでござんすね」

「うむ、そっちはうまくいったようだ」

「だから、敵もじっとしていられなくなったんでさ。ひょっとすると、今夜のうちに寿の字さまをどこかへ移すかもしれやせんぜ」

源太は真剣な顔をしている。

「市原うじ、山部組は何人ぐらいの組なんだね」

又四郎は市原のほうへ聞いてみた。

「当家の徒士組《かちぐみ》は十五人一組みで、組頭《くみがしら》を入れて十六人ということになります」

「すると、半数が下屋敷へ入ったことになるな」

「やっぱり、五郎さんをどこかへ移す考えでしょうかな」

「おなじ移すにしても、もう一手があるようだ」

「といいますと――」

「まず偽《にせ》行列を仕立ててこっちをおびき出す手だ。この場合は、町の中での血戦はなるべく避けたいだろうから、行列は大木戸の外へ向かうかもしれぬ」

「その真偽を見わけるのがなかなかやっかいな仕事になりそうですな」

「まあ、それはもう少し下屋敷の人の出入りを見てからのことにしよう」

そういってから、又四郎はふっと思い出したように、

「源太、おまえ御苦労でも、今のうちにお香を金杉橋まで送ってやってくれぬか」

と、源太のほうへいいつける。

「なるほど、元締めをねらって、おとりに使うって手がないともいえやせんからね」

源太はさすがにのみこみが早い。

「お香も今夜からここへ詰めることになったんで、その支度に一度家へ帰ってきたいというんだ」

「笹井さん、なんならあたし、家へ帰ってくるのやめてもいいんですのよ。こんないそがしい時、親方の手間を欠いちゃ悪いんじゃないかしら」

お香がすまなそうにいう。

「いや、いそがしくなるのは日が暮れてからだ。なるべく夕方までに帰ってくるようにしてくれればいい」

「それはそんなにかかりゃしませんけれど、じゃすぐに行ってきますから」

お香は本当にそのつもりだったようだが、事実はそうはいかなかったのである。

九

「元締め、ゆうべだんなは小梅のお中﨟《ちゆうろう》さまにえらくしかられたんですってね。そんな話、聞いていやすか」

表へ出ると、源太はさっそく声をひそめながら話しかけてきた。

時刻はやがて八ツ半（三時）になろうとして、御殿山《ごてんやま》あたりへ出かけた花見の連中がそろそろ帰途につくころだから、表通りはいつもより人出でにぎわっている。

「さっき西村さんがちらっとそんなことをいっていたけれど、又さんはどうしてそんなにお中﨟さまなんかにしかられなくちゃならなかったのかしら」

お香はなんとなく、おもしろくない気持ちである。

「なあにね、ゆうべだんながお支度金を小梅へ運んでいくと、御用人のじいさんそれを玄関で受け取って、そこからだんなを追いかえした。だんなはあれで人のいいほうだから、おとなしく引きかえしてくると、屋敷の表にじいさんのせがれってのが待っていやしてね」

「金吾さんとかいう人なんでしょう」

「まだ年は若いが、これがなかなかのやり手なんですね、だんなたちを裏門口からそっと案内して、築山の上へつれていった。そこの四阿《あずまや》にお姫さまが一人でだんなを待っていたんだそうです」

「お一人で出ていらしたのかしら」

「とにかく、御用人やお中﨟さまには内緒だったんですね。じゃじゃ姫さまといわれるくらいだから、そんなことぐらいは平気なんでしょうよ。それに、お姫さまにすれば、これから嫁に行こうとする先のごたごたなんだから、ぜひくわしい話が聞いておきたかったんでしょう。だんなにすれば、そのお姫さまの名を借りて寿の字さまを助け出そうっていう下心があるから、お姫さまの本当の胸のうちってやつをよく聞いておかなければならない。それにはどうしても二人きりで話しあってみる必要があったわけです」

「うまくいったのかしら、ゆうべは」

「とてもうまくいったようだって話です。西村さんたちがこっちから見ていると、まるで顔を突きあわせるようにして話しこんでいた。だんなはまったくいい度胸だって、西村さんたちが感心していましたっけ」

「そこをお中﨟さまに見つかってしまったの」

「まあそうなんでしょうね。家来たちが寄ってたかって、まるでお姫さまにあいびきをさせているようなものだ。あれじゃお中﨟さまが怒るのも無理はないって、西村さんはわらっていやした」

「まさか、身分が違うんだもの、あいびきには見えないんじゃないかしら」

お香はなんとなく苦わらいが出てくる。

「そいつはそうなくちゃならねえはずなんだが、西村さんの話だと、お姫さまはすっかりだんなが気に入ってしまったようだ、笹井のだんなにはどこか女に持てるところがあるんで、心配だっていうんですがねえ、――元締めはどうなんです」

「ふ、ふ、又さんが好きになるような女は、まあ変わり種のほうが多いんじゃないかしら」

お香はあっさり受け流しながら、じゃじゃ姫さまもその変わり種のほうでは人後におちない姫君らしいので、なんとなく割り切れないものが胸に残ってくる。

十

「ねえ、親方、ゆうべはそんなに又さんに腹を立てていたお中﨟《ちゅうろう》さまが、どうして今日は自分から尼崎家へお使者に立つ気になったのかしら」

お香はどうにもそれがふにおちないのである。

「なあに、お中﨟さまがだんなに腹を立てたのは、それだけだんなを甘く見ているからで、今日自分がお使者に立ってうまくいけば、これからだんなをあごの先で使える、まあそんな気持ちがあるんじゃねえかな」

源太は源太らしい見方をしているようだ。

「又さんがあごの先で使われるなんて、いやだなあ、あたし」

「そんな心配はありやせんや。だんなはあごの先で使われているように見せかけておいて、その実いつの間にか相手をあごの先で使っている、そういう人の悪いところがあるんだ。元締めなんかも気をつけたほうがようござんすぜ」

「ふ、ふ、あたしはもうだめ。昨日からあの人にあごで使われっ放しなんだもの」

お香は正直にいって、なんとなく胸の中が甘ったるくなってくる。

「おどろいたなあ。手放しですかい、元締め」

「ごめんなさいね。あたしはこんな気持ちになるのははじめてなものだから、なんだか怖くて」

「そうでござんしょうとも。よりによって、いちばん敵にねらわれているだんなになんかおかぼれすると、これから気のもめることばかりで、一日だって楽はできやせんぜ」

「いいんですのよ、苦労なんかどんな苦労をしたって、あの人によろこんでもらえさえすればそれでいいの」

「お立派でござんす」

源太はあきれたように苦わらいをしていた。

金杉橋の家へ帰ってみると、父の金兵衛《きんべえ》は同業の寄り合いへ出かけたとかで留守だった。

父親とはもうすっかり話しあって、いざという時は勘当《かんどう》とまで話がきまっているので、留守でもかまわないのだ。留守番の小頭政吉《こがしらまさきち》に、今日から角屋へ泊まりこむことになるからと告げて後のことをたのみ、部屋へ入っておふみに手伝わせ、忘れ物のないように手まわりのものをふろしき包みにする。

「元締め、いつごろ帰ってこられるんです」

おふみが心細そうに聞く。

「さあ、四、五日もすれば帰ってこられるかもしれない」

ここ四、五日の間に勝負がつかないようだと、こっちはだんだん苦しくなってくることを覚悟しなければならないのだ。

「用があったら、あたし、角屋へ行ってもかまわないんでしょう」

「それはかまわないけれど、なるべく人目につかないようにしないとね」

さあ、もうこれで支度はすんだと思っているところへ、

「元締め、浜町《はまちょう》から奥方さまのお使いだというお腰元さんがみえました」

と、政吉が自分で取り次いできたのである。

「浜町のお屋敷からなの」

「へい、お美代さまとかいうお腰元さんです」

「座敷へ通しておいてください」

お美代なら奥方に目をかけられている腰元だから、浜町の使いに違いない。

が、浜町からわざわざ使いがくるようでは、中屋敷になにか起こったに違いな

いのだ。お香は妙に胸騒ぎがしてくる。

十一

尼崎家の正室お千枝《ちえ》の方《かた》は、当主の失政の責任の一半を負って、自分から浜町の中屋敷へ謹慎《きんしん》したと、表向きはそうなっているが、事実は岩崎一派に強要されて中屋敷へ移ったのだ。

それからまもなく、若殿寿五郎さまの落馬のことがあり、お部屋さま腹の松之丞が寿五郎さまになりすまして上屋敷へ入りこんだというわさが流れ出したのである。

そういう奥方からの使いというのだから、無論これは密使に違いない。

「お美代さま、お越しなさいませ」

お香はすぐに客間へ出ていってお美代にあいさつをした。

「お香さん、突然おじゃまをいたしまして」

お美代もすでに七、八年からの御奉公で、もう二十は越しているはずである。どこか眠そうなおっとりとした面立《おもだ》ちだが、その実なんでもよく心得ているしっかり者なのだ。

「お方さまのお使いとうかがいましたが、浜町になにかあったのですか」

気心はおたがいによくわかっている間柄だから、お香はさっそく切り出していく。

「いいえ、浜町のほうにこれということがあったわけではございませんが、先ほど鳴門屋波右衛門がごきげん伺《うかが》いに出まして、明日の若殿さまと喜久姫さまの御対面の儀が、姫君さま急の御発熱にてしばらく先へ延期されたということがお方さまのお耳に入りました。お香さんはもう御存じでしょうか」

「そのことは、香もうかがっています」

「それについて、お方さまは、ぜひあなたにくわしい事情が聞きたい、鳴門屋の話だけでは心もとないから、すぐに浜町のほうへ出向いてもらうようとのおおせにて、あたくし中間《ちゅうげん》一人をつれて、裏口からそっとお使いに立ちましたの」

やっぱり表向きの使いではなかったのだ。

「鳴門屋さんがわざわざそんなことをお方さまのお耳に入れにうかがったのですか」

鳴門屋は岩崎派の一味の者とわかっているのだ。それが奥方の前へ出て、わざわざそんなことを耳へ入れたとすると、その裏になにかたくらみがあると一応は考えてみずにはいられない。

「お方さまのいちばん御心配なのは、寿の字さまがいまどこにいられるのか、小梅のお屋敷ではそういうことがわかっているのかどうか、この二つのようですの」

「お方さまは松江家の笹井又四郎というお方のことを御存じのようですかしら」

「それは御存じのようです。その方のこともうかがいたいのではございませんかしら」

「かしこまりました。では、あたくし、すぐに浜町へうかがいます。――やはり、裏門のほうからまいったほうがよろしいのでしょうね」

「そうなすってくださいませ。表門からですと、どんな意地の悪いまねをされるかわかりません」

「そうでしょうね」

「では、あたくしは一足先へ帰って、裏門でお待ちすることにします」

「御苦労さまでも、そうなすってくださいませ」

そう話がきまると、お美代は早々に座を立って、一足先に帰っていった。

十二

これから浜町の中屋敷へ出向くと、帰りはどうしても夜になる。

――鳴門屋はその帰りをねらう気かもしれない。

お香はすぐそこへ気がつきはしたが、奥方からの迎えではことわるわけにはいかないのである。それに、こっちの様子もぜひお耳に入れておきたいし、居間へ帰るとさっそくおふみに、台所に待っている源太を呼んでもらった。

「元締め、浜町からお使いがきたんですってね」

居間へ入ってくるなり、源太は目を光らせながら聞いた。

「そうなの。なんですか、鳴門屋が奥方さまのごきげんうかがいに出て、明日の御対面の儀が延期になったことをお耳に入れたので、たいそう御心配なすっていられるんですって」

「こいつはおうかがいしないわけにはいきやせんね」

「ええ」

「つまり、そこが鳴門屋のつけ目かもしれねえ。帰りは夜になりますからね」

源太もおなじ考えのようだ。

「親方、笹井さんに黙っていってもいいかしら」

「そいつはだんなに相談してみたところで行かずにすむって話じゃないんですから、あっしから話しておくことにしやしょう。そして、帰りはどうするか、だんなの意見を聞いて、すぐ元締めの後を追うことにしやす」

「すみませんが、そうしてください。あたしはこれから小頭《こがしら》に送ってもらって、浜町まで駕籠《かご》を飛ばします。親方は中屋敷の裏門口のほうであたしの帰りを待っていてもらいたいの」

「承知しやした。ついでにそのふろしき包みを運んでおきやしょう」

「いいんですのよ。こんな女の物なんか、殿方に持たせちゃ罰が当たります。後でおふみに運ばせますから、それより笹井さんのほうをいそいでください」

「男はみんな女から生まれてくるんですぜ。そんなことをいやあ、男はみんな罰当たりってことになる」

源太はそういってわらったが、

「まあ、元締めがそういうんなら、気のすむようにしなせえ。――じゃ、あっしは出かけやす」

と、気軽に立ちあがっていた。

——おかしなもんだ。女が色恋をすると、つまらねえことまで恥ずかしがるようになる。

源太はなんとなく胸がくすぐったかった。

一人で駆け出せば、金杉橋から高輪南町までは造作もない。

「だんな、ちょいとやっかいなことが起こりやした」

又四郎の前へ出て、浜町からの使いのことを告げると、

「そうか、やっぱり手を打ってきたか」

又四郎はさすがにそんなことのあるのを予期していたようだ。

「それで、あっしは帰りは舟にして、三十間堀《さんじっけんぼり》から汐留《しおどめ》へ入ったほうがいいと思うんですがねえ」

「それも一つの手じゃあるが、むしろ、お香は今夜、浜町へ泊めてもらったほうがいいようだな」

又四郎は冷静にずばりとそういいきるのである。

十三

「元締めを浜町へ泊めるんですかい」

源太は思わず又四郎の顔を見なおす。

「うむ、お香にとって、ここは安住の場所ではない」

「けど、だんな、浜町の中屋敷だって、奥は岩崎一味の者たちに監視されているんでしょう」

「それはそうだが、その奥から動きさえしなければ、奥へみだりに踏みこんでいくわけにはいくまい。奥方さまの目が光っているうちはな」

「そいつはそうかもしれやせんが、そこから動けないなんてことは、とても元締めには我慢できないでしょうよ。だいいち、少しかわいそうでさ」

あんなに又四郎の世話をやきたがっているお香を、そんな離れ小島のようなところへ押しこんでしまうのは少しむごすぎると源太は同情せずにはいられないのだ。

「しかしなあ、源太、ここは我々にとってもそう安心して長くいられる城ではない。ではどこへ居城を移すかとなると、その見当はつかぬ。つまり、敵の出方によって、絶えず戦法が変わっていくということだ」

「なるほど、——だから女はじゃまだといいたいんですね」

「野戦ということになれば、我々は野宿をする場合も出てくる。女にはそれは無理だ」

「しようがねえ。じゃ、あっしから元締めに、今夜は浜町へ泊まるようにすすめておきやしょうか。——元締めがおとなしくいうことをきいてくれるといいんですがねえ」

源太にはどうもその自信は持てない。

「だんなさま、いまどこかの中間《ちゆうげん》さんが店へきて、こんなものを置いていったんですがねえ」

そこへ角屋の亭主があがってきて、一通の封書を差し出したのである。

「その中間はもう帰ったのかね」

「はい、返事はいらないといって、これを置くとさっさと帰ってしまいました」

封書の表は笹井又四郎殿となっているが、裏には日付だけで署名はない。

封を切ってみると、中は左封じになっている。

「笹井さん、それは果たし状のようですな」

市原信太郎が目ざとくそれを見て、さっと顔色を変える。

「龍崎定次郎《さだじろう》、石渡忠蔵《ちゅうぞう》の連名だ。今夜暮れ六ツをすぎたら、ここの前の砂浜まで出てきてくれ、一昨日の勝負がつけたいという文面だ」

又四郎は一通り目を通して、それを市原へわたす。

「二人のうしろに鳴門屋がついているわけですな」

市原はそれを次の坂田伍助《ごすけ》にまわす。

「その鳴門屋のうしろには、岩崎森右衛門が目を光らせている。つまり、これが明日の御対面延期に対する敵の返礼なんだ。お香が浜町へおびき出されたのもそれだし、この果たし状もそれだ。この分だと、今夜は高輪の下屋敷からも必ずなにか手を打ってくる」

「一度にいろいろな手を打って、こっちを片っ端からつぶしていこうという腹なんですな」

七人組みの者たちは、たちまち殺気立ってきたようだ。

――さあ、いけねえ。

源太は又四郎の顔ばかり見ている。

十四

「源太、いま聞いてのとおりだから、おまえとにかく浜町のほうへ行って、お香を見てやってくれ」

又四郎はあらためて源太のほうへいいつける。

「それで、だんなはどうするんです」

「この果たし状のことか」

「へい、やるんですかい」

「それは、無論、やるよりしようがあるまい」

又四郎は苦わらいをしている。

「弱ったなあ。これから浜町へ行ってきたんじゃ、あっしはとても間にあわねえ」

源太は本気だった。

「いや、わしのことなら心配しなくてもいい」

「そうはいきやせんや。そりゃあこっちには市原さんたちもついていてくれやすから大丈夫でしょうが、それじゃあっしの気がすまねえ」

「その考えは、源太、少し違うようだな」

「どうしてです」

「敵は市原さんたちをついでに誘い出したいから、果たし合いの場所をわざわざここの前の砂浜ときめてきたんで、うっかりそれに引っかかると下屋敷のほうの見張りがおろそかになるから、その間にどんな小細工をされるかわからない」

「なるほど、それがありましたなあ」

市原たちもはっとそこへ気がついたようだ。

「そこでなあ、源太は浜町のほうを、市原さんたちは下屋敷のほうを、わしは果たし合いのほうと、今夜は三方にわかれて闘うことにするんだ」

「畜生《ちくしよう》、それよりしようがないでしょうかねえ、だんな」

源太がいちばん心配なのは、やっぱり果たし合いのほうなのである。

「味方の人数はこれだけとはじめからわかってかかった仕事なのだ、一人一人が腹をきめて最善をつくす、そのつもりでなくては、敵に裏をかかれて窮地《きゆうち》に追いこまれるだけの話だ。しっかりしなくちゃいかん」

「わかりやした。それで、だんな、元締めが浜町へ泊まるのはいやだといったら、ここへつれてきてもいいんですかい」

「いや、今夜はもうみんなここにはいられないかもしれぬ」

「じゃ、あっしたちはどこへ行けばいいんです」

「こうしよう。源太はお香をつれて、船で小梅の屋敷へ行っていてくれ。あそこの門番の吉兵衛《きちべえ》というのを呼び出して、渋谷金吾に会わせてもらうのだ。わしもこっちがすみ次第、小梅へ駆けつけることにする」

「喜久姫さまのお屋敷ですね。顔なじみのないあっしたちがいきなり行っても大丈夫でしょうかね」

「金吾はものわかりのいい人物だから、その心配はないと思う。ただちょいと気になるのは、ひょっとすると敵は小梅のほうへもなにか手を打っているかもしれない。その時はいちばん近い宿屋を見つけて、そこで待っていてくれ」

又四郎はそんな行きとどいた指図《さしず》をする。

「かしこまりやした。じゃ、あっしはこれからすぐ浜町へ突っ走ることにしやす」

できればなんとかして暮れ六ツまでにここへ帰ってきたい、そんな気持ちを捨てかねるので、源太はそそくさと立ちあがっていた。

十五

「笹井さん、あなたのほうは一人で本当によろしいでしょうかなあ」

源太が出ていくと、市原はもう一度念を押すように聞いた。

「わしのほうは大丈夫だ」

「しかし、その果たし状にあるように、敵が龍崎と石渡の二人きりならよいが、二人ともこっちに我々がついていることを知っている。わしは、ひょっとすると敵もそれだけの人数を用意してくるんじゃないか、そんな気がするんですがねえ」

そういうことが絶対にないとはいいきれないが、又四郎にはまた別な考えがあった。

「もし敵が我々をひとまとめにして挑戦しようという考えなら、ここの前の砂浜を決闘の場所には選ばないと思う。ここはまだ御府内のうちで、徒党を組んでそんな荒っぽいまねをすると人目につきやすいし、後が面倒になる。二人のほうとしては、むしろ我々を前の砂浜へおびき出しておいて、自分たちはいい加減に逃げまわりながらうまく自身番へ飛びこんでしまう。つかまるのは徒党を組んで抜刀《ばっとう》している我々のほうだ。そういう形をこしらえておいてから下屋敷から人数をくり出してくれれば、あなたがたには脱藩という弱みがあるから、つかまっても切られてもしようがないということになる。わしはそう見ているんだがねえ」

「なるほど、その手はたしかにありますなあ」

市原もやっと納得がいったようだ。

「では、笹井さん、我々としては今夜は下屋敷を厳重に監視しているのが最善ということになるんですな」

坂田伍助がそれをたしかめるように聞く。

「そのとおりです。下屋敷組としては、あんたがたに監視されていると、屋敷にじっとしているか、偽《にせ》行列をこしらえてあなたがたを大木戸の外へおびき出すか、まずこの二つの手しかない」

「偽行列が下屋敷を出た場合はどうしたもんでしょう」

こんどは伊東一平《いっぺい》が聞いてきた。

「一組みだけが行列の跡をつけて、行く先を見とどける。後の組は持ち場を動かないほうがいい」

「笹井さんが小梅へ出かけるとして、我々はどこで帰りを待っていればいいでしような」

「角屋へ行く先を連絡しておいてくれれば、わしはそこへ行くことにする」

これで今夜の打ちあわせはすんだ。そして、暮れ六ツ――。町へは灯が入って、空に十五日の春の月がおぼろに明るくなってきた。

又四郎は店からてんびん棒を一本借りて、角屋の表口から往来へ出た。七人組みはよいころを見計らって裏口から出ていくはずである。

江戸の街はどこでも日が暮れるとぱったり人の足が遠のいてくる。

又四郎は往来をまっすぐ突っ切って、前の海っぷちの石崖《いしがけ》の上に立つ。たしかに少し離れた砂浜に龍崎と石渡の二人はもうきていて、じっとこっちを見ている。やっぱり、ほかに助太刀《すけだち》はないようだ。

――よし。

又四郎はゆっくりとそこの桟橋《さんばし》から砂浜へおりていく。やや遠くなった渚《なぎさ》から、波の音が静かに耳についてきた。

十六

「御両所、今晩は――」

又四郎は二人の前へ行って、微笑しながらあいさつをした。これから果たし合いになるという鋭い気魄《きはく》など、およそどこにもない。

「おぬし、一人で出てきたのか」

龍崎はすでに殺気立った目つきになってこっちをにらみつけてくる。

「ああ、龍崎さんはわしがお香をつれてくるとでも思っていたのかね」

「ふん、お香が角屋にいないのは承知の上だ。そのかわり、七人組みがいるはずだぞ」

「なるほど、それで石渡さんは往来のほうばかり見ているのか」

一足さがって龍崎のうしろにいる石渡忠蔵は、それとなくちらっちらっと往来のほうへ目をくばっているのだ。

「あいにく、七人組みはもういないだろう」

「七人組みはどこへ出かけたんだ」

「裏口から出て、高輪の下屋敷へ出かけることになっているんだ」

「なにっ」

「お香は浜町へさそい出されてしまうし、わしたちは今夜はなかなかいそがしい」

「そのお香も、今夜は無事にはすまないだろう。笹井、あやまってしまうなら今のうちだぞ」

龍崎はこっちを冷やかすようににやりとわらってみせる。

「おかしいな。わしがここであやまると、どういうことになるんだね」

「今夜の果たし合いはやめにして、五十両やろう。おぬしはすぐに浜町へお香を迎えに行って、当分二人で江戸を離れていればいいんだ」

「鳴門屋がそういっているのかね」

「おぬし、その口ぶりじゃあ、あくまでもおれたちを敵にまわそうって腹だな」

「そんなことはない。わしは、森右衛門でも、鳴門屋でも、悪だくみさえ捨てれば、いつでも友達になってやるつもりでいるんだ」

「大きく出やがったぜ。首のない人間と友達になったってしようがねえだろう」

「いや、わしは前非《ぜんぴ》を改めさえすれば決して首まで取ろうとはいわない男だ」

「ふざけるねえ。首のなくなるのはおぬしのほうだ」

「そんなことはない。首のなくなるのは悪いことをする人間のほうだと、昔からきまっている。御両所も心を入れかえるなら早いほうがいいな」

「ようし、抜け。貴様のような調子の外れたやつを相手にしていると、こっちまで気が変になってくる」

龍崎は一足さがって刀の柄《つか》へ手をかけてみせる。

「いや、わしはこれでいい。このほうが刀より長い」

又四郎はびゅんとてんびん棒を一振りして、相手の抜刀《ばっとう》するのを待っている。

そのけろりとした顔つきを見て、龍崎はかっとなったらしく、

「くそっ、来いっ」

さっと刀を抜いた。

「よせばいいんだがなあ」

又四郎はとっさにてんびん棒を青眼に取る。

「おうっ」

子供あつかいにされた龍崎は、一気に切って出る気配を見せて、じりじりと間合いを詰め出してきた。

十七

龍崎は、一昨日の晩、この近くの往来で一度又四郎と白刃をまじえている。その時は上段から切りこんでいった一刀を又四郎にかわされ、運悪くそこが崖《がけ》っぷちだったので、踏みとどまることができず、自分から砂浜へ飛びおりていく結果になっていた。

が、龍崎はこの時の勝負を、自分のほうが負けたのだとは絶対に思っていない。多少相手を甘く見ていたから、思わず不覚を取ったので、そのこっちの不覚を突いて切るだけの腕さえ又四郎は持っていないと龍崎は見ているのだ。だから、相棒の石渡にも、

「今夜はおれが又四郎を切る。忠蔵、おぬしは七人組みを引きうけてくれ」

と、はじめからそういう約束になっていた。

ところが、こうして実際にぶつかってみると、当然助太刀《すけだち》に出てくるはずの七人組みは下屋敷のほうへ向かったというし、当の又四郎は刀さえ抜こうとはせずに、てんびん棒で相手をしてやると、平気でこっちを青二才あつかいにしてきた

のだ。

すっかり自尊心を傷つけられた龍崎は、我ながらかっとならずにはいられなかった。

――小癪《こしやく》な。

そして、一気にたたっ切ってしまうつもりで、怒りにまかせぐいぐいと間合いを詰めて出たが、そこでまた龍崎は内心どきりとさせられていた。無造作に構えている又四郎のてんびん棒の先端が、まるで生き物のようにぴたりとこっちの胸もとへ吸いついてきたからである。

――一体、このおとぼけ野郎は、本当に間抜けなのか、それとも間抜けをよそおっているのか。

心に惑いを生じた龍崎は、思わず前進がとまっている。このまま強引に切って出れば、相手のてんびん棒は同時にもろ手突《てづ》きをかけてくる。てんびん棒はたしかに刀より長いから、こっちの刀が相手にとどく前にてんびん棒のほうがこっちの胸板を突き破っていることになる。

それを避けるには、まずてんびん棒を引っ払って、素早く敵の手もとへ踏みこんでいく必要がある。

「えいっ」

龍崎は気合いで敵を圧倒しながら相手の構えをくずしにかかった。

「おうっ」

又四郎はそれを軽くうけ流して、逆にすっと一歩前へ出てきた。それだけてんびん棒の先端が目の前へ近く迫ってきたので、それを引っ払って出ればいいのだが、相手の堂々たる気魄《きはく》に押されて、龍崎はつい一足さがっていた。

――うぬっ。

おれほどの男が、こんな若僧に気合い負けをしては男がすたると、龍崎は歯がみをしながら、

「えいっ」

悔しまぎれに、思わず一刀を必死の上段になおしていた。

――しまった。

そのこっちの上段がまだきまらぬ先に、

「とうっ」

又四郎のてんびん棒が踏みこみざまさっと籠手《こて》へ鋭い横なぐりを入れてきたのである。

「う、うっ」

骨にひびが入ったかと思われるような籠手の激痛に、龍崎は不覚にもぽろりと刀を取り落として、うしろへよろめいていた。

十八

――恐ろしいやつ。

石渡忠蔵は、龍崎が一刀をたたき落とされた瞬間、まったく冷やりとした。そこをすかさず第二のてんびん棒が飛ぶと、龍崎は脳天をたたき割られて即死する。忠蔵はてっきりそうくるだろうと見て息をのんだのだが、意外にも又四郎はすっと一歩さがって、

「龍崎さん、どうやら勝負はあったようだね」

と、むしろ気の毒そうな顔をしながらいう。

「くそっ、勝負はこれからだ」

あやうく踏みとどまった龍崎は、蒼白《そうはく》になった顔を引きつらせながら、夢中で差し添えの柄《つか》に手をかけようとしたが、その手がいうことをきかない。思わず左

の手で痛む手をかばいながら、どっとそこへしりもちをついていた。

「忠蔵、切れっ。笹井をたたっ切れっ」

もうわめくよりほかに手のない龍崎になっているようだ。

石渡は自重して、じっと相手の出ようを待つ。

「石渡さん、わしは今夜はいそがしい。これで失礼する」

又四郎のほうにははじめからけんかを買う意思はないらしく、そうあいさつをすると、さっさと往来へあがる桟橋《さんばし》のほうへ歩き出す。そのうしろ姿はゆうゆうとしていて、いま命のやりとりの果たし合いをしたばかりだというような殺気立ったところはどこにもない。

――あいつはたしかに傑物《けつぶつ》だ。

石渡はそれを見送りながら、なんとなくため息が出てくる。

往来にはそこここにすでに野次馬どもがたかりかけているようだ。

「石渡、どうして笹井を逃がすんだ。臆《おく》したのか」

「まあ、そう興奮したってしようがない。それより、そっちの手はどうなんだ」

石渡は苦わらいをしながら聞く。

「くそっ、おれは負けたんじゃねえ。三度目ということがある」

そのくせ、龍崎の額からは脂汗が吹き出している。よほど痛みが激しいのだろう。

「龍崎、おぬし一人で歩けるか」

「歩ける」

「では、おれは笹井を追ってみる」

「今からじゃ間にあわねえだろう」

「いや、行く先は浜町ときまっているんだ。おぬしは早く医者をさがしたほうがいい」

このままでは金主の鳴門屋にあわせる顔がなくなる。そう気のついた忠蔵は、もうけが人などにかまってはいられなかった。せめてこれからの笹井の行動をさぐり出しておけば、打つ手はいくらも出てくるし、鳴門屋も納得してこっちの進言をいれてくれるに違いない。

そう腹をきめた忠蔵は、龍崎の返事も待たず、ぐんぐん往来のほうへ歩き出していた。

そのころ――。

お香は町駕籠《まちかご》を飛ばして浜町へ向かい、一足先について裏門口で待っていたお美代に案内され、さっそく奥方の御前へ出ていた。

この中屋敷の奥は岩崎一派の家来たちに絶えず監視されて、まるで離れ小島のような形にはなっているが、さすがに敵も奥のことにまでは口出しを控えているので、ここまで入りこんでしまえばもう命の心配までしなくてもいいのだ。

十九

お千枝の方はすでに四十を一つ二つ出ているはずだが、年よりはずっと若々しく、聡明《そうめい》で、すぐれた気品を備えている奥方さまだった。

それだけに、岩崎森右衛門もこの奥方だけは苦手で、なるべく敬遠しているのだといううわささえあるくらいなのである。

「お香、寿五郎どのはまだお脳が正常にもどられていないというううわさがあるそうですが、本当でしょうか」

奥方がいちばん心配しているのは、やっぱりそのことのようである。

「いいえ、お方さま、香はその折おそばにおつきしていた近習方《きんじゅうかた》から聞いたのですが、若殿さまは御落馬あそばされるとすぐ御自分でお立ちになり、しっかりとした足取りで玄関先から奥へお入りなされましたそうで、お脳に別状があったなどとは思われないとうかがっています」

「それならよいのですけれど、――寿五郎どのはまだ高輪の下屋敷にいるのでしょう」

「はい、たしかにおいであそばすことが、こんどはっきりいたしましたそうです」

「だれか見かけた者があるのですか」

「笹井さまがそのお見かけしたという小者から直接聞いているということですから、間違いないと思います」

「上屋敷にも寿五郎どのがいるのだそうですね」

奥方の涼しい目がふっと曇ってくる。

「若殿さまは三日ほど高輪で御静養の上、上屋敷へ御帰館あそばされたことになっているようでございます」

「千枝がふしぎに思うのは、正気の寿五郎どのがどうして高輪などにおとなしくしているのか、そのことなのです。家老どものたくらみを知らずにいるのか、それとも監禁されていて御自分の自由がきかないのか、どちらなのでしょうね」

「さあ、その点はこれから笹井さまがさぐってくださると思います」

これだけはお香もまだはっきりしていないので、そう答えておくほかはない。

「笹井又四郎と七人組みの力だけでそれがさぐり出せそうですか」

「笹井さまは優れたお方ですから、香は大丈夫だと思います」

「又四郎と七人組みの間はうまくいっているようですか」

奥方はまだなにか不安そうである。

「はい、うまくいっております。実は、昨日、笹井さまはお一人で小梅のお屋敷へまいり、御用人さまにお目にかかっています。御対面の儀がすんでしまってからでは取りかえしがつかない、それを先さまのほうから延期していただこうというのが目的だったようです」

「まあ」

「それから、昨夜になってもう一度、こんどは七人組みの室戸平蔵さまと西村三吉さまのお二人といっしょにお支度金を献上しにうかがい、その帰りに裏門口から案内されまして、喜久姫さまに直々《じきじき》お目通りいたし、こちらの事情をお耳に入れました上、姫君さまからいかようにも力添えをしてつかわすというありがたいお言葉をたまわってきております」

「それは本当ですか、お香」

奥方はさすがにびっくりしたように目をみはっている。

二十

「昨夜の笹井さまのお働きが、たぶん御対面の儀延期の今日のお使者になったのではないかと香は思っております」

そうはっきり奥方の前で自慢できるのがお香にはとてもうれしかった。

「小梅の使者の口上《こうじょう》は、喜久姫さま突然御発熱のためということだったそうですが、それでは喜久姫さまは本当は御病気ではないのですね」

奥方はまったく意外そうである。

「はい、御発熱は作りごとかと存じます」

「上屋敷ではそれを本当にしているのだろうか」

「いいえ、仮病《けびょう》だとおよその見当をつけ、こういう段取りをつけたのは笹井さまだと、そこまで見ぬいているようでございます」

「まあ、それではこのままではすみませんね」

「今日ごきげんうかがいに出た鳴門屋は、お方さまになにか申していませんでしたでございましょうか」

　お香は念のために聞いてみた。

「そういえば、思いあたることがあります。鳴門屋は、御対面の儀が一日も早く無事にすまぬとお家にとって困った事態が起こるかもしれぬと家老が心配しているといいますから、御風邪気のお熱ならすぐおなおりになるでしょうと千枝は申しておきました。すると、鳴門屋は何気なさそうに、笹井又四郎という御仁はどんなお方なのでしょうなと聞くから、それはだれのことかとこっちから聞きかえしてやると、こんど新たに立花屋の帳つけに住みこんだ浪人者ですと申していました。鳴門屋はやはり家老にいいつけられて様子をさぐりにまいったのかもしれません」

「たぶん、それに違いないと存じます――。松江家の笹井さまは、お方さまにお目通りをされたことがこれまでにあるのでございましょうか」

「いいえ、まだ会ったことはありませんが、源三郎どのが推挙してくれたほどの侍ですから、たのもしく思っています」

　奥方はいかにもたのもしそうにいってから、

「それで、又四郎はこれからどうするつもりでいるようなの」

と、あらためて聞く。

「笹井さまは、こんどは若殿さまを取りかえして上屋敷組の裏をかき、喜久姫さまとの御対面の儀をすませてしまう考えのようでございます」

「都合よくそう事が運んでくれるとよいのですけれどね」

次から次へと不安なことだらけな奥方は、いつまでもお香を帰したくなさそうだったが、お香としては今夜の又四郎の行動が心配になるので、そうもしていられない。

「この四、五日の間に、必ずよいおたよりを持ってまたおうかがいいたしますから」

そうあいさつをして奥方の前をさがったのは、やがてもう六ツ半（七時）に近い時刻だった。

「お香さま、御苦労さまでございました。お気をつけてお帰りあそばして」

「ありがとうございます。どうぞこの上ともお方さまをよろしくお願いいたします」

お美代に裏門口まで送られてそのくぐりから外へ出ると、目の前は広々とした大川で、春の月があかるい。

お香は往来へ出て、源太が待っていてくれるはずだがとあたりを見まわしてみた。

それぞれの腹

一

「元締め、ここですよ」

そこの桟橋《さんばし》の下から、源太《げんた》がひょいと顔を出して呼ぶ。

「まあ、親方――」

そっちへ行ってみると、そこに灯を消した屋根船が一艘《いっそう》ひっそりともやってあった。

「それへ乗るの」

「へい、だんなの命令でござんしてね」

お香《きょう》はちらっとまゆをひそめる。船で帰るより、歩いたほうが早いのだ。

「駕籠《かご》じゃいけないの、親方」

「わがままをいっちゃいけやせん。だんなにしかられやすぜ」

「いやだなあ、あたし」

しようがないというようにその船へ乗ると、

「おいやな船ですんません」

若い船頭が冷やかすようにいってわらっていた。

「御苦労さま。船頭さん、力いっぱいこいでくださいね。あたしはせっかちなんですから」

「元締めはそんなにだんなのそばへおいそぎになりてえんで」

「正直にいえばそうなの。そのかわり、御祝儀《ごしゅうぎ》ははずみますよ」

「ありがとうござんす」

お香は灯のない船房へすべりこむ。灯はなくても月あかりで、船房はあかるかった。

後から源太が船房へ入ると、船頭はすぐに船を出したようである。

「親方、三十間堀《さんじっけんぼり》を通るつもりなの」

「いいえ、源森川《げんもりがわ》から小梅業平《なりひら》橋へ出ろっていうだんなのいいつけでしてね」

「なんですって――」

お香は思わず聞きとがめるような口調になっていた。

「あっしに腹を立てたってしようがありやせんや」

「それはそうだけれど、――じゃ、又《また》さんになにかあったのね」

「なにをかくそう、そうなんです。実は、あっしが角屋へ引っ返して、元締めがこれこれだってだんなの耳に入れやすとね、帰りをねらうつもりだな、今夜は浜町《はまちょう》へ泊まったほうが無事かもしれないというんでさ」

「いやよ、そんなこと――」

「まあそうでござんしょうね。ところが、そうこうしているうちに、龍崎《たつざき》と石渡《いしわた》の二人からだんなのところへ果たし状がとどいたんでさ」

「えっ、果たし状が――?」

「そいつがまた人を食った話で、今夜暮れ六ツに前の砂浜へ出てこいっていう文面なんでさ」

「又さん引きうけたんですか」

「引きうけるもことわるもねえ、果たし状はほおりこみっ放しというやつでね、――よし、それならおれたちも行こう、向こうにもきっと助太刀《すけだち》があるに違いないと市原《いちはら》さんたち七人組みがいい出したんだが、それはいかん、敵の手に乗るようなもんだと、そいつはだんなが承知しない」

「親方、暮れ六ツはもうとっくにすぎているのよ。あの人、大丈夫なのかしら。――あたしやっぱりここから駕籠にします」

お香はたまらなくなって立ちあがろうとしたとたん、丸髷《まるまげ》を天井へぶっつけてしまう。

「まあ元締め、ここであわててみたってはじまりやせんや」

源太は苦わらいをしている。

二

「それで、元締め、奥方さまのほうはどんな御様子だったんです」

源太はこっちの気をかえるように浜町のほうのことを聞いてきた。

「ああ、そうそう、お方さまがいちばん心配していられるのは、寿《じゅ》の字さまの御容態《ごようたい》のことなんです。親方の見たところでは、どんな風だったんでしょうね。どこか変わっているように見えましたか」

それは実際に見ているのは源太だけなのだ。その容態のいかんによっては、こっちがどう命がけになって働いてみても結局はむだ骨折りということになってしまうので、お香はもう一度はっきりとそれをたしかめてみずにはいられなかった。

「あっしの見たところでは、別に変わったところはありやせんでした。そりゃあむっつりとしてどこか暗い顔にゃ見えやしたがね」

「お方さまは、寿の字さまが正気ならなぜ高輪《たかなわ》などにおとなしくしていられるのか、それがふしぎだとおっしゃるんですがねえ」

「それは御当人になにか考えがあるんでしょうよ。——だいいち、寿の字さまが本当に狂っているんなら、家老組だって無理な手は打つ必要はない。笹井《ささい》のだんなとひざを突きあわせて、実はこれこれだと正直に話をぶちまけてしまえば、こいつは替え玉を使うよりしようがないと、だれが考えたってそうなってくるでしょうからね」

源太はそんなうがったことを口にする。

「そういえばそうねえ」

お香も一応それで納得してみると、

「あの人は、親方、今夜あたしにどうしろっていうんです」

と、またしてもそれが不安になってくる。

「だんなはねえ、今日高輪のほうへ山部が新手をつれて乗りこんだのも、元締めが浜町へ出向くようになったのも、龍崎たちがだんなに果たし状を突きつけてきたのも、みんな家老の指図《さしず》から出ているんだから、こっちはそいつを一つずつたたきつぶしていくよりほかはないっていうんです。つまり、高輪のほうは七人組みが受けもつ、龍崎たちのほうへだんながぶつかる。そして、あっしは元締めのお供をして小梅のお屋敷へ行っていろ、後からおれも行くからといいつけられてきたんです」

「だって、それはあの人が龍崎たちに勝った時の話で、もし、もし負けたらあたしたちはどうなるの」

お香はきいんと胸がしめつけられるように痛み出す。

「やめてくんな、元締め。だんなが負けた時はこっちが負けた時なんだから、その先のことはおれにもわからねえ」

源太はむっとしたようにいって黙りこんでしまう。

船はいまどの辺をこいでいるのか、昼間は花見船でにぎわっていた川筋も、いまはひっそりとして、櫓《ろ》の音だけがものがなしい。

「せめて、親方だけでもあの人についていてくれればよかったのに」

「おれだって今夜はそうしたかった。だんながいけねえっていうから、しぶしぶこっちへまわってきたんでさ。どうもすんませんでしたね」

源太はすっかりふきげんになってしまったようだ。

三

「いいわ、あの人が負けるなんて、そんなことがあるもんですか。ねえ、親方」

お香は不安を払いのけるようにいって、しゃっきりと顔をあげる。

「その勝負はもうとっくにすんでいるころさ」

源太はそんな冷淡なことをいう。

「ですからさ、あの人はもう勝っているにきまっているんです」

「結構でござんすね」

「あら、親方はなにをそんなにへそをまげてるの」

お香は思わずぽかんとした顔になる。

「へそなんかまげちゃいねえけれど、そういちいち先のことを聞かれたって、おれにゃ返事のしようがねえんだ」

「いいのよ、あの人が死んだらあたしも生きちゃいないときめておけばいいんだもの」

「そいつが気に入らねえんだ。元締めはおれになんの恨《うら》みがあってそんな縁起でもねえことばかりいうんだね」

源太は本気になって顔色をかえているようだ。

「あらあら、あたし本当に今夜はどうかしているのね。鶴亀《つるかめ》、鶴亀」

お香ははっとして、いそいで手で自分の両肩を払っていた。

「ようし、それで縁起はなおった。だんなはきっとおれたちの後を追ってきているに違いねえ」

源太はきっぱりと自分にいい聞かせている。裏をかえせば、それだけ不安でたまらないのだろう。

「ねえ、親方、女が男にほれるということは、こんなに気のもめることなのかしら」

「そいつは、男が男にほれてもおなじことさ。笹井のだんなはどうも少し思いきったことをやりすぎるんでいけねえ」

「でもねえ、お方さまは今夜、又四郎《またしろう》を信じていましょうっていっていました」

「なるほどねえ。気がもめるという段になれば、あちらさまだっておなじことだろうからねえ」

どうやら源太のきげんはなおったようだが、お香の胸は重くなるばかりで、少しも軽くはならない。

「親方は小梅のお屋敷へうかがったことがあるの」

「いや、おれははじめてなんだが、だんなは表門へ行って、門番に金吾《きんご》さんて人を呼び出してもらえばいいといっていなさるんだ」

「金吾さんて人、うまく出てきてくれるかしら」

「そいつはおれにもわからねえが、だんなはもし金吾さんがなにかの都合で出てこられなかったら、そこからいちばん近い旅籠《はたご》へついて待っていろって約束なんだ」

「なんだか、あたし――」

「たよりないっていいてえのかね」

「いいえ、お方さまのように、あたしはあの人を信じていることにします」

「うまく逃げたねえ、元締め」

二人の船が源森川へ入って、やっと業平橋へ着いたのはもう五ツ半（九時）をまわる時刻で、町なかでも人の寝しずまるころだから、ことにこの辺はまったく真夜中のようにひっそりとしていた。

四

業平橋のたもとへ船をつけさせて、そこの桟橋《さんばし》から往来へあがると、右手の筋向かいに喜久姫《きくひめ》屋敷の表門が見える。

――こんな夜更《よふ》けに行って、本当に大丈夫なのかしら。

お香は源太と肩をならべてそっちへ歩き出しながら、やっぱりなんとなくたよりない気がしてくる。

が、その屋敷の塀《へい》が近くなった時、実はそれよりやっかいなことがそこに待ちうけていたのだ。

「いけねえ、元締め」

そこの横町から宗十郎頭巾《そうじゅうろうずきん》の侍が四人ばかりいきなりつかつかと出てきて、行く手へ立ちふさがったのである。こっちは帰り道をかえたから敵の目だけは完全にのがれたと安心していたのだが、そうはいかなかったようだ。

「おい、おまえたち、こんな夜更けにどこへ行くのだ」

先頭に立った大将分らしい宗十郎頭巾が、どすのきいた低い声で誰何《すいか》してきた。

「へい、これから家へ帰りやすんで。決して怪《あや》しい者じゃありやせん」

源太が一足前へ出て如才《じょさい》なく答える。

「おまえたちの家はどこだ」

「ついこの先でござんす」

「うそをつけ。おまえたちの家は芝金杉橋《しばかなすぎばし》のはずだぞ」

大将頭巾はずばりと図星をさしてくる。

「あれえ、御存じなんですか、だんな」

「知っている。そのうしろにいる女は立花屋のお香だ」

「すると、だんながたは築地のほうからわざわざ出ておいでになりましたんで」

「なにっ」

「鳴門屋さんの店のお方と違いますか」

「黙れっ。我々はさような者ではない」

「すんません。じゃ、あっしたちにどんな御用なんでござんしょう」

「貴様に用があるんじゃない。そのお香に用があるんだ」

「だんながたはどなたさんでござんす」

「こっちはお香に用があるんだと申しておる。貴様は黙っておとなしく通りすぎればいいんだ」

「そいつはいけやせんや。あっしはあるお方から元締めをあずけられてきているんで、一人で通りすぎるわけにゃいかねえ。そんな無理をいわねえで、通しておくんなさい」

「そのあるお方というのはだれのことだ」

「そんなことぐらい、本当はだんながたは知っているんでしょう」

源太はわざとにやりとわらってみせる。

こうして時をかせいでいるうちに、喜久姫屋敷の門番でも声を聞きつけて様子を見に出てきてくれればなんとかなるんだがと、それだけが源太の心だのみなのだろう。

「貴様は笹井又四郎という浪人者がきてくれるのを心待ちにしているようだな」

こんどは大将頭巾のほうがそんな鎌《かま》をかけてくる。

「やっぱりだんながたはちゃんと知っていなさるようだ」

「それならあきらめろ。笹井なら今ごろもうあの世へ行っている」

大将頭巾がせせらわらいかえしてきた。

五

「ああ、わかった。それじゃだんながたは龍崎さんたちのお仲間なんですね」

源太は抜きうちを用心してじりじりと後へさがりながら、口だけは達者だ。

「仲間ならどうしたというのだ」

大将頭巾《ずきん》の全身になんとなく殺気がみなぎってきたようだ。

「失礼ですが、龍崎さんは笹井のだんなにはかなわないでしょうよ。うちのだんなは強うござんすからね」

「うぬっ。——村井」

大将頭巾はうしろの一人に目くばせする。面倒だから切ってしまえという合図だ。

「心得た」

村井頭巾が刀の柄《つか》に手をかけて前へ出ようとしたとたん、

「強盗だあ、辻切《つじぎ》りが出たぞう」

源太はありったけの声を出してどなりながらぱっとうしろへ飛びのいて、業平橋のほうへくるりと踵《きびす》をかえす。

「おのれっ」

「切れっ切れっ、——のがすな」

不意を突かれて宗十郎《そうじゅうろう》頭巾どもはかなり狼狽《ろうばい》したようだ。

「辻切りだあ、助けてくれえ」

源太はなおも叫びながら、風のように業平橋のほうへ走り出す。

「村井、下郎を追え」

「ようし」

あとの二人はお香をつかまえろ」

「承知した」

村井頭巾はさっとお香の前を走りぬけたが、源太はすでに橋の上へかかっている。

「お香、おとなしくしろ」

「声を立てると切るぞ」

二人の宗十郎頭巾はお香のほうへ飛びつくようにして左右から腕をつかんでく

る。

「まあ乱暴な。あたしをどうしようっていうんです」

逃げてもむだだとわかっているので、お香ははじめから悪あがきひとつしようとはしなかった。

「黙っておれたちといっしょに行けばいいんだ」

「歩けっ」

二人はこっちの腕を引っ立てるようにして業平橋のほうへ歩き出す。

「いやですねえ。わけも話さないで、どこへつれていこうっていうんです」

おとなしく歩き出しながら、お香はとがめだてるように聞く。

「そんなことは、いっしょにくればわかる」

「せめてそのかぶり物をとって、顔ぐらい見せたらどうなんでしょうね。人に見られると不審を打たれるのはあなたがたのほうじゃありませんかしら」

年だけにお香は我ながら度胸よく、そんな皮肉がすらすらと口に出る。

「むだ口をたたくな。たとえ不審を打たれても、そんなことに驚く我々じゃない」

「では、あなたがたは龍崎さんたちとおなじで、頭巾をぬげば、れっきとしたお旗本、御家人という身分なんですね」

「お香、黙って歩け」

うしろからついてくる大将頭巾が、一喝《いっかつ》するようにあびせかけてきた。さすがに多少良心にとがめるものはあるのだろう。

六

「強盗うじ、待ちたまえ」

大将頭巾《ずきん》のうしろからふいに呼びとめた者がある。ちょうど業平橋のたもとへかかるあたりだった。

「なにっ」

振りかえってみると、のんびりとした顔つきの若侍がわらいながら立っている。

「だれだ、貴様は」

「わしは笹井又四郎という浪人者だ」

「ふうむ、貴様が笹井又四郎というやつか。いま貴様なんといった。もう一度そこでいってみろ」

「ああ、強盗うじといったのが気にさわったのかね」

「我々は強盗ではない。本所割り下水《ほんじょわりげすい》の御家人組の者で、おれは近藤伝七《でんしち》だ」

「それは失礼――。しかし、頭巾をかぶって徒党を組み、力ずくで女をさらっていくのは、あまり感心しないな」

「黙れっ、この女にはそれだけの不埒《ふらち》があるから、取りおさえていくのだ。つべこべ口出しをすると、手は見せぬぞ」

近藤頭巾はもう刀の柄《つか》に手をかけている。

「不埒なのはあなたがたにそういう仕事をたのんだほうにあるんだが、それを承知で引きうけるあんたがたも立派な御家人組とはいえない。あんたがたは、本当は笹井又四郎を切れとたのまれて、今夜こうして出てきているんじゃないのかね」

又四郎はわらいながらすっぱぬいていく。

「よかろう。それを知っているんなら問答無用だ。――おい、笹井をたたっ切れ」

近藤伝七は仲間のほうへいいつけながらさっと抜刀《ばっとう》した。

「心得た」

お香をおさえつけていた二人の宗十郎《そうじゅうろう》頭巾は、お香を放して抜刀しながら近藤の左右へ出る。

「おうっ」

又四郎は同時に抜きあわせて、ぴたりと青眼につける。——又さん、しっかり。ちょうどいいところへ又四郎が駆けつけてきてくれたのはうれしいけれど、相手は三人がかりなのだ。お香は思わず手に汗を握らずにはいられない。

「えいっ」

「おうっ」

御家人組はじゃまの入らないうちに一気に笹井を片づけてしまいたいらしく、気をそろえてじりじりと前へ出ていく。

ことに近藤は腕も度胸も相当なものらしく、仲間より一歩前へ出て、いまにも切りこみをかけていきそうな激しい意気ごみに見える。

が、又四郎のほうはあいかわらず冷静な青眼で、これでいいのかしらと思うほどまだ顔色ひとつ変えていないのだ。

——一つ間違えばそれっきりの命なのに。

お香は気が気ではなかったが、ふっと近藤の前進がとまった。

お香にはのんびりしすぎているような又四郎の構えだが、その実、当事者にとっては恐れも惑いも見せない相手の構えぐらい不気味なものはないのだ。

「えいっ」

近藤の気合いがまたしても夜気を突いてほとばしる。なんとか相手を気合いで圧倒して、そこにすきをつかもうとあせり出したのだ。

七

又四郎は無言で、あくまでも相手の出ようを待っている。御家人組が切って出ればいやでも勝負に出るほかはないが、なるべく血は流したくないからだ。

そういうおおらかな又四郎の気魄《きはく》は殺し屋どもにとってもなんとなく勝手が違うらしく、大将格の近藤伝七もいささか持てあましてきたようだ。

この時、やや向こうになった喜久姫屋敷の表門のあたりからちょうちんが一つ飛び出してこっちへ駆け出してくるのが近藤の目に入った。

——しまった。

人数は三、四人のようだが、屋敷の夜警の者に誰何《すいか》されては、かぶり物をかぶっているこっちのほうがあきらかに不利な立場になる。

「おうい、そこにいるのは何者だ」

ちょうちん組はたちまち近くなってくる。

「まずい、今夜は引きあげろ」

近藤はひらりと飛びさがりながら仲間の二人にそういいつけて、そのまま小倉《おぐら》庵《あん》のほうへ走り出す。

「おぼえておれ、笹井」

二人の宗十郎頭巾《そうじゆうろうずきん》もそんな捨てぜりふを残して、近藤の後を追う。

「又さん――」

お香は夢中で又四郎のほうへ走り寄っていく。

「あぶないところだったなあ。源太はどうした、お香」

又四郎は刀を鞘《さや》におさめながらけろりとした顔をして聞く。

「親方は宗十郎頭巾の一人に追われているのよ。大丈夫かしら」

お香はいきなり男の胸の中へすがりついていきたかったが、それはできなかった。屋敷の者たちが走り寄ってきたからである。

「やあ、やっぱり笹井さんだったか」

先頭に立っているのは渋谷金吾だった。ちょうちんを持った中間《ちゆうげん》一人と、六尺棒を持った足軽二人がついている。

「ありがとう、金吾さん」

「くせ者は何者なんです。三人のようでしたね」

「御家人組の近藤伝七だと名乗っていたが、雇い主はたぶん鳴門屋だろう」

「なるほど、つまりこれが今日の当家の使者のおかえしというわけですな」

さすがに金吾は察しが早い。

「わしはそのおかえしの一組みをすでにすませてきている。今日はこれが二度目なんだ。それだけ今日のお使者は敵の胸へこたえているわけだ。ありがとう、あらためて礼をいいます」

又四郎は金吾のほうへ感謝の会釈《えしやく》をする。

「あらたまって礼をいわれては恐縮です。前の一組みというのもいまの仲間ですか」

「たぶんそうでしょう。龍崎と石渡の二人でした」

「この近くでですか」

「いや、高輪海岸の砂浜へ呼び出されたんだ。そうそう、これはお香という立花屋の元締めです」

お香は又四郎にそう引きあわされて、

「よろしくお見知りおき願います」

と、ていねいに小腰をかがめる。

「ああ、あんたが立花屋の元締めか。いい度胸なんだってねえ」

若い金吾はわらいながらまじまじと顔を見なおしている。

八

翌日――。

その日は本来なら尼崎《あまがさき》家の若殿が小梅へ行列を仕立てて喜久姫との御対面の儀が行われるはずだったのだ。

それが笹井又四郎の裏からの策謀で見事に延期されてしまったばかりでなく、昨夜こっちが打った手は、高輪海岸の果たし合いも、小梅業平橋のお香強奪の策も、ことごとく失敗してしまっている。しかも、その両方へ又四郎が顔を出しているのだから、岩崎森右衛門《もりえもん》も鳴門屋もまったく苦い顔をせずにはいられなかった。

「鳴門屋、おぬしはまだ少し笹井という男を甘く見すぎているのではないのか」

いつもの御用部屋控えの間で波右衛門《なみえもん》の報告を聞いた森右衛門は、ついそんな皮肉が口に出てしまう。

「一言もありませんな。わしは江戸の御家人組がこんなに弱すぎるとはまことに意外で、口小言も出ませんでした」

「たしかにそのとおりだ。高輪の時も、相手は笹井一人でこっちは二人、業平橋ではこっちは四人だった」

「いや、そのうちの一人は、源太という又四郎の下男を追いかけて、これもうまくまかれてしまっている。金をつぎこむだけむだですから、残らずお払い箱にしようかと考えています」

「しかし、かわりの殺し屋がすぐ集まるかね」

「だめでしょうな。江戸の人間はもう当てにはなりません」

鳴門屋ははっきりと投げ出したようなことを口にする。

へそをまげたなと、森右衛門は内心苦笑する。こっちの殺し屋はだめだから、こんどは家中の侍を使ってみろという鳴門屋の腹なのだ。

しかし、森右衛門としてはなるべく藩士は殺し屋に使いたくないのだ。事件が表に出たとき面倒だからだ。

「お香や笹井はゆうべ小梅へ泊まったのかね」

「二人とも金吾につれられて小梅の屋敷へ入ったことはたしかなようです」

「どうだろう、その二人をうまくおびき出すから、もう一度だけ御家人組を使ってみては。こんどはゆうべの弔《とむら》い合戦だと吹きこんでやれば、連中もその気になるんじゃないのか」

森右衛門はもっともらしく持ちかけてみる。

「まずそちらの打つ手からおうかがいしましょう」

「おれの考えでは、笹井は当分お香を小梅にあずける気じゃないかと思う。そのほうがお香にとって安全だし、笹井としてはお香を仲に立てて屋敷と連絡がつけやすい」

「なるほど、その手はありますな」

「向こうに都合のいいことは、こっちには都合が悪い。なんとか手を打って、今夜のうちにお香を高輪の下屋敷へおびき寄せる」

「寿の字さまのいるところへですか」

「いや、寿の字さまのほうは同時に大森の屋敷のほうへ移す。そのどっちかへ笹井が引っかかってくるはずだ」

大森には御舎弟松之丞《まつのじょう》の下屋敷があるのだ。

「しかし、寿の字さまのほうは途中で七人組みがねらいはしませんかな」

鳴門屋もこんどはなかなか用心深いようだ。

九

「無論、七人組みのほうはなるべくこっちで始末をさせることにしよう」

森右衛門としては今のところ七人組みのほうはそう問題にしていないのだ。

「笹井という男が、たしかに松江家の隠密《おんみつ》だとすると、まったくやっかいなやつになりますな」

鳴門屋の目にははっきりと敵意が光ってくる。

「そのとおりだ。笹井だけは一日も早く片づけてしまわないと困ったことになる。あの男はもう小梅の屋敷へまで食いこんでいるようだから、小梅の名をかりてどんな思いきったことをやり出すかわからんしな」

「お香は岩崎さまのほうで、今夜間違いなく高輪の下屋敷へおびき寄せていただけるんでしょうな」

「それは間違いない」

「お香をおとりに使えば、笹井はきっと引っかかります。ゆうべも高輪からわざわざ小梅まで駆けつけているんです。もう一度だけ、御家人組を使ってみましょう」

「たのむ。ぜひそうしてみてくれ」

「これは余計なことですが、大森のほうの手くばりは大丈夫なんでしょうな。笹井はそっちへも引っかかってくるかもしれません」

「そっちへは今夜わしが自分で行って采配《さいはい》を取るつもりだ」

「ちょいと心配なのは、大森にはお部屋さまがいます。もしお松の方を人質にでもとられると、それこそやっかいなことになりますからな」

お松の方は御舎弟松之丞の生母なのである。

「それもよく考えておこう」

「では、手前はこれで失礼します」

「鳴門屋、念のために聞いておくんだが、今夜もし御家人組が失敗したら、ほかに新手の用意はあるのかね」

ここで鳴門屋に手をひかれてしまうと、いやでも森右衛門は苦境に立たなければならなくなるのだ。

「新手はいくらでも集めます。いざとなれば、わしには海の手勢もありますしな」

鳴門屋はずばりといって、不敵な海賊面《づら》をしてみせるのである。

「そうか、それを聞いて安心した。とにかく、今夜こそ思いきってやってみよう」

「御家老さまが大森へ乗りこんで采配をとるんでしたら、わしも今夜は自分で高輪へ乗りこみましょう。こっちにはお香というたのしみがございますからな」

波右衛門はそんな無遠慮なことをいって帰っていった。

そのころ――。

昨夜、小梅の喜久姫屋敷へ泊められたお香は、今朝はじめて喜久姫に目通りをゆるされて、中﨟《ちゆうろう》雪島《ゆきしま》といっしょにしばらくお相手をつとめていた。

お香は、こんなところへ泊まるくらいなら、いっそ浜町のほうが気心の知れた女中たちがいるし、よっぽど気が楽だと思ったが、

「今夜はもうおそい。多少窮屈《きゆうくつ》でもここで我慢するんだ」

と、又四郎にいわれてみると、それでもいやだとはいえなかったのである。

「又さんもここへ泊まるんですか」

「いや、おれは高輪へ引きかえしてやらないと七人組みが心配する」

「じゃ、あたしもいっしょに行っちゃいけないんですか」

お香はそうもいってみた。

十

「女の足でこれから高輪までは少し無理だ。ここがそんなに窮屈なようなら、明日源太を迎えによこしてもいいから、今夜ここへ泊めてもらうがいい」

又四郎はそういって、源太をつれて高輪へ引きかえしていった。

そして、昨夜は金吾の計らいで中臈《ちゅうろう》の雪島に引きあわされ、その雪島の世話でお局《つぼね》の中の空いている一間へ泊めてもらったのだった。

お中臈さまは姫君さまでさえ一目おいているほど気性の勝ったひとだと聞いていたが、会ってみると、それほど怖いひとのようには思えなかった。又四郎もこのひとにはしかられていると聞いているし、こっちはその又四郎の息のかかった

女とわかっているのだから、ことによると皮肉の一つぐらい出るかと思ったのに、その話が出ると、

「笹井さまもこれからがたいへんですねえ」

と、いかにも同情するような口ぶりで、又四郎を目の敵《かたき》にしているようなところはどこにもなかった。

今朝はその雪島の手びきで、はじめて喜久姫さまの御前へ出たのである。

この姫君も相当なじゃじゃ姫さまだと聞いていたのに、見たところ生まれながらの気品を備えたおっとりした姫君で、そんな鋭いところがあるとは思えない。

「姫君さま、お香はしばらく浜町の奥方さまのところへ御奉公にあがっていたことがあるのだそうでございます」

一通りのあいさつがすんだ後で雪島がそう口をそえると、

「お香はゆうべ浜町へ呼ばれてまいったそうですね」

と、姫君は直々《じきじき》に声をかけてくれるのである。

「はい、うかがいましてございます」

「それは七人組みの御用だったの」

「それもございましたが、少しほかにも――」

本当のことをいっていいものかどうか、ちらっと雪島のほうを見ると、

「お香、遠慮はいりません。なんなりと姫君さまのお話し相手になってよいのです」

と、雪島が教えてくれる。

「喜久は又四郎たちの総大将なのです。お香は又四郎から聞いていないのですか」

姫君は気軽にそんなことをいい出す。この辺がただおとなしいだけの姫君とは違うのかもしれないとお香は思った。

「はい、笹井さまも七人組みも、姫君さまがお力をお入れくださるので勇気が出る、ありがたいことだとよろこんでおります」

「昨日、外桜田から浜町のほうへ、今日の延期の知らせがあったそうですね」

姫君はもうだれかからそんなことまで耳に入れているようだ。

「実は、そのことで香は昨日浜町へ呼ばれましたので、奥方さまはどうしてそうなったか、それが聞きたかったようでございます」

「又四郎の計らいだとお話ししておきましたか」

「そう申しあげますと、奥方さまもたいそうおよろこびのようでございました」

「それはそれでよいのですけれど、外桜田にはもう一つその奥のたくらみがあったことをお香は知らなかったのですか」

喜久姫の目が美しく光っている。これはうっかりできないとお香は思った。

十一

「外桜田のたくらみと申しますと、香をわなにかけるということでございましょうか」

お香は喜久姫に聞いてみた。

「そうです。お香はそれを知っていたようですね」

「はい」

「では、又四郎の指図《さしず》で、それを知っていながら浜町へ出かけたのですか」

「いいえ、香が金杉橋へ帰っているところへ浜町から使いの者がまいりましたので、源太と申す小者にそのことを笹井さまに知らせてもらうことにして、香は金杉橋からすぐに浜町へ向かいました」

「その帰りに、どうしてお香は小梅のほうへまいったのです。船でまいったということですね」

姫君はかなり熱心にその話から離れようとしない。

「それは、いまもお耳に入れました源太という小者が船で迎えにまいりまして、笹井さまのいいつけだから小梅へ船をまわすといってこちらへまいりましたので、笹井さまもゆうべはこちらさまへまいることになっていたのだそうでございます」

「それでよくわかりました。又四郎は、お香を町においてはあぶないので、しばらく喜久にあずける気なのかもしれません」

姫君はいかにも満足そうにうなずいてみせてから、

「雪島、お香をしばらくあずかっておあげなさい」

と、お中﨟《ちゅうろう》さまにいいつけてしまうのである。

「かしこまりましてございます」

「お香、気ままにして、そなたは当分ここにいるがよい」

「はい。身にあまるお言葉ではございますが、香には高輪のほうにもなにかと仕事がございますので」

いつまでもここへ泊めておかれては大変なので、お香はついそんな逃げ口上《こうじょう》を口にしている。

「その高輪のほうの仕事は喜久も手伝ってあげる。又四郎の申すことはすなおに聞かなければいけません。なにか手違いがおこって、いちばん困るのは又四郎なのです」

喜久姫はきっぱりという。

「申し訳ございません。うっかりしたことを口にいたしました」

早くあやまっておかないとじゃじゃ姫さまになりそうなので、お香はいそいであやまっておく。

「雪島、昨夜又四郎が小梅へまいったのは、外桜田の手が当家へものびないとはかぎらぬ、気をつけてくれるようにと、それをいいにまいったのだと金吾から聞きました。ことによると、今日あたりなにかたくらんでくるかもしれません。気をつけてください」

「心得ましてございます」

雪島はなるべく逆らわないようにしているようだ。

「お香、又四郎は強いようですね。そなたは又四郎が刀を抜いたところを見たことがあるのでしょう。その話を聞きたい」

お香はなんとなく胸が重くなってきた。喜久姫は又四郎のことばかりを口にして、当然心配なはずの寿五郎《じゆごろう》さまのことなどまるで忘れてしまっているようだからである。

十二

――お姫さまは又さんにお気があるのではないかしら。

お香はどうにも気がもめてくる。そういえば、昨日源太からも、姫君さまは笹井のだんなと四阿《あずまや》でまるで顔を突きあわさんばかりにして話しこんでいたそうだと聞かされている。

いま自分の目で見た喜久姫さまは、又四郎の話になると、おっとりとしたその顔がいきいきと上気してきて、いかにもたのしそうに、声まではずんでくるのだ。たしかに、ただごとではないようである。

――いやだなあ。たとえ姫君さまにだって、又さんだけはゆずれない。

お香の胸の中にある又四郎は、もうちゃんと二世をかわした男として生きているのだ。それをいまさら姫君に横取りされてはたまらないし、勝手にほれてもらってもいやなのである。

そして、ふっと気がついたことは、姫君と又四郎とではあまりにも身分が違いすぎるし、だいいち喜久姫さまにはすでに縁組みがきまったとおなじの寿五郎さまという若殿があることである。

——まさか、いくらじゃじゃ姫さまでも、これだけはどうすることもできないはずだ。

そう考えて、いくらかほっとはしたものの、相手がじゃじゃ姫さまだから怖いのだと、すぐその後からそんな不安が追いかけてくる。

——もうあたしはとても我慢ができない。早く高輪へ帰らなくては。

お局《つぼね》へさがって一人でやきもきしているところへ、意外な知らせが入ったのである。

「お香さま、お中﨟《ちゅうろう》さまがお部屋でお呼びでございます」

雪島づきのお端女《はした》が呼びにきたので、廊下つづきの雪島の部屋へ行ってみると、

「つかぬことを聞きますが、お香さんは浜町のお美代どのというお女中を御存じでしたね」

と、意外なことを聞く。

「はい、存じています」

「実はいま、そのお美代どのが、浜町の奥方さまのお使者として、姫君さまの御病気お見舞いの品をとどけてくれましたそうで、あたくしはこれからそのごあいさつに出るのですが、姫さまの仰《おお》せには、こういう時は念には念を入れたほうがよい、一度あなたにお美代どのの顔をたしかめてもらうようにと申しつけられました。御苦労さまでも、春代《はるよ》という腰元に案内させますから、よそながら透き見をしていただけませんかしら」

　これはまた思いがけないたのみなのである。

「かしこまりましてございます」

　ことわる理由もないことだから、すぐに承知して、盛装をした雪島について中奥の廊下まで出てみると、そこに春代という腰元が待ちうけていた。

「お香どの、いうまでもないことですが、あなたがここにいるということはなるべく外へ知れないほうがいいようですから、顔を見られないように気をつけてください」

「はい、そういたします」

「春代どの、たのみましたぞ」

雪島はそう小声でいいつけておいて、ほかの腰元をしたがえ、中奥の書院の間へ出ていった。さすがに中﨟の格式は十分にそなえている雪島のようである。

十三

お香は春代の案内で裏廊下から陰の間へ入り、そこのふすまの透き間からそっと書院座敷をのぞいてみた。

いま雪島に使者のあいさつをしているのは、たしかに浜町のお美代である。今日のお美代は中﨟《ちゅうろう》の格式で、きちんとした搔取《かいど》り姿だった。

「お美代さまに間違いありません」

小声で春代にそう告げると、

「あなたはここでしばらくお待ちくださいますように」

春代はそういいおいて、裏廊下へ出ていった。

――おかしい。このお使者にはなにかある。

お香にはさっきからそういう疑問があった。浜町の奥方さまには昨日こっちの口から御対面の儀延期の真相を耳に入れてあるのだから、喜久姫さまの仮病《けびょう》のことは承知されているはずなのだ。知っていてわざわざ御病気見舞いの使者を立てたのは、裏は裏、表は表という気持ちなのか。それだとあまりにも白々しすぎる。おそらく、これは外桜田からの指図《さしず》で、そこにはなにかまた岩崎一味のたくらみがあるようにお香には思えてならないのだ。

案の定、使者の口上《こうじょう》が一通りすむと、お美代の口から、

「つかぬことをおうかがいいたしますが、昨夜こちらさまに、金杉橋のお香どのが一晩お世話になったように聞いていますが、本当なのでございましょうか」

と、意外な言葉が出てきた。

「どなたからお聞きになりましたの」

雪島は軽く聞きかえしている。

「実は、お香どのは昨日浜町のほうへみえまして、その帰りになにか間違いがあったようだという者がございますので、奥方さまがたいそう御心配あそばされまして、今朝さっそく高輪のほうへお問いあわせになりました。その返事が、こちらさまにお世話になっているとわかり、やっと御安心あそばしたようでございます」

「すると、そのお使いの方は、笹井さまにお目にかかったのでございましょう

か」

「そのようにうかがっておりますの」

「笹井さまはいま高輪のほうにいられるのですか」

「はい、お香さまは御存じのはずだと思いますけれど、旅籠屋《はたごや》にお泊まりになっていますそうで、なんですか今夜はいよいよ大切な夜になるようだとおっしゃっていたそうです。お香さまにもきっとなにか知らせがまいるのではないでしょうか」

「なにか女で役に立つことがあるのでしょうかねえ」

「それはもう、——たとえば、笹井さまでは目立ちますので、そう度々浜町の屋敷へは出入りできません。そういう時はぜひお香さまにたのまなくてはならないのとおなじで、笹井さまのお仕事にはどうしてもお香さまが必要なのだと、奥方さまもおっしゃっておいでになります」

「なるほど、そういうお仕事がありますね」

「美代なども、できれば今夜はなにかお手伝いをしたいと、人づてに高輪のほうへ申し入れてありますの」

お美代は誇らしげにそんなことまで口にしている。

これは大変だと、お香は思った。

十四

お美代は別にお香に会いたいというようなことは一言も口にせずに、まもなく喜久姫屋敷を辞していった。

お香が陰で聞いていたかぎりでは、今日の使者は外桜田組になにか利用されているとは思えない。

が、又四郎が今夜いよいよ高輪の下屋敷へ大事な手を打つことになったとすると、お香はこんなところにぐずぐずしてはいられない気がしてくる。お美代のいうとおり、それならそれでいまに又四郎から知らせがあるとは思うが、気になるのはお美代が又四郎たちのほうへなにか連絡を取っているらしいことで、もし今夜自分のかわりにお美代で間にあわせるようなことでもされると、お香としては女の意地が立たなくなってしまうのだ。

それに、お美代が又四郎のことを口にする時の声音《こわね》に、なんとなくなれなれしいひびきがあった。心の中で、又四郎はもう自分のものだとうぬぼれていなければ、あんな親しみを持った声にはならないはずなのだ。

——ことによると、あのひとは、今夜のことでもうなにか一役、又さんにたのまれているのではないかしら。

お香はそんな邪推《じゃすい》までまわしたくなってくる。

雪島はお美代が帰った後で、

「お香さん。笹井さんが今夜大事なことを決行するようだとお美代どのはいっていましたけれど、なにを決行しようというのか、あなたに見当はつきませんか」

と、あらためて聞いていた。

「たぶん、寿の字さまを取りかえす手だてがついたのではないでしょうか」

大事といえば、それよりほかにはないはずなのだ。

「では、七人組みといっしょに、高輪の下屋敷へ押しこむのですか」

「いいえ、それは七人や八人では無理です。笹井さんは敵が寿の字さまをどこかへ移す時、その途中をねらうのだといっていましたから、今夜その行列が下屋敷を出ると見越しがついたのではないでしょうか」

「なるほど、行列はおしのびで出ることになるでしょうから、それならうまくいくかもしれませんね」

雪島はちょいと不安そうにうなずいてみせてから、

「お香さん、このお話は姫君さまのお耳には決して入れないようにしてください」

と、念をおすようにいうのである。

「かしこまりました。決してお耳には入れませんが、どうしてそうしなければならないのか、そのわけをうかがってはいけませんでしょうか」

「そうですね。あなたはしっかりしているようですし、世なれてもいるようですから、打ちあけて話しましょう。そのかわり、他言はなさらないように」

「はい、きっと他言はしません」

「姫君さまがそれをお聞きになると、当家からも加勢を出すようにときっといい出されます。もっと心配なのは、御自分で行って采配《さいはい》を取るといい出されるかもしれないことです。そういう姫君さまのお心のうち、あなたならおわかりになるでしょう」

雪島は暗い顔になりながら声をひそめていう。

十五

「はい、よくわかります」

お香ははっきりとうなずいてみせながら、お中藹《ちゅうろう》さまも自分とおなじ心配をしていると思うと、もうじっとしてはいられない気がしてきた。

「姫君さまにさようなことは、まさかとは思います。しかし、いずれにせよ、笹井さまが今夜大事を決行するとわかれば、姫君さまは必ず加勢のことを仰《おお》せ出される心配がございます。くれぐれも気をつけてくださいますように」

雪島はもう一度念を押してくる。

「お中藹さま、こうしてはいかがでございましょう」

「なんなりと申してみてください」

「香がこのまま御当家におりましては、いつ笹井さまからなにかの使いがこないとはかぎりません。そんなことから、もし姫君さまのお耳になにか入るようなことがあっては取りかえしがつきません。それに、笹井さまが今夜大事を決行するとすれば、立花屋の人足の手が入用になると思いますので、香はこれから金杉橋へもどってみようと思います。いけませんでしょうか」

　お香は思いきっていってみた。

「そうですねえ。しかし、それは姫君さまに無断でというわけにはいかないでしょう」

「いいえ、無断のほうがよろしいのです。もし香のいないことが姫君さまのお耳に入りましたら、さきほど浜町の使者が奥方さまのことをお話ししているうちに、香に会いたいという言葉があった。それを陰で聞いていて、香は矢も盾《たて》もたまらなくなり、裏門からぬけ出して浜町へまいったのでしょうと申しあげてもらえば、それですむと思いますけれど――」

　お香は一生懸命だった。

「それより、あなたは一人で大丈夫なのですか」

「昼間でございますもの。いくら悪人たちでも、まさかそう乱暴なことはできないと思いますの」

「わかりました。一応金吾どのと相談してみますから、しばらくお局《つぼね》で待っていてください。笹井さまからの大切なあずかり物ですからね、雪島の一存にもいきません」

雪島はそういいおいて、御前へ立っていった。まだ喜久姫に浜町からの使者の報告がすんでいないのである。

——よし、今だ。

とにかく、一度雪島の耳には入れておいたのだから遠慮することはないし、一人歩きはふだん慣れている身だから、大胆にもその場からお香は表の内玄関のほうへ出てきてしまった。昨夜はそこからあがったのだから、下駄箱を見ると、下駄もちゃんとそのままになっている。

問題は表門だったが、門番に、

「ちょいとそこまで買い物に出てきますから」

と、気軽に声をかけてみると、こっちは奥の女中というわけではなく、立花屋の元締めだとわかっているから、

「どうぞお気をつけなすって」

と、少しも疑うような風はなかった。

——しめた、これでいい。

往来へ出たお香は、ほっとして、まるで籠《かご》から放された小鳥のようにいそいそとした気持ちがした。

十六

お香は吾妻橋《あずまばし》のほうへ出ては花見の連中で混雑しているだろうからと思い、横川《よこかわ》にそって北辻橋《きたつじ》のほうへ歩き出した。駕籠宿《かごやど》が見あたりしだい、そこから駕籠にするつもりだったのである。

そして、まだいくらも歩かないうちに、

「元締め、――もし、立花屋の元締め」

ふいにうしろから呼びとめられて、どきっとしながら立ちどまった。

追いついてきたのは、意外にも昨日お美代の供をしてきた浜町の中間伊之吉《ちゆうげんいのきち》である。まだ若いが実直で、よく働くから、奥の女中はたいていこの伊之吉に買い物をたのむのだとお美代は話していた。

「浜町の伊之さんでしたね。どうしたんです」

「へい、間にあってようござんした。いま元締めのところへ手紙をとどけるところだったんです」

「あたしのところへ――」

「そうなんです」

「だれからの手紙なの」

お香は思わずまゆをひそめる。

「実は、高輪の下屋敷から奥方さまのお手もとへとどいた大切な密書なんだそうで、まだお美代さまが小梅のお屋敷にいるだろうから、お美代さまの手から元締めにわたしてもらうようにといいつけられてきたんですが、一足違いでお美代さまは帰ったばかりだというんです。こいつ困ったことになった、どうしようかと思って、業平橋の上で考えこんでいると、ちょうどそこへ元締めが出てきてくれたってわけなんです。助かりやした。これなんで――」

伊之吉はふところから大切そうに封書を取り出して差し出す。受けとってみると、上書きはなんにも書いてない。白いままだ。

「伊之さんにこれをわたしたのはだれなの」

「奥方さまにお廊下先まで呼ばれまして、その前でお中臈《ちゅうろう》さまの手からわたされましたんで」

「では、これはお美代さまがお屋敷を出てから奥方さまのお手に入ったんですね」

「そんなお話でござんした。なんでも大切な手紙なんだそうで、手わたしするのは、お美代さまか、それとも元締めの二人きりで、取り次ぎにわたしてはいけないといわれてきやした」

ふだんこんなことはあまり例のないことだが、時が時なので、伊之吉のいうことが納得できないこともない。

「伊之さん、あたりを見張っていてくださいよ」

お香はとにかく川っぷちにしゃがんで、封書をひらいてみることにした。

取りいそぎ走り書きにてお願いつかまつり候。今宵《こよい》六ツ半（七時）までに、立花屋のお香を高輪の裏門口までひそかにおつかわしくだされたく、一大事をお耳に入れ申すべく候。

きよの

文面はたったそれだけで、あて名さえ書いてないが、事情を知っているお香にはちゃんとわかる密書である。

だから、奥方はわざと高輪からとどいたこの密書を、そのままこっちへまわしてよこしたものとみえる。きよのとは、無論、高輪で寿の字さまの介抱をしている中臈清野に違いないのだ。

十七

お香にもこの密書について、不審な点が一つないわけではなかった。それは、高輪の中﨟《ちゅうろう》清野は、岩崎派の一味ではないまでも岩崎派に利用されている女であることに間違いはないのだ。その清野が、どうして岩崎派を裏切って、こんな密書を奥方にとどけてよこす気になったのか。

もう一つ、清野は立花屋お香の名前ぐらいは聞いているだろうが、まだ一度も会ったことはない。そのお香をどうしてこの密書に指名してきたのか、おかしいといえばおかしい。

が、それについてお香はすぐ思いあたることがあった。

のぞき屋源太の話では、お中﨟さまと寿の字さまの仲は、お中﨟さまのほうがずっと熱が高いようだといっていた。年もお中﨟さまのほうが五つ六つ上だし、もしそういう仲になれば、女盛りの清野のほうが夢中になるのは当然のような気がする。

——あたしだって、又さんのためには命がけになっているんだもの。

ふっとそんなことを考えて、お香はひとりでにほおが熱くなってくる。

清野の愛情が燃えあがれば燃えあがるほど、若い愛人の不幸な境遇が不憫《ふびん》でたまらなくなってくる。それは、欲得ずくではなく、なんとかしてみじめな若殿を救ってあげたいと考えるのは、女としてあたりまえのことなのだ。

そこへ、今夜、寿の字さまの身の上に一大事がおこるとわかってくれば、これは浜町の奥方さまに密書をとどけてすがりたくなるのに不思議はないはずである。

清野は、無論、お香がもと奥方さまに仕《つか》えていたことも、こんどその縁で七人組みをかくまっていることも、笹井又四郎という男がその七人組みの裏にいることも聞いて知っている。だから、密書にお香という名を書きこむ気になったのだろう。

そうに違いないとお香は思った。

――どっちにしても、早く又さんに会わなくては。

お香はかっと胸が熱くなってきて、密書を帯の間へ深くしまいこみながら立ちあがった。

「伊之さん、わかりました。おまえさん浜町へ帰ったら、お香がたしかに承知しましたといっていたと申しあげておいてください」

「へい、かしこまりました。元締めは北辻橋のほうへ出るんですか」

伊之吉は人のよさそうな顔をして聞く。

「ええ、その辺に駕籠宿《かごやど》があったら、駕籠にしようと思います」

「じゃ、おれもどうせ両国へ出るんですから、駕籠宿までお供します」

「御苦労ですね」

お香はかまわずいそぎ足に歩き出していた。

「元締めは笹井さんて人に会ったことがありますか」

あとについてきながら伊之吉が聞く。

「笹井さんなら、よく知ってます」

「お美代さまの話だと、なんでもすごく頭の切れる大した人なんですってねえ」

「あら、お美代さんがそんな話を伊之さんにしたの」

中間《ちゆうげん》を相手に、又四郎のどんな話をしたか知らないが、奥女中としては少し軽々しくないかと、その時お香はひそかにまゆをひそめていたのである。

十八

その日、街に灯が入るとまもなく、品川清水横町《しみずよこちょう》の花屋に本陣をかまえていた又四郎のもとへ、高輪の下屋敷へ見張りに出ていた源太が注進に駆けつけてきた。

「だんな、いま寿の字さまの行列らしいお駕籠《かご》が、尼崎の下屋敷の表門を出て、こっちへ向かってきやす」

「こっちへ向かってくるのか」

耳寄りの話ではあるが、又四郎はちょいとまゆをひそめる。

「へい、高台の道をたしかにこっちへ向いてやした」

すると、行列はまもなくこの清水横町へ出てくるはずだ。

行列が大木戸の外へ出るようなら偽《にせ》行列だろうと見ている又四郎なのだ。

「室戸、西村組は、まだ持ち場にいるんだろうな」

「お二人さんは向こうであっしの返事を待っていやす」

「笹井さん、やっぱりこのお駕籠は身代わりでしょうかな」

市原信太郎《しんたろう》が緊張した顔つきになって、さっそく聞いてくる。

「わしの見こみではそういうことになるんだが、とにかく行列を見てから手をうつことにしよう」

敵は偽行列のほうへこっちの気をひいておいて、後から本物の行列を深川方面へ向けないとはかぎらないから、油断はできない。

「念のために聞いておきたいんだが、大森の下屋敷には松之丞どのの御生母が入っているはずだね」

「そうです。お部屋さまが住んでいられます」

「そこへ五郎さんを監禁するのは、お部屋さまが承知すまい。後でなんにも知りませんでしたでは通らない問題だからね」

「それはそうですな」

「よし、とにかく市原うじと源太の二人だけいっしょにきてくれ。あとの者は支度をして、ここに待機していてもらいたい」

「承知しました」

又四郎は市原と源太をつれて横町のほうへ出てみた。

まもなく坂道のほうからしのびの行列がおりてきて、本街道へ出ると大森のほうへ向かっていく。先供が五人、後供がおなじく五人、駕籠わきをかためているのは例の山部亀三郎《かめさぶろう》である。

「山部がついているところを見ると、本物くさくも思えますな」

市原がそっと耳もとへささやく。

「下屋敷のほうの人数は、まだ何人ぐらい残っているだろう」

「昨日、山部組が着く前に七、八人はいたといいますから、まだ六、七人は役に立つやつが残っているはずです」

「この行列に清野がついていないのは少しおかしくないかね」

若殿のきげんは清野でないと取りにくいはずだと、源太の話を聞いてからそう見ている又四郎なのだ。

「清野たちは道を変えて、後から行列を追うという手はありませんか」

市原はそう主張する。

さすがの又四郎も、この時ばかりはちょいと決断がつかなかった。

十九

「市原うじ、貴公は花屋に待機している四人をつれて行列を追ってみてくれ」

ついに又四郎の腹はきまった。

「ただ追うだけでいいんですか」

「行列の警固は十一人、味方は五人、切りこむのは少し無理だ。しかし、あの駕籠の中が身がわりだとすると、敵のほうから待ち伏せをかけてくるかもしれない。これだけは十分気をつけてくれ」

偽《にせ》行列を仕立てた目的は、そこにあるかもしれないのだ。

「なるほど、その手はありそうですな」

「わしは一応高輪の様子を見て、五郎さんがいないようなら、すぐ貴公たちの後を追うことにする。その場合は、大森で落ちあうことにしよう。もしあれが偽行列とわかったら、至急高輪のほうへ引きかえしてきてくれ。今夜こそ下屋敷へ押しこむ好機ということになるんだ」

「わかりました。とにかく、我々は行列を追ってみることにします」

「しっかりたのむ。――源太、おまえはわしといっしょにきてくれ」

「へい」

又四郎は源太をつれて高台の道へ向かうことにした。

今夜の月の出は六ツ半（七時）ごろのはずだから、道は暗い。

「だんな、元締めは今ごろどうしているでしょうね」

源太がふっと思い出したように聞く。

「そうだな、小梅になにか変わったことでもなければ、おとなしくしているだろう」

「へええ、すると、だんなは小梅のほうにもなにか変わったことが起こりそうだと見ているんですかい」

「それは必ずおこる。森右衛門としては、なんとか一日も早く小梅を手なずけてしまわないと、当てが外れることになるからな」

「そういやあ、まあそうですがね。――するってえと、だんなは元締めをただ小梅へあずけたんじゃなくて、そういう道具に使う腹だったんですかい」

「いや、お香は小梅にじっとしていたほうがいちばん安全なんだが、あれはなにかあるとじっとなどしてはいられない女なんだ」

「そいつは、だんな、そんな風にいっちゃ元締めがかわいそうでさ。あの人はなにも好きこのんで跳ねっかえりになりたがっているんじゃない、一生懸命だんなのために働こうってつもりなんですからね」

源太は心からお香に同情しているようだ。

「まあいいだろう。わしは人使いの荒いほうでな、今夜は源太にも大いに働いてもらわなくちゃならないんだ」

「わかっていやすよ。あっしに下屋敷をのぞいてこいっていいてえんでしょう」

「そのとおりだ」

「寿の字さまとお中臈《ちゅうろう》さまのいねえ下屋敷なんかのぞいたって、なんのたのしみもねえんですがねえ」

「そういったものでもなかろう。案外拾いものがないとはかぎらないぞ」

「うまいねえ、だんな、その手でお姫さままでちょろりとだましてしまうんだからなあ」

源太は苦わらいをしているようである。

二十

お香が本所小梅から、半分は駕籠《かご》、半分は歩いて、高輪の角屋へ着いたのがやがて暮れ六ツ少し前だった。

半分道を歩くことにしたのは、駕籠へ乗っているとなんだかまだるこしくて、歩いたほうが早いような気がしたからだ。それだけ気がせいているのである。

――さあ、これでやっと又さんに会える。

わくわくするような気持ちで店の土間へ入っていって聞くと、

「おや、元締めは御存じなかったんですか。笹井さまも七人の方々も、都合でひとまずここを引きあげることになったからとおっしゃって、ゆうべお立ちになったんですがねえ」

と、出てきた亭主が気の毒そうにいうのだ。

「あら――、それで、どこへ行くとはいっていませんでしたか」

「それが、いずれまたやっかいになるとだけで、行く先はうかがっていないんですがねえ」

考えてみると、昨夜はここへ龍崎たちが果たし状をとどけているくらいなのだから、もうここにいては危険なのだ。そういう事情があるから、行く先を教えておかないのも当然なことなのである。

「困ったわ、あたし」

お香はがっかりせずにはいられなかった。いや、ただがっかりしているだけではすまされない。早く又四郎に会って密書についての意見を聞かなくては、自分一人ではどうしようもないのだ。

「なにか急な用ができたんですね」

「そうなんです。どうしても笹井さんに会わなくては困ってしまうんです」

「元締め、ことによると金杉橋のお宅のほうへなにか知らせが行っているんじゃありませんか」

　こっちが昨日から家を外にしている事情をおよそ承知している亭主は、そんな気休めのようなことをいってくれる。

「ありがとう。そうかもしれない。じゃ、あたし、一度家へ帰ってみます」

　お香はふっと頭にひらめくものがあったので、いそいで角屋を出た。当てもなく又四郎をさがして歩くより、高輪の下屋敷には今夜も七人組みのだれかが見張りについているはずである。そこへ行って聞けば、又四郎のいるところはすぐわかるはずなのだ。

　外はもうほとんど暮れきっていた。

　お香は薩摩屋敷の手前の横町へ入って、ゆっくりと高台のほうへ向かった。道が暗いので、気はせいてもあぶなくていそいで歩くわけにはいかないのだ。

――密書に書いてある六ツ半（七時）にはまだ少し間がある。

あわてることはないと、お香は自分にいい聞かせていた。

この横町は左手はずっと大名の下屋敷の塀《へい》つづきで、右手は坂道にかかると寺ばかりになる。その左手の下屋敷を出外れようとする角屋敷が、尼崎の下屋敷なのだ。

密書にある裏木戸は横町のほうの坂道の途中にあって、表門は横町を出外れて高台通りへ突き当たり、左に曲がったほうにある。

——もうこの辺にだれか見張っているはずだけどなあ。

お香はあたりへ気をくばりながら、その裏木戸の前あたりへかかっていった。

夜光る目

一

裏木戸のあたりには、だれも見張りはいないようだ。

すると、向こうの角にいるのかもしれないと思ったので、お香《きょう》はそっちへ行こうとして、一度裏木戸の前へ立ってみた。ここが密書にある約束の場所だからである。

——おや。

ふいにその裏木戸の透き間からちらりと黄ばんだ灯の光がもれてきて、

「そこへきたのは立花屋ですか」

と、意外にも中から女の声が聞いてきた。

「はい」

声をかけられたからには、逃げ出すわけにもいかない。

「まだ少し時刻が早いようですけれど、あなたはたしかに立花屋のお香なのでしょうね」

女の声は用心深い。

「そうです。あたしはお香です。少しぐらい待ってもいいからと思って、早目に出てきたんです」

「わかりました。あたりにだれも人目はないでしょうね」

「たぶん、だれもいないと思います」

「では、早くお入りなさい」

すっと中から木戸があいて、そこにちょうちんを持って立っていたのは腰元風の女中だった。

お香がためらわずに中へ入ると、女中は木戸をしめて手早くしまりをしてしまう。

「あなたさまはお中臈清野《ちゅうろうきよの》さまのお使いでございましょうか」

お香は念のために聞いてみた。

「そうです。どうぞこちらへ」

女中はちょうちんを持って先に立つ。

そこは外庭の林の中で、小道は坂をのぼっていくようになっている。

こっちは清野に内密に呼ばれているのに、ちょうちんをつけて歩いてもいいのだろうかと不審に思っていると、その林の中の坂道をのぼりきったところにもう一つ内木戸があって、その前へくると、

「灯を消しますから、足もとに気をつけてください」

といって、女中はちょうちんを消した。

そこの木戸をあけて中へ入ると、そこからは平地の芝生になって、向こうの右手に灯の入った座敷が見えてきた。

――奥の書院らしい。

そう見てとってお香は、なんとなくどきりとした。そこが奥の書院なら、寿《じゅ》の字さまはいつも昼間はそこで清野の介抱をうけているはずだし、その次の間が寝所になっているはずだからである。そして、まだ宵《よい》の口《くち》だから、寿の字さまは書院にいるはずなのだ。

――それとも、お中﨟さまは寿の字さまを寝所へおつれしておいて、書院でこっちに会う気かしら。

いずれにせよ、源太《げんた》の話では、奥の書院は女中たちばかりで、その女中たちはなるべく控えの間のほうへさげられていて、年上のお中臈さまと若い殿御が気ままにあやしい夢を見るのだということである。

——いやだなあ、あたし。

なんとなく気おくれを感じながら、そこの廊下へ近づいていくと、

「どうぞおあがりくださいませ」

案の定、女中はそこからあがって、書院の間へ案内しようとするようだ。

二

書院の間には、だれも人はいなかった。

「しばらくこれにて待っていますように」

案内の女中はそういいおいて、すぐに廊下へ去っていった。

あたりはしいんとして、物音ひとつしない。お香はじっと耳をすませながら、

——はてな。

と、急に不安な気がしてきた。

この書院座敷がいつも寿の字さまの居間にしているところだとすると、いまその寿の字さまはどこにいるのだろう。だいいち、お中﨟《ちゅうろう》さまが内密に自分と会うために、若殿をほかへ移してまでこの書院を使うのはおかしい。密談はもっとほかの小座敷ででもできるはずなのだ。

この書院の間は、いま自分たちがあがった東の廊下から南へまわり廊下になっていて、その南の廊下から入ると正面に床の間がついている。その床の間の裏がわが寝所らしく、出入り口は床の間の左手についている。

そして、南の廊下にならんで控えの間があり、この書院とはふすま四枚で仕切っている。この間取りから見ても、ここはどうしても寿の字さまの居間に使われているところと見ていい。

――ひょっとすると、もう寿の字さまはここにはいないのではないかしら。

お香はなんとなくそんな気さえしてくるのだ。

すると、さっき伊之吉《いのきち》が持ってきた密書からして、疑わしいということになってくる。

あの密書が本当に清野から浜町《はまちょう》の奥方へとどけられたものなら、その指図《さしず》どおりに忍んできた自分を、待ちかねていてこそすれ、こんなに待たせるということはないはずだ。

「しまった。敵の手に乗せられたのかもしれない」

お香は我慢ができなくなって思わず立ちあがっていた。

なによりも心配なのは、又四郎《またしろう》と連絡を取らずにここへきていることだ。万一のことがあった場合、これではとても救いの手は期待できない。

――しようがない、今のうちに逃げられるだけ逃げてみよう。

お香はそう決心して、東の廊下へのがれ出ようとした時、そこの障子が外からさっとあいて、

「お香、それは悪い了見のようだね」

と、鳴門屋波右衛門《なみえもん》が前へ立ちふさがったのである。

「あっ」

お香はどきりとして、我にもなくじりじりと後じさりをする。

「まあそこへお座り。少し相談したいことがあるんだ」

鳴門屋は中へ入って障子をしめきってしまう。

「ひきょうよ、鳴門屋のだんな」

「いや、わしはなにもお香をどうしようというつもりはない。ぜひにとたのまれ

たんで、こんなまねはしたが、——どうだね、一通りわしの話を聞いてみないかね」

鳴門屋はそんなことをいいながら、自分がまずそこへ座ってみせる。

「ようござんす。話なら聞きます」

腕力ではとてもかないそうもないので、お香は一応いわれるままにおとなしく座るほかはなかった。

三

「鳴門屋さん、お中臈《ちゆうろう》さまはもうここにはいないようですね」

お香は度胸をきめて聞いてみた。

「お中臈さまというと、清野さんのことかね」

波右衛門は目でわらいながら聞きかえしてくる。いかにも海賊あがりらしい日焼けした大きな顔が、今夜はいやに脂切っていて、いつ毒牙《どくが》をむき出しにしてくるかわからないとわかりきっているだけに不気味である。

「その清野さまのことなんです」

「元締めは清野さんに会ったことがあるのかね」

「いいえ、まだ会ったことはありません」

「そうだったかなあ。清野さんという女は、長い御殿奉公で、三十になるまで男の味を知らなかった。だから、自分ではそんな気がなくても、体中の血が濃くなってきて、知らず知らずのうちに男心をひきつけている、そんなところのある女ぶりだった。それでなくても、三十女というものはうまそうに見える。つい若だんなのほうがむらむらっとなって手を出してしまったらしいな。ところが、一度女にされてみると、こんどは清野のほうが夢中になってしまって、一時も若だんなのそばから離れたくない。といって、ここは人目が多いから、そう気ままにべたべたと好きなまねばかりもしていられない、とうとう女のほうが我慢できなくなって、若だんなをそそのかし、今夜二人でどこかへ駆け落ちをしてしまったという話でな」

　鳴門屋はわざとそんなあけすけなことを口にする。

「その若だんなというのは、寿の字さまのことなんですか」

　お香はすかさず切りこんでいく。

「いや、若殿さまは外桜田の上屋敷におられる。ここにいられたのは、たしか松《まっ》の字さまのほうじゃないかと思うんだけれどねえ」

波右衛門はぬけぬけとそらっとぼけてみせる。

「そうかしら。それにしても、清野さまはあたしにどんな御用があったのかしら。なにか一大事について相談があるといってきているんだけれど」

「それはたぶん二人のかくれ家を世話してもらいたいという気持ちがあったんじゃないかな。一足違いでお中臈さまはさぞ残念だったろうが、おかげで運のよかったのはわしのほうだ」

「そういえば、鳴門屋さんもあたしに相談があるようなことをいってましたけれど、どんな相談なんです」

「実は、御家老さまからたのまれているんだが、元締めが世話をしている七人組みの方々を、ぜひ無事に帰参させてもらってくれ。おとなしく屋敷へもどってくれさえすれば、その罪は一切問わないことにするといっていなさるんだ。どんなものだろうな」

「さあ、それはどうかしら。たとえ七人組みがその気になっても、笹井《ささい》さんがいますからねえ」

お香ははっきりと又四郎の名を持ち出してやる。

「あのおとぼけさんのことなら、心配はいらないんだ。しかし、元締めはまさか清野のようにあの男の手がついているんじゃないだろうね」

鳴門屋の目がずぶとく光り出してくる。

四

「鳴門屋さん、そんなことは女に聞くものじゃございません」

お香は冷たい顔をして、びしりとたしなめてやる。

「はあてな、そうかくしだてがしたいようだと、これはどうもいよいよ怪《あや》しい」

波右衛門は露骨な目つきで、こっちの体中を見まわしている。

「どうして鳴門屋のだんなはそんなことが気になるんです」

「それは気になりますよ。あのおとぼけさんは、どうしてそのほうもなかなか達者なんだそうで、うまくそらっとぼけながら、どこかのお姫さまのおしりまでもうなでてしまっているって話だ。元締めなんかもそのなでられてしまっているほうの口だとすると、おまえさんは清野同様まだ男を知らないんだっていうから、どうしても駆け落ちがしたくなってくる。こっちは、今夜、気の毒でもそのおまえさんの女心を踏みにじるようなまねをしなければならないんでねえ」

「なんですって――」

お香はどきりとせずにはいられない。

「これも御家老さまのたのみなんだからしようがない。それにしても、おまえさんもちょいと迂闊《うかつ》だったたな。元締めがこんなわなにかかれば、おとぼけさんは義理にでもおまえさんを助けにくる。岩崎さまというお方は、どうしてあれで相当な知恵者なんだからね」

「あの人が、あの人がそんな手に乗るもんですか」

こっちがこんなわなにかかったことはなんにも知らないでいる又四郎なのだから、そんなことは絶対にないとは思っていても、そこは女だからお香はだんだん顔色が変わってくる。

「まあいいだろう。賽《さい》の目《め》がどっちへ出るかは、もうすぐわかることだ。それとも、どうだね、おまえさんが本当に貞女なら、わしに又さんの命ごいをしてみないかね。鳴門屋はこれでおとこ気のある男なんだから、今のうちならどんな相談にでも乗ってあげるよ」

波右衛門はその脂ぎった顔にちらっといやらしいうすわらいをうかべてみせる。

「あたし、清野さまがいないんならもう帰ります」

お香はたまらなくなって、さっと立ちあがった。どうせただですまない体なら、逃げ出せるだけ逃げてみて、いよいよだめなら井戸へ飛びこんでやろうと、とっさに腹がきまったのだ。

が、そんな思いきった行動は、かえって男をけだものにするだけで、やっぱり軽はずみだった。

「どこへ行くんだ、お香」

鳴門屋は同時に立ちあがって、お香がまだ障子のそばへも行けないうちに、うしろから素早く組みついてきたのである。

「放して、――いやらしい」

「声を立てたってだめだよ。おとなしくするんだ」

抜けめのない鳴門屋は、すかさず左腕をのどへからんで、ぐいと絞《し》めあげてきた。

「あっ、――助けてえ」

それが声にならなかったのだから、この勝負はまったくお香の負けだった。お香はもう両足をばたばたさせるだけで、精いっぱいである。

五

——ふん、もうこっちのものだ。

急にぐったりとなってきたお香の背中を胸でうけとめている波右衛門は、息は落としてしまっては後が面倒なので、のどにからんだ腕を少しゆるめてやる。

お香はせいせいとせわしく肩で息を切りながら、まだどうする力もないようだ。多少柔らの心得ぐらいはある女だと聞いてはいたが、いざとなるとそんな手を見せる暇さえなくこうしてつかまってしまうのだから、女などというものはたわいのないものだと波右衛門は思った。

それにしても、つい事の行きがかりでここまできてしまったが、このままお香を寝所へ運びこんで口のきけない体にしてしまうにはまだ少し時刻が早すぎたのである。波右衛門の考えでは、当然ここへお香を取りかえしにくる又四郎を御家人組に切らせて安心してから、ゆっくりこの女の肌をたのしんでやるつもりだったのだ。

が、現にこうして前から四十男の執念《しゅうねん》をかけていたお香の体を抱きすくめ、甘つという時を待い肌のにおいに男の欲望をゆすぶられてみると、一度それを手放してその時を待つというのはなんとも惜しい気がしてくる。

――どうするかなあ。

波右衛門は思わず舌なめずりをしながら、しかし、今夜の目的は又四郎を切ってしまうことにあるのだ。その目的を果たさないうちはどうにも安心できないものがある。それに、又四郎さえ消してしまえば、尼崎《あまがさき》家十万石を利用して、どんな幸運でもつかむことができるのである。

――よし、お香のほうは後まわしだ。

鳴門屋の腹はきまった。一度腹がきまると、この海賊あがりの悪玉のやることは早い。

手早くお香の腰ひもをといて、まだすっかり正気にかえりかねているお香がくずれるようにそこへ座りこんでしまうのを、おさえつけるようにして両手をうしろへまわして縛《しば》りつけてしまう。その上、手ぬぐいをさるぐつわにして口をふさぎ、寝所のほうへ引きずっていって、そこのふすまをあけ、

「お香、しばらくここでおとなしくしているんだ。おれはきっとおまえの身の立つようにしてやるつもりでいるんだからな」

と、ねこなで声でやさしく吹きこんでおいてから、暗い寝所の中へ閉じこめてしまったのである。

——さあ、これでいい。お香はいやでももうおれのものだ。

もとの書院の間へもどって一人で座った波右衛門は、ふすま一重の寝所のほうへ耳をすませながら、我ながらうきうきせずにはいられない気持ちだった。

「笹井だ、みんな出会え」

「又四郎が出たぞう」

そんな声が外庭のほうから聞こえて、屋敷中が騒然となってきたのはそれからまもなくだった。

「うぬっ、とうとう来たな」

鳴門屋はすっくと立って東の廊下へ出た。今夜の御家人組は、石渡忠蔵《いしわたちゆうぞう》、近藤伝七《でんしち》をはじめ、人数は五人だが、その五人とも、今夜こそこれまでの失敗を必ず取りかえしてみせると金打《きんちよう》までして誓っているのだから、万に一つも又四郎を生かして帰すはずはないのだ。

六

少し前に月がのぼったので、芝生の庭はあかるくなっていた。

ここからは見えない外庭の林の中では御家人組が又四郎を追いまわしているらしく、あっちだあ、こっちだあ、出たあなどという必死のわめき声が物々しく耳を打ってくる。

――手ぬるいな。五人もかかっていて、なにをまごまごしているんだ。

鳴門屋はだんだんいらいらし出してきた。こんど又四郎を取り逃がすようなことでもあると、せっかく今夜の膳立てをしてくれた森右衛門《もりえもん》に対しても合わせる顔がなくなってしまうのだ。いや、今まで尼崎家へつぎこんだ大金がむだ金になってしまうおそれさえある。

「わしは御家人組をやっぱりちょいと高く買いすぎていたのかもしれないな」

なんとも苦々しい顔になっていると、

「鳴門屋、おまえはそこでなにを待っているんだね」

ふいに左手の袖垣《そでがき》のかげから声をかけながら、意外にも又四郎がつかつかと目の前へ出てきたのである。

「あっ、笹井——」

「心配しなくてもいい。わしはおまえを切りにきたわけじゃない。少し聞きたいことがあって出てきたんだ」

その言葉にうそはないらしく、又四郎はちゃんと刀を鞘《さや》におさめているのだ。

「おどろきましたなあ。笹井さんは御家人組に出会わなかったんかね」

波右衛門は度胸をきめて、聞いてみた。

「いや、会うには会ったが、わしはわざと逃げてきたんだ。林の中は鬼ごっこをするには都合よくできているんでね」

又四郎は人のいい顔をしてわらっている。

「なるほど、おまえさんはなかなかの知恵者のようだ」

それとは知らずに、林のほうではまだ御家人組が又四郎をさがしまわっているようだ。ばかばかしいにも程があると波右衛門は思った。

「そういう鳴門屋も相当な知恵者のようだ。さっきここを出た忍びの行列は本物だったらしいな」

「そのとおりです。ここはそろそろ物騒になってきましたんでな」

「落ち着く先は大森かね」

「そんなことをわしに聞くのは、知恵者の又さんらしくありませんな」

「そうか。しかし、わしのまたの名はおとぼけの又さんともいうんだそうだ」

「そうそう、そういえば笹井さんはそのおとぼけでもうどこかのお姫さまのおしりまでなでているという話だが、本当なんですかね」

「鳴門屋はなんでもよく知っているんだなあ。そんな話をだれから聞いたんだね」

「さあ、だれからでしょうな。そんなことより、笹井さん、あんたがわしに聞きたいというのはどんなことなんですね」

たぶんお香のことだろうと波右衛門は踏んでいたのだが、

「実は、わしは清野さんに会いたいんだが、まだこの屋敷にいるだろうか」

と、又四郎は真顔になってそんなことを聞く。

波右衛門は思わず相手の顔を見なおさずにはいられなかった。

七

「笹井さんは清野にどんな用があるんだろうね」

鳴門屋はつい相手をこばかにするような口ぶりになっている。

この男は、御対面の儀延期を策して、それをちゃんと実現させてしまったほどの油断のならないくせ者なのだとよくわかってはいても、こうして面と向かっていると、どこか人間がのんびりしすぎていて、どうにも本気でぶつかる気になれなくなってくるのだ。

「いや、清野がここにいないとわかれば、それだけでいいんだ。用はこれから大森へ行って直接話しあってみることにしよう」

「あきれたもんだ。あんたはそんなことができると本当に考えているのかね」

「鳴門屋はとてもそんなことはできないと思っているようだなあ」

「まあ、できないのが本当だろうね」

「ずいぶんわしを見くびっているんだなあ。おかげで、わしのほうは助かる。では、今夜はこれで別れよう」

「おっと、あいにくそうそっちの都合のいいようにばかりはいかなくなったようだね」

いいあんばいに、ちょうどこのとき木戸のほうから御家人組の者が二人、芝生の庭へ入ってくるのが目についたのだ。一人は石渡忠蔵、一人は村井兼助《けんすけ》、二人とも抜刀《ばっとう》を手にしている。

二人のほうも目ざとくこっちを見つけたらしく、

「あっ、そこにいるのはだれだあ」

と叫びながら走り出た。

「鬼がきたようだねえ」

又四郎はくるりと踵《きびす》をかえして、自分のほうからもそっちへ歩き出す。

——これでいい。こんどこそこっちのものだ。

しめたと波右衛門は思った。

「おうっ、笹井だな」

「又四郎が出たぞう」

二人は味方のほうへ呼びながら、たちまち一刀を取りなおして又四郎を迎える。

「やあ、石渡さんか」

又四郎が立ちどまったとたん、

「くそっ、——えいっ」

だっと一気に切って出たのは、若い村井兼助のほうだった。

「危ないっ」

ひらりと飛びさがった又四郎は、村井の切っ先が空を切って前のめりになるのを見て、

「えいっ」

すかさず踏みこみざま、抜きうちにさっと一刀を横なぎにする。

「う、うっ」

籠手《こて》を払いおとされた村井は、ひとたまりもなく、どっとそこへしりもちをついていた。

同時に一足おくれていた石渡が、

「おうっ」

上段から火のように切りおろしていったが、右を払った又四郎は片ひざづきに身を沈めながら、

「とうっ」

とっさに二の太刀を左へかえす。このつばめがえしのほうが石渡の切りおろす太刀よりわずかに早かったらしく、

「わあっ」

と絶叫しながら大きくのけぞっていたのは石渡のほうだった。

八

――恐ろしい男。

又四郎の真剣勝負ぶりをはじめて自分の目で見た鳴門屋は、背筋に寒々としたものを感ぜずにはいられなかった。

しかも、一瞬にして二人まで切った又四郎は、ゆうゆうとして月あかりの中を内木戸のほうへ去っていくのである。

――外庭の林の中には、まだ御家人組が三人いるはずだ。

だが、波右衛門はその三人にあまり期待は持てない。

それは腕の相違ではなくて、器量の相違からくる差のように思えるからだ。

又四郎が切ろうと思えば、一人で立っていた自分などひとたまりもなかったろう。それを又四郎は、そんな気ぶりさえ見せなかった。又四郎としては、鳴門屋を切ってしまうより、むしろ生かして役に立てる、そんな腹があるに違いない。

それが人間の器量というものなのだ。

――そうだ、今のうちにお香をどこかへかくしておかぬと、取りかえされるおそれがありそうだ。

はっとそこへ気のついた鳴門屋は、いそいで書院へ取ってかえし、そこの行燈《あんどん》をさげていって、寝所のふすまをあけていた。

「あっ」

お香の姿が消えている。そして、そこに落ちているのは、両手を縛《しば》っておいたお香のなまめかしい腰ひもと、さるぐつわがわりにしておいた手ぬぐいだけである。

寝所は東と西に窓があるだけで、出入り口は書院から入るこのふすま口だけなのだ。

窓は雨戸にしまりがあるから、内からは出られても、外からは絶対に入れない。くせ者は一体どこから寝所へ入りこんだのか。

――無論、これも又四郎の指図《さしず》で、何者かがやった仕事だ。

又四郎はその時をかせぐために、わざわざ自分の前へ姿を見せて、しばらく足どめをさせておいたに違いない。

――今なら追えばまだきっと間にあう。

そうは思ったが、又四郎がついている以上、その追っ手の人選が難しい。

惜しい鴨を取りかえされてかっと頭へ血がのぼりそうになった波右衛門は、

——そうだ、こうしてはいられない。

と、急に気がついてきた。

又四郎はさっき、これから大森へ行って清野に会うのだと、はっきりいってい
た。

その時はなにをばかげたことをと思いもし、口にも出してわらってやったが、
ここでこれだけの仕事をやってのけたからには、大森の下屋敷だって忍びこめな
いはずはないわけだ。

この上、寿の字さまを取りかえされてしまっては、それこそ元も子もなくなっ
てしまうのだ。

——大森には御家老がいる。よし、こんどこそ藩の侍どもの手を借りて又四郎
を討ち取ってしまわなければならぬ。

とっさにそう腹をきめた波右衛門は、もう一度廊下へ出てみた。

芝生では手負いの石渡と村井の二人が、いま御家人組の近藤伝七に介抱されて
いるところである。してみると、やっぱり又四郎は無事に屋敷をのがれ出してし
まったことになりそうだ。

九

そのころ――。

又四郎はお香をつれて、うしろからの追っ手には室戸平蔵《へいぞう》と西村三吉《さんきち》の二人を備えさせ、高台の道を清水横町《しみずよこちょう》のほうへいそいでいた。

お香は髷《まげ》の根はがっくり落ちているし、すそをはしょって、足袋《たび》はだしという、昼間ではちょいと外は出歩けない無惨《むざん》な姿である。

「女ってだめだわ。あたし今夜つくづく自分のふがいなさに愛想がつきてしまったのよ」

勝ち気なお香は見事に敵のわなにおちてしまったことがかなり胸にこたえているらしく、いまだにその興奮がおさまりきれないようだ。

「それはなあ、お香、おまえのほうがだめなんじゃなくて、敵のほうがあまりにもうますぎたんだ」

又四郎は苦わらいをしながらなぐさめておく。

「又さんはどうしてこんなあたしを思いきりしかってくれないんです。そのほうが、あたし、よっぽど気が楽だのに」

そんなうらみがましいことまでいい出すお香なのだ。

「そんなに怒ってばかりいないで、おまえなにか気がついたことはないのか」

「気がつくって、どんなことかしら」

「今日、浜町のお美代は、小梅へ御病気見舞いに行って、雪島《ゆきしま》さんにどんなことを話していたんだね」

「それは、さっきもちょいと話したとおり、今夜高輪《たかなわ》に大事があるように聞いていますから、いまにお香のところへも笹井さんからなにかたよりがあるかもしれないといっていました。だから、あたし、急にこっちへ帰ってくる気になったんです」

「お美代はそんなことをだれから耳にしたんだね」

「奥方さまからだといっていました。奥方さまは香がゆうべ無事に帰れたかどうか御心配くだされて、今朝高輪の角屋のほうへ問いあわせの使いを出してくださいましたそうで、その使いの者が一大事のことを聞いてきたんだとお美代さんは話していました」

「お香はそんな話を聞いていたから、伊之吉の持ってきた清野の密書をてっきり本物だと思いこんでしまったんだろう」

「そうなんです」

「ところが、その密書は高輪へおまえをおびき出すためのこしらえ物だった。しかも、伊之吉はその密書を奥方からわたされたと、おまえにうそをいっている。その辺のところから考えていくと、お美代が奥方から一大事のことを聞いたというのもうそくさくなってきはしないかね」

「なんですって――」

お香はさすがにどきりとしたようだ。

「つまりだな、奥方さまがお美代に小梅のお見舞いの使者をいつけたのは事実だろう。これは外桜田からそういう依頼があったので、裏は裏、表は表ということにして、お美代を使者に立てられた。そのお美代と伊之吉がおなじようなうそをついて、おまえをわなにかけている。浜町の屋敷の奥にも、すでに裏切り者が入りこんでいるということなんだ」

「本当かしら――。あのお美代さんが、そんな」

お香は顔色をかえてそこへ立ちどまってしまう。

十

「どうした。——まあ、歩きながら話そう」

又四郎はお香をうながして、立ちどまろうとはしなかった。

「悔しいわ、あたし、お美代さんにまでだまされていたんだと思うと」

お香はなんともやりきれない気持ちである。

「いや、今夜のことは一切、森右衛門の頭から出ているんだ。五郎さんを大森へ移して、その後へ鳴門屋が御家人組をひきいて入る。お香をわなにかけて、それをおとりにしてわしをおびきよせる。その計画がほとんど失敗したばかりでなく、浜町の奥方さまのまわりにまで裏切り者がいるとわかってきたんだから、結果から見てそう悔しがることはないんだ」

「又さんはどうしてあたしがわなにかかったとわかったの」

「わしは清水横町で寿五郎さんの行列が大森へ向かうのを見ている。駕籠《かご》の中が本物か偽物《にせもの》かは、下屋敷を調べてみるのがいちばん早い。だから、行列のほうは市原たちに追わせておいて、源太をつれてこっちへきてみた。高輪を見張っていたのは室戸と西村で、西村は行列が表門から出るとまもなく、鳴門屋たちが下屋敷へ入るのを見ていた。一足違いのように室戸が、お香が裏木戸からだれかに誘いこまれるのを見ていたが、これは中に敵がいそうなので、うっかりそばへ寄れなかったのだといっている。そのかわり、わしといっしょに裏木戸口から切りこんで、御家人組を二人まで切っている」

「すみません、みんなあたしが至らなかったんです」

それにしても、源太が押入の中から出てきて助け出してくれなければ、自分は今ごろ鳴門屋に生きてはいられない体にされていたのだと思うと、むらむらっと火のような怒りを感じてきて、

「あたし、今日から鬼になってやるからいい」

と、思わず口走っていた。

「そんなに意地にならないほうがいいよ。人間は腹を立てるととかく判断が狂いがちになって、人に足をすくわれるものだ」

「あたしはそんな女じゃありませんのよ。又さんはあたしを本当はしようがない女だとおなかの中でわらっているんでしょ」

つい突っかかるようにいってしまってから、ああこれがいけないんだなとお香

はすぐに気はついたが、そういう性分《しようぶん》なのだからどうしようもなかった。

「そんなことはない。敵との勝負はいよいよこれからなんだ。お香にももっと働いてもらわなくちゃならなくなる」

「本当かしら」

「わしを疑っちゃいけない。いっしょに命がけの仕事をする相棒なんだからね」

うれしいなあとお香は思いながら、

「じゃ、教えてください。又さんは今夜からどうするんです」

と、詰めるように聞いている。やっぱり気が立っているのだ。

「わしはこれから大森へ駆けつける約束になっているんだ。お香は花屋で、わしの指図《さしず》を待つことにする」

又四郎はぴしゃりと先手を打ってきた。

「いやだなあ、あたし」

お香は不服そうにいってはみたものの、今夜は失敗してきたばかりだから、どうしてもいっしょに行くとはさすがにいいかねる。

お香を清水横町の花屋へ送りこんでおいて、又四郎が室戸たちの待っている横町の角まで引きかえしてくると、ちょうど源太が高輪から追いついてきたところだった。

十一

「御苦労だったな、源太。屋敷の後始末はどんな風だったね」

又四郎は一同をうながして、本街道へ出ながら源太に聞く。

「あれから手負いの四人は戸板へ乗せられやしてね、鳴門屋と近藤伝七の二人がついて高輪の医者のところへつれていかれやした」

「そうか、だれも命にかかわるような者がいなくて幸いだった」

「なあに、一つ間違えばこっちがやられているんでさ。あいつら命にかかわったって自業自得なんだが、中でいちばん傷の重いのは、片腕切りおとされた村井ってやつでしょうよ」

「気の毒なことをしたな。それにしても、医者のところまで手負いについていくだけの人情が鳴門屋にあるのは感心なものだ」

「それが違うんでさ。鳴門屋はこれから大森へ駕籠《かご》を飛ばすつもりで、駕籠宿へ行くついでに、手負いを送って出たようです。近藤にはっきりとそんなことをいっていやした」

「すると、鳴門屋の駕籠はまもなくこっちへ向かってくるはずだな、源太」

うしろから室戸が声をかけてくる。本街道へ出たこっちは、すでに大森へ向かっているのだ。

「たぶん、そんなことになるでしょうよ」

「笹井さん、我々が大森へ向かっているのを鳴門屋に見られてもかまわんでしょうかな」

「それはかまわない。わしは大森へ行くことを、さっきもう鳴門屋の耳に入れてあるんだ」

「なるほど――」

「それより、室戸うじ、清野が高輪を出るところを、あんたがた二人のうち、どっちかが見かけているはずなんだがね」

又四郎は念のために、もう一度聞いてみた。

「そのことは、さっきも西村と話しあってみたんですが、源太を笹井さんのところへ注進に走らせる時、わしは裏木戸の持ち場を離れて、しばらくのあいだ西村のところへ相談に行っています。もしその間に清野たちが裏木戸から出たとすれば出られたわけです」

「そうか。あるいはそうだったのかもしれないな」

「すまんことをしました」

室戸は正直に頭をさげたようだ。

「いや、清野が高輪にいないとわかっていれば、それでいいんだ。清野が寿の字さまのそばにいないとなると、こっちもまた考えなくてはならなくなるんでねえ」

「それにねえ、だんな、まだ高輪のほうに七、八人は残っているはずの敵が、さっきは一人も出てこなかった。こいつはやっぱり、表から行列が出るとすぐに、お中臈《ちゅうろう》さまをまもって裏木戸から大森へ向かったと見たほうがいいんじゃありやせんか」

源太がそんなうがったことをいう。

「うむ、そう見ておいたほうがいいかもしれないな」

そして、又四郎たちが南品川へかかってきた時、向こうから駆けてくる七人組みの一人坂田伍助《ごすけ》にばったり出会って、悲しい知らせといっしょに、その事実がはっきりわかってきたのである。

十二

「あっ、笹井さん、申し訳ありません」

坂田伍助はこっちの顔を見るなり悲痛な声を出してそこへ棒立ちになっていた。

「どうした、坂田さん」

又四郎は伍助のただならぬ顔色で、なにか人命にかかわるような間違いがあったなととっさに直感した。

「鈴《すず》ガ森《もり》で、横川邦之助《くにのすけ》と伊東一平《いっぺい》の二人が重傷をおわされたんです」

案の定、伍助はそう告げて、がくりとうなだれてしまう。

「二人とも命は助かりそうか」

又四郎はなによりもそれが気になる。

「わかりません。だめかもしれません」

「なにっ、だめなのか、伍助」

室戸が血相をかえて前へ出てくる。

伍助ははっきりとうなずいてみせてから、

「敵は五、六人で、鈴ガ森で切って出たんだ。おれたちが駆けつけた時は、もうさっさと引きあげていくところだった。おれは追いかけようとしたんだが、市原さんにとめられてしまったんだ」

「すると、市原と長野がいま鈴ガ森で二人を介抱しているんだね」

又四郎はすぐ冷静にかえって聞く。

「そうなんです。わしは笹井さんに早く急を知らせるようにといいつけられたんで、走ってきたんです」

「御苦労だった。――西村、花屋にお香がいる。貴公は花屋へ走って、つり台と人足を都合して、できるだけ早く鈴ガ森へ出向くようにいいつけてくれ」

「承知しました。――それで、笹井さんは」

「我々は鈴ガ森へ急行する。敵の襲撃は、第二陣、第三陣があるかもしれぬ。一同、いそいでくれ」

又四郎はだれにも口をきかせずに、もう先頭に立って歩き出す。

「笹井さん、わしもすぐ後から追いつきます」

自分も鈴ガ森へ同行したかったらしい西村三吉も、あきらめて清水横町のほうへ走り出していた。

「坂田、大体のことを話してみてくれ」

又四郎は肩をならべている伍助にあらためて聞く。

「はい。花屋で市原さんを待っていたわしたち二組み四人は、市原さんの迎えをうけて、ただちに行列のあとを追いました。市原さんが先頭で、我々四人はそれから二十間《けん》ばかりおくれてついていったんです」

「市原がまず物見役をつとめたんだね」

「そうなんです。まもなく市原さんが引きかえしてきて、寿の字さまの行列のあとへ別の行列が一組み入っているようだ、女中がついているようだから、清野どのの行列かもしれないというんです」

「なるほど――」

「そこで、横川と伊東の組がまず前へ出ることになり、我々三人はやっぱり二十間ほど後からついていくことにしました。それが考え違いだったと市原さんは悔しがっているんです」

伍助はこぶしで涙を横なぐりにして、思わず鼻を詰まらせている。感情が高ぶってきて、ちょいと口がきけないようだ。

「伍助、まあ元気を出せ」

又四郎は肩をたたいて力をつけてやる。

十三

「伍助、泣くな。その先を話してみろよ」

うしろから室戸が強い声でうながす。

「市原さんは二人に、こっちから手は出すな、向こうから仕掛けてくるようだったら大きな声を出せと注意してあったんだ。二十間ぐらいは一気に追いつける、だれだってそう考える」

「それはそうだ。それで――」

「ところが、行列は鈴ガ森へかかるころには、いつか前と後が一つになっていたらしいんだ。供侍は前が十一人、うしろが七、八人、これが一つになると十八、九人になる。その中から五人だけ選んで山部亀三郎《かめさぶろう》がひきい、こっちが気がつかないうちにしんがりへまわっていたらしく、鈴ガ森の中ほどへかかると、急に踵《きびす》をかえして、二人のほうへ突っこんできた。二人とも声を立てる暇さえない。

同時に抜刀《ばっとう》して、切りこんでいった。わあっという声を聞きつけて、それっと我々三人も抜刀してそっちへ走ったんだが、もう間にあわなかった」

「間にあわなかったとは——」

「つまり、敵は二人を切ってすぐ引きあげる計画になっていたんだな。六人がかりで二人を切り倒し、こっちがそこへ駆けつけるのをしり目にかけながら、もう引きあげていく。敵にもけがをしたやつはあるようだったが、しんがりは山部で、こいつが来るならこいというようにゆうゆうと歩いていく。おれは一気に後を追おうとしたんだが、やめろと市原さんにしかられてしまった。犬死にをするなというんだ」

「そうか、たしかに犬死にだもんな」

室戸が悔しそうにいう。

「市原さんは、こんなことなら小細工はせずに、五人いっしょに歩いていればよかった、すまぬことをしたと、横川を抱きおこして涙をこぼしていた」

「横川はどこをやられていたんだね」

「前から一太刀、うしろから袈裟《けさ》がけに一太刀、うしろからのが致命傷だった。それでも、みんなによろしくと一言いっていた」

「畜生《ちくしょう》、六人に二人だもんな」

平蔵も涙声になっている。

「伊東はどこをやられているんだね」

又四郎が聞く。

「右腕へ一太刀、これもうしろから胴を払われているのが重傷で後をたのむよと、長野に抱きおこされていっていました」

「市原の失敗じゃない。わしの指図《さしず》が至らなかったようだ」

又四郎はやりきれない気持ちになってくる。はじめにあの行列の真偽を疑った、そこに大きな誤算があったのだ。それでなくてさえすくない味方を行列と高輪と二手にわけたのが一番の下策だったのだ。

「いそいでみることにしよう。山部がそんな策を取ったとすると、鈴ガ森に残っている市原と長野はもう一度襲撃をかけられているかもしれぬ」

又四郎は思わず走り出さずにはいられなかった。

「だんな、こんな時はあわてちゃいけやせん。あっしが物見をしてきやす」

たちまち源太が又四郎を追いぬいて駆け出す。

——生きていてくれ、両人。

又四郎は神にも祈りたい気持ちである。

十四

やがて涙橋をわたって、鈴ガ森へかかってきた。左手は海にそい、右手に松林が十町あまりつづく。松林の中に有名な刑場のある寂しい道だ。

まもなく、向こうの往来へ立って、一足先に物見に走りぬけていった源太が、こっちへ手をあげて合図しているのが見えてきた。

――この分なら、市原と長野の二人は無事だったようだな。

又四郎はほっとしたが、事実はこれも見当違いだったのである。

現場へきてみると、松林の中へ運びこまれて並べてある横川と伊東の死骸《しがい》のそばに悄然《しょうぜん》と立っていたのは長野七郎《しちろう》一人だった。

二人の死骸の顔には、もうちゃんと手ぬぐいがかぶせてある。

「七郎、市原はどうした」

又四郎は死骸のほうへ合掌してからせきこむように聞いてみた。

「申し訳ありません。山部組につれていかれてしまったんです」

長野はくちびるをかみながらがくりとうなだれてしまう。

「なにっ、山部組がまた引きかえしてきたのか」

「はい。さっき伍助が注進に駆け出していってからまもなく、山部組が引きかえしてきたんです。こっちは市原さんと二人で、切り死にをする覚悟だったんですが、山部はぬけぬけとした顔つきで、ここで無益の血は流したくない、大森に御家老がいるから、いっしょに行って話をつけてくれというんです。市原さんはちょっと考えているようでしたが、よかろう、それなら大森へ同行しよう、しかし、横川と伊東の死骸をほうっておくわけにはいかぬ、いま伍助が戸板をたのみに行っているから、長野だけはここへ残しておいてくれと掛け合ったんです」

「山部はそれを承知したんだね」

「そうなんです。市原さんはわしまでむだ死にをさせたくなかったんだと思います。わしは自分だけ生き残りたくはありません。これからすぐ大森へ行かせてください」

長野はいまにも走り出しそうな必死の目になっている。

「よし、まだそう遠くへは行くまい。おれたちもいっしょに行こう」

「死ぬ時は七人いっしょと約束しているんだ。畜生《ちくしょう》、もう我慢はできぬ」

室戸と坂田も血相をかえていた。

「待て——。あわてることはない。どうせ我々も大森へ行くのだ」

「しかし、笹井さん、いそがないと市原さんの命があぶないんじゃありませんか」

室戸がそれを心配する。

「いや、山部はたぶん市原をおとりに使って我々を大森へおびき寄せる気になったんだろう。我々が引っかかるまでは命は取るまい」

「そうでしょうかなあ」

「今夜はわしが策を誤ったために二人まで犠牲者を出してしまった。なんとも痛ましいことになってしまったが、この二人の死を絶対にむだにしてはならぬ。この上は、生き残った我々の手で必ず寿の字さまを取りかえし、悪人どもを一掃するんだ。それまでは、一同、万事わしの指図《さしず》にしたがってくれ」

又四郎はあらためて一同に申しわたす。

十五

「笹井さん、わしたちは、無論、笹井さんに命をあずけることにきめているんです。しかし、ここはなにより市原さんを無事に取りかえすことが先決じゃないかと思うんです。わしと伍助をぜひ大森へ先行させてください」

腕に自信のある室戸は、山部組の追跡をどうしてもあきらめかねるようだ。

「その気持ちはわからぬでもないが、ここは自重したほうがいい。今夜の山部は、なるべくこっちの人数を別々にして討ちとろうという策を立てている。その手に乗るのはまずい」

又四郎は冷静にとめた。

「笹井さん、口はばったいことをいうようだが、わしは山部に負けないだけの自信はあるつもりなんですがねえ」

「それはそうだろうと思う。高輪では二人まで切っているんだ。しかし、今夜の山部組は六人で、前後左右から切ってかかる手順まできめているようだ。いま、無理をしてはいかん。わしは西村がつり台の用意をして駆けつけてくるまでは、この痛ましい仏のそばを離れるわけにはいかんのだ」

すぐにも山部組を追いかけたい怒りは、むしろ又四郎のほうが強いのだ。それだけに又四郎はつらい。

「わかりました、笹井さん。強情を張ってすみませんでした」

さすがに室戸もはっとそこへ気がついたらしくそういうなりつかつかと二人の死骸《しがい》のまくらもとのほうへいって、どかっと座りこんでしまう。

「一平、邦之助、さぞ無念だったろうな」

平蔵は死骸の顔の手ぬぐいを取りのけて、かわるがわる額《ひたい》をなでてやりながら、もう涙声になっている。

伍助と七郎も黙ってそばへ行って座りこんでいた。

「源太――」

又四郎は源太を呼んで、少し離れたところへつれていく。

「とんだことになっちまいやしたねえ、だんな」

源太は小声でいいながら、いそいで涙をふいている。

「気の毒だが、やむをえぬ。そこでな、源太、おまえこれから大森の下屋敷へ走って、あらましの様子を見ておいてくれぬか」

「へい」

「無理をする必要はない。できるだけでいいんだ。我々もこっちが片づきしだい追いかけることにするから、そうだな、落ちあう場所は大森の宿の入り口ということにしておこう」

「今夜、切りこむんですかい、だんな」

「様子によっては決行する。この上、市原を見殺しにするわけにはいかぬ」

「わかりやした、だんな。できるだけやっつけてみやしょう」

「たのむ。ただし、途中に待ち伏せがあるかもしれないから、十分気をつけてくれ」

「まかしといておくんさい。かわいそうな仏さま二人のとむらい合戦でさ」

源太はきっぱりといって、さっと大森のほうへ走り出す。

——七人組みが五人組みになった。市原だけはなんとかして助けなければ四人組みになってしまうからな。

又四郎はまったくどたん場へ立たされたようなつらい気持ちだった。

十六

岩崎森右衛門は、その日の夕方、大森の下屋敷へ駕籠《かご》で先行していた。

この下屋敷は御舎弟松之丞《まつのじょう》とその生母お松の方が入っていたところで、こんど御舎弟が外桜田の上屋敷へ移ってからは、お松の方が一人でひっそりと暮らしている。

国もとで目下謹慎中《きんしんちゅう》の当主伊勢守は、跡目を若殿にゆずって隠居の身になってもおそらく江戸へ住むことは許されないだろうから、まだ四十前のお松の方の余生は尼のような味気ない毎日になるはずだった。そして、どっちかといえばむしろ平凡な性格に生まれついているお松の方としては、そういうおだやかな余生のほうが気苦労がなくて好もしかったのだろうが、岩崎一味の陰謀の渦中《かちゅう》にまきこまれて、御舎弟が尼崎十万石の跡目をつぐとなると、そうばかりはいかなくなってきたようである。

森右衛門は中奥のいつもの茶屋へ入って、用人島本孫兵衛《まごべえ》と今夜の打ちあわせをすませてから、奥のお松の方をここへ呼んでもらうことにした。

すぐに腰元二人をしたがえて茶室へ足を運んだお松の方は、どこかさえない顔色である。

「お部屋さま、どうかなされましたか。お顔の色がよろしくない」

森右衛門はお松の方が正座につくのを待って、心配そうに聞いた。その実、お松の方のさえない顔色は、この人のいいお部屋さまにはこんどの陰謀は少し荷が重すぎるからだと、ちゃんとわかっている森右衛門なのである。

「そなたたちはしばらく遠慮しますように」

お松の方はまず腰元たちにいいつける。

「かしこまりましてございます」

若い腰元二人はおじぎをして、渡り廊下をわたりきったところまで下がり、いつものように見張りにつく。

「森右衛門、喜久姫《きくひめ》さまとの御対面の儀は延期になったそうですね」

お松の方は声をひそめながらさっくり切り出してきた。

「残念ながら、思わぬじゃまが入りましてな」

森右衛門は苦わらいをしながら正直に答える。

「それは、松の字さまのことがあちらへわかったからではないのですか」

なによりもそれが心配でたまらないといった目の色である。

「だれかそんな入れ知恵をした者があるようです」

「それでは、こんどのことはもう無理ではないのでしょうか。松の字さまお命にかかわるようなことでもあると取りかえしがつかないと、松はそれが心配で」

「その心配はございません。そのために森右衛門がついているのです」

事もなげにいって、森右衛門はわらってみせる。

「そうでしょうか。松の納得いくように、そなたの胸の中を聞かせてください」

「そんなにお部屋さまはこんどのことが心配になるんでしょうかな」

森右衛門はわざとお松の方の顔をながめるようにする。紫縮緬《むらさきちりめん》の被布《ひふ》を羽織ったお松の方は、さすがにぶしつけな男の目を逃げながら、まだ濃厚ななまめかしさを顔にも体にも残しているあざやかなうばざくらぶりである。

十七

「あなたさまは少しお気が弱すぎます」

これでは先が思いやられると、なにか不安なものを感じながら、森右衛門はふっとずぶとい欲望に駆られてきた。お松の方は要するに、男の愛玩《あいがん》用のために生まれてきたような女なのだ。そういう弱い女心を、今のうちにしっかりとこっちへ縛《しば》りつけておかないと、いつそれを人に利用されてしまうかわからないおそれさえある。

こっちにそんな虫のいい野心がうずき出していることは知らず、

「いいえ、松は気が弱いのではなくて、自分の良心にとがめるようなことは恐ろしいのです」

と、お松の方はそんな負け惜しみをいう。

「その良心にとがめるというのが、わしにいわせるとおかしいのです。寿の字さまは御落馬のことがあってから廃人になってしまわれたのだ。あからさまにこの儀を公儀に届け出れば、御家督は当然御舎弟さまがつぐことになるのですが、御当主さま謹慎中《きんしんちゅう》の折から、重ねての不祥事を公にしては、家名に傷がつくおそれがあるのです。それで、心ある重役どもがひそかに協議をかさね、国もととも相談の上、御舎弟さまに寿の字さまのお身代わりになっていただくことにしたので、こんどのことは公儀への手つづきを省いたというそしりはあっても、良心にとがめることは少しもないのです」

「家中の者の気持ちも、それで一同納得しているのでしょうかねえ」

「心ある者はみんな納得しています。しかし、廃人どのづきの少数の者が、奥方さまをかつぎあげて、なにか策動しているのも事実です。これらはお家のことなどなにも考えずに、自分たちだけがいい子になりたい私欲から出ている策動で、我々としては絶対にゆるし難い敵ということになるのです」

「御対面の儀のじゃまをしたのもその者たちなのですね」

「そうです。わたしたちが彼らに負けると、お家は断絶するかもしれません。だから、どうしても勝たなければならないのです」

「勝てますか、森右衛門」

「勝てます。彼らをあまり目立たないように成敗するために、実は今夜、廃人どのを高輪からこっちへ移すことになっているのです」

「寿の字さまをこの大森へ移すのですか」

「それが彼らをおびき寄せるいちばんいい手段なのです」

「それは困ります。松は当分、寿の字さまにはお目にかかりたくないのです」

お松の方は当惑したようにいう。

「いや、あなたさまは廃人どのに会う必要はありません。向こうの行列がこっちへつきしだい、森右衛門がお供をして、ひそかにあなたさまを高輪のほうへおつれすることになっています」

「ぜひそうしてください。御病人と顔をあわせるのはつらい」

人のいいお松の方は、正直にすがるような目をしてみせる。

「承知しました。そのかわり、一つだけ誓っていただきたいことがあります」

「どんなことです」

お松の方はまだこっちの野心には少しも気がつかないようだ。そろそろ夕かたまけてきた水色の明るさの中に、この愛玩用の女の顔はふしぎな美しさを見せている。

十八

「我々に敵があらわれた以上、味方は心を一つにして当たらなければ勝てぬものです。御舎弟さまが尼崎十万石の御家督をつぐまで、お部屋さまは何事によらずこの森右衛門の指図《さしず》にしたがうと約束していただきたい」

森右衛門は真顔でずばりと切り出していった。

「それは、必ずそなたの指図にしたがいます」

「味方が負ければ、御舎弟さまのお命にまでかかわってくるのです。おわかりでしょうな」

「よくわかっています」

「あなたさまは少しお気が弱すぎるので心配なのです」

「これからはなるべく強くなりましょう」

「なるべくでは困ります、きっと強くなっていただかなくては」

まともにその目を見すえていくと、さすがにお松の方もはっとしたらしく、

「どうかしましたか、森右衛門」

と、体中をかたくしたようだ。

そのとたん、すっとひざをすすめた森右衛門は、黙ってお松の方の肩を両手で胸の中へ抱きすくめていった。

「あっ、なにをするの」

お松の方はびっくりしたようにその胸の中からのがれようとする。

「あなたを強い女にしてあげるのです」

「いけません、そんなこと――放して」

紫縮緬《むらさきちりめん》の被布《ひふ》が小娘のように必死に身もがきするのを、

「声を立てると二人とも命がありませんよ」

森右衛門は強引に抱きすくめながら、その耳もとへ吹きこんでやる。

無論、声など立てられるはずはないと安心している男は、やや贅肉《ぜいにく》ののったうばざくらの濃厚な肌のにおいをたのしみながら、ゆっくりと女体《にょたい》が反抗をやめる時を待っていた。

「もうゆるして、森」

反抗はそう長くはつづかなかった。男の力で抱きすくめられている女体は、とてものがれきれないとわかってくると、そう切なげに口走りながら、急に全身から力がぬけてきて、ぐったりと目をつむってしまう。口を吸いにいっても、もうそれをこばもうとはせず、その時からお松の方はすっかり愛玩用の女になりきっていたようだ。

「こんなことが人に知れたらどうしよう」

すべてが終わった後で、お松の方はまずそれを心配していたが、

「これはあなたとわたしだけの秘密にしておけばいいんです」

男がずぶとくいってみせると、

「そなたは悪い男――」

と、なにか戸惑いしたような顔をして、念入りに髪に櫛《くし》を入れていた。

「わしを裏切るとあなたを切ります」

「いっそ切られてしまったほうが気が楽かしら」

なんとなく良心にとがめるものはあっても、一度こうなってしまってはしようがないといいたげな甘えが、その座り方にもはっきりと出ているようなお松の方

の姿だった。

——こっちの思ったとおりだった。

森右衛門はひそかに満足以上なものを感じて、内心得意だった。愛玩用の女としても、お松の方はまだ十分男心をそそるようなものを持っていたからである。

十九

若殿寿五郎の駕籠《かご》が、途中で中﨟《ちゅうろう》清野の駕籠と待ちあわせて、大森の下屋敷へ入ったのは六ツ半（七時）をかなりまわった時刻であった。

無論、森右衛門がここへきていることは秘密なので、表玄関まで行列を出迎えたのは用人島本孫兵衛とその配下の者数人である。

廃人あつかいにされている寿五郎は、ほとんどだれとも口はきかず、清野につきそわれて、孫兵衛の案内ですぐに奥へ通った。

そこはついこの間まで御舎弟松之丞が使っていた書院で、間取りは高輪の奥とほとんどおなじだった。

この下屋敷は梅屋敷とも呼ばれ、表門は坂の中腹にあって、表門のある丘の上は広い梅林になっている。その中腹を平地にして、建物は表、中奥、奥の三棟《みむね》を廊下でつなぎ、どの棟からも東から南へ大森の海が見晴らせる景勝の地である。

廃人どのが奥へ落ち着くと、中奥へは四人交替の宿直《とのい》の士が警固につき、要所要所へは厳重な見張りが立つ。丘の上の梅林には、裏門のそばに門番小屋があり、海の見える東の崖《がけ》っぷちの近くに建仁寺垣《けんにんじがき》をめぐらせた離れの茶室が一棟つくられている。

そして、丘の道にそった裏門の近くに、ここの梅の実は江戸の屋敷中を賄《まかな》ってなお余りあるほどとれるので、その梅干しをつくる仕事場をかねて、三棟の大きな納屋《なや》が並んでいた。

廃人どのに顔をあわせたくないお松の方は、行列がつく前にすでに丘の梅林の茶室のほうへ居間を移していた。

用人孫兵衛は奥からさがってくると、表書院わきの小座敷で待っている森右衛門のところへ報告にきた。

「御家老さま、廃人どのは無事に奥へおさまったようでございます」

やがて六十に近い孫兵衛は律義そうな顔をして告げる。

「そうか、別にむずかるようなことはなかったか」

「なんとなく暗いお顔つきで、一言も口をおききになりません。以前とはまったく別人のようになられましたな」

「だれが見てもあれでは廃人どのだ。御家督はとてもおぼつかない」

「そのようです。ただ、お中﨟さまが、お部屋さまにごあいさつに出なくてもいいのでしょうかと聞きますので、お部屋さまは今日の夕方お住まいをかえられて、もうここにはおいでになりませんと答えておきました」

「うむ、それでいい。まもなくそういうことになるだろうから、裏門口のほうへ乗り物だけは用意しておいてくれ」

「かしこまりました」

森右衛門としては、鈴ガ森で七人組みに待ち伏せをかけているという山部亀三郎の報告を聞かないうちは、うっかりここは立てないのだ。

もう一つ、高輪の下屋敷の鳴門屋のほうも気になる。

――笹井さえ片づいてくれれば、いうことはないんだがなあ。

今夜こそうまくやってくれるだろうとは思うが、相手が相手だけに、たしかにしとめたという言葉を聞くまでは、どうにも安心できないのである。

――それにしても、清野はどうして廃人どのに身をまかせる気になったのだろう。

二十

これだけは森右衛門もまったく意外だった。

清野は三人衆の一人、側用人《そばようにん》栗原主馬《しゆめ》の妹で、ずっと国もとの奥に奉公していた。愛玩《あいがん》用のお松の方などとはまるっきり型の違う女で、頭も切れるし、気性もしっかりしている。国もとの奥の女中たちを一人で牛耳《ぎゆうじ》っている女丈夫なのだ。そのくらいだから、なまじの男を夫に持つ気などにはどうしてもなれないらしく、三十になるまで男を知らずにきたという変わり種でもあった。

その清野が、去年の暮れに謹慎中《きんしんちゆう》の当主の使者として奥方のところへ当主の言葉を持って出府してきたのである。

が、それは表向きの口実で、実は国家老津田大膳《だいぜん》、兄の側用人栗原主馬の密書を、ひそかに森右衛門に手わたすという目的があったのだ。若殿寿五郎の家督をのぞき、御舎弟松之丞を擁立しようという陰謀は、この時からはじまったのである。

清野はおもに高輪の下屋敷に静養しながら、御家督が確立するのを待って、国もとへ帰ることになっていた。

森右衛門はそれを利用して、若殿をそこへ監禁し、廃人にこしらえてしまうという策を立てた。場合によっては一服盛るという手段もあるが、なるべくなら女と酒で生殺しにしておきたい。その策を清野にも打ちあけて、腰元四人は特に美女を選んでつけておいた。

その策は見事図にあたりはしたが、皮肉にも廃人どのが手をつけたのは、若い腰元たちではなく、その監督役の清野のほうだったのである。若い廃人どのが、三十女の濃厚な肌に気まぐれをおこすということは、考えられないことではないが、女丈夫の清野がたわいなくそういう甘い男の誘いに乗った、その気持ちが森右衛門にはちょいと解せない。

それをこばめば、若い廃人どのが狂い出す、それでは役目が果たせないと考えて、自分の体を犠牲にする気になったものか。しかし、これまでの清野の激しい性格から見て、そんな心にもない情事に自分を投げ出すほど人のいい女ではないはずなのだ。しかも、清野という女は、そんな場合するりと逃げてしまうだけの才覚と芯《しん》の強さを十分に持っている女なのである。

──それとも、そのとき急にむらむらっとそういう女心を誘い出されてしまったものか。

とにかく、それからの廃人どのは、一刻も清野をそばから放そうとしないし、清野のいうことならたいてい黙って聞く。清野のほうも廃人どのに女の情熱をささげつくしているようだという報告がこっちの耳へ入っている。

なによりも、今夜廃人どのがおとなしく高輪を出てきたことが、それを裏書きしていると見ていい。

それはこっちの思うつぼにはまったのだから、それでいいのだが、たった一つの心配は、万一清野が廃人どのの胤《たね》でも身ごもるとどう気持ちが変わってくるか、女丈夫型の女だけに油断はできないような気がする。

──いっそ廃人どのを清野といっしょに国もとへ送りこんでしまったほうがいいかもしれないな。

森右衛門が一人でそんなことを考えているところへ、高輪から鳴門屋波右衛門が駆けつけてきたのである。

一進一退

一

「御家老さま、また失敗しましてな」

鳴門屋は座につくなり正直にいって苦わらいをする。

「すると、こっちの下ごしらえになにかまずいところでもあったのか」

森右衛門《もりえもん》はまずおだやかに聞いてみる。

「いや、さすがは岩崎さまの采配《さいはい》、下ごしらえはお見事でございました」

「では、お香《きょう》はうまくわなにかかったわけなんだな」

「それはかかりました。難をいえば時刻がちょいと早すぎたので、わしが自分で縛《しば》って寝所のほうへ監禁しておきました」

「又四郎《またしろう》はすぐ助けにきたかね」

「まもなく裏木戸から忍びこみましたが、もう一人塀《へい》を乗りこえてきたやつがあるそうです。そのどっちが又四郎だったかはっきりしないようですが、とにかく外庭の林の中に待ちかまえていた御家人組の五人は、これを迎えて二人を追いまわしました」

「二人とわかっていて追いまわしたのかね」

「いや、はじめのうちはてっきり又四郎一人だと思って追いまわしていたようです」

「あそこはそう広い林ではない。又四郎の逃げ方がよっぽどうまかったか、御家人組のほうの追い方がよっぽどまずかったか、どっちかなんだな」

森右衛門はついそんな皮肉が口に出てしまう。

「お察しのとおり、その両方だったようでしてな」

「ふうむ。それで――」

「わしはそれとも知らずに、今夜こそうまくいくだろうと、わざわざ奥の書院の廊下まで出てたのしみにしていたんですが、そのおとぼけ又四郎が、袖垣《そでがき》のかげから、ひょいとわしの前へ出てきたというわけです」

「なにっ、又四郎がか」

「こんなことなら短筒《たんづつ》を用意しておけばよかったと後悔しても後の祭りでしたわい」

「無論、又四郎はお香を取りかえしにきたのだろうが、鳴門屋はよく無事に逃げられたもんだな」

「その辺があの男のとぼけたところなんでしょうな。おれは刀は抜かないから心配するなとはじめにことわってから、清野《きよの》どのに会いたいといい出すのです」

「なるほど――」

「清野さんはもうここにはいないといってやると、そうか、それさえわかればいいんだ、じゃ大森へ行ってみようといって、内木戸のほうへ歩き出す。そこへ石渡忠蔵《いしわたちゆうぞう》と村井兼助《けんすけ》の二人がそっちから駆けこんできましてな」

「それはよかったといいたいが、どうやら二人のほうが失敗したことになりそうだな」

　森右衛門は苦わらいをしながら先手を打って出る。

「まさにそのとおりです。腕前からいえば甲乙はないように思えるんだが、人間の器量に格段の違いがあるようです。正面から双方まともにぶつかったと見たとたん、二人とももう手負いにされていました。まったく恐ろしい男です」

「ふうむ。それで、お香はどうした」

「わしもそれが気になるんで、いそいで寝所へ引きかえしてみると、縛っておいた細ひもとさるぐつわに使った手ぬぐいだけ残っていました」

「なにっ」

森右衛門は唖然《あぜん》とせずにはいられない。

二

「御承知のとおり、高輪《たかなわ》の寝所は奥の書院から出入りをする一方口で、東と西に窓はありますが、これは内から外へ出られても、外から内へは入れません。つまり、くせ者はわしが書院の廊下へ出て又四郎を相手に押し問答をやっている間に、書院を通って寝所へ入り、お香を助けて西の窓からぬけ出したということになりそうです」

鳴門屋はそう説明しながら、さすがに苦わらいをしている。

「すると、そのくせ者はよく奥の勝手を知っている七人組みの中の一人ということになりそうだな」

森右衛門はなにか解せないような気がする。七人組みの中にはそんな夜盗のまねのできるような器用なやつがいるとは思えないからである。

「なんとかとはさみは使いようといいますからな。又四郎の策のさずけ方がうまいんでしょう。とにかく、御家人組は五人のうち四人まで手負いにされているくらいで、たしかに恐ろしいやつです。その又四郎が、こんどは大森へ行くといっている。こっちを荒らされては、それこそ大変ですからな。わしは手負いの始末をして、さっそく駕籠《かご》を飛ばしてきたというわけでしてな」

「御苦労だった。しかし、波右衛門《なみえもん》、せっかく一度手に入れておきながら、お香は惜しいことをしたな」

森右衛門はわざと同情するようにいう。

「なあに、わしは一度ねらった獲物は逃がさないほうです。たのしみは先へのばせということもありますからな」

鳴門屋はずぶとい顔をしてそんな負け惜しみをいう。

「それにしても、笹井《ささい》の目の黒いうちはちょいとやっかいだろう」

「ですから、その笹井退治を今夜はぜひ御家老さまにお願いしたいと思いましてな」

「無論、それは、笹井がこっちへあらわれれば始末せずにはおかぬ」

「それについて、わしの駕籠がさっき鈴《す》ガ森《もり》を通りぬける時、松林の中で四、五人の侍どもがどうやら手負いらしい者を介抱しているのを駕籠屋が見ているんですが、なにかお心あたりはないでしょうかな」

「ないことはない。今夜は山部が組下の者をひきいて、鈴ガ森で待ち伏せをかけることになっているのだ」

ちょうどその時そこへ山部亀三郎《かめさぶろう》が顔を出したのである。

「御家老、ただいま到着いたしました」

「おお、山部か。いまうわさをしていたところだ。鈴ガ森の勝負はどうだったな」

「横川と伊東の二人に重傷をおわせ、市原をとりこにしてきました」

「なにっ、市原をとりこにしてきたのか」

「はあ、万一のとき笹井をおびきよせるおとりに使うつもりだったんですが、鳴門屋うじがここへ先まわりをしているところを見ると、高輪のほうは失敗だったんですな」

「おっしゃるとおりで、面目《めんぼく》ないが。すると、山部さんはわしの駕籠をどこかで見かけているはずだね」

「それは見かけている。こっちは市原をつれているんでわざと道をゆずったんだが、あれは八幡《やわた》へかかるあたりだったかな」

山部は得意そうに目でわらってみせる。

三

「山部、いま市原はどこへつれてきてあるんだね」

森右衛門は念のために聞いてみた。

「市原はいま両刀を取りあげて、裏山の梅林の納屋《なや》の中へ入れてあります」

「ふうむ。よく市原がおとなしくおまえのいうなりになったもんだな」

「あの男はばかっ正直のほうですから、あっさりわしの舌刀《ぜっとう》に引っかかってしまったんでしょう。はじめわしたちは鈴ガ森で横川と伊東を切ってから、一応その場を引きあげました。後に市原、坂田、長野の三人が残っているんで、追いかけてくるかなと思ったんですが、そんな様子もないんで、それならともう一度現場へ引きかえしてみました」

「そのころ、笹井はまだ高輪のほうにいたわけだな」

「たぶんそうなんでしょう。現場へ引っかえしてみると、坂田はその笹井に急を知らせに走ったらしく、市原と長野の二人が死骸《しがい》のそばについていました」

「横川と伊東は死んだのか」

「死んだようです。そこで、わしは市原に、このうえ無益の血は流したくないから、あんた我々といっしょに大森まで同行して、御家老と直接話しあってみてくれと持ちかけてみました。すると、市原は、死骸をこのままほっておくわけにはいかないから、長野を残して自分だけ同行するというんです。こっちはおとりさえとればいいんですから、それを承知して、市原だけを同行してきたわけです」

「なるほど――」

「途中、ひょっとすると笹井たちが追ってくるかもしれない。その時は市原に刀を突きつけて笹井をとりこにしてもいいと考え、こっちはなるべくゆっくり歩いていたんで、鳴門屋の駕籠をそれとは知らずに見送ったということになるんです」

「笹井たちはとうとう追いついてこなかったわけだな」

「そうです。しかし、市原を人質にとってあるんですから、必ずくることはきます。そこで、わしたちは大森の宿外れへ見張りを一人残し、裏門口から屋敷へ入って、市原には御家老が会うまで両刀をあずかるといって刀を取りあげ、納屋へ案内させておきました」

「つまり、市原はとりこになったことを自分でももう覚悟しているわけですな」

鳴門屋がそばから人ごとのようにいう。

「それは覚悟しているでしょう。おとなしくしていなければ、いつ切られてもしようがない脱藩者なんですからな」

山部は昂然《こうぜん》といってのけるのである。

「そこで、市原をおとりに使って、笹井のほうへはどんな手を打つつもりなんだね」

森右衛門はあらためて持ちかけていく。

「こっちから宿外れへ使者を出しておいて、笹井がきたら、市原を助けたかったら一人でこっちへきて直接御家老に命ごいをするようにといわせるのです。うぬぼれの強い男ですから、たぶん後へは引かないでしょう。そこで、笹井を裏門から梅林の中へ案内させて御家老から条件を出します。無論、掛け合いは決裂するでしょうから、その時わしが出て笹井を切ります。どうでしょうな」

山部には笹井を必ず切ってみせるという確固たる自信があるようだ。

四

「鳴門屋、いまの山部の策はどうであろうな」

森右衛門は一応鳴門屋に意見を求めてみた。山部が自分でいうように、笹井をたしかに切ってくれさえすれば問題はないのだが、その点なんとなく不安なものがあるからだ。

「山部さん、わしはあんたの腕前を疑うんではありませんが、参考のためにお耳に入れておきましょう。又四郎は今夜わしの見ている前で御家人組の村井兼助と石渡忠蔵の二人を一太刀ずつ切っている。つまり、村井が正面から一気に切りおろしてくるのを、体をかわして抜きうちにいったが、村井の右腕を切りおとしている。そこを石渡が上段から踏みこんでいったんだが、村井を切った笹井の刀は、あれをつばめがえしとでもいうのか、かえす二の太刀で石渡の腰のあたりを見事に横なぎにしていました。とにかく、恐ろしいやつです。その辺のところを十分に考えのうちに入れておいてもらいたいと思いましてな」

鳴門屋にしても、山部一人では心もとないという不安があるようだ。

「それはわかっている、わしは一度高輪通りで、龍崎《たつざき》を相手にした時の笹井を見ているんだ。腕前は互角だが、ただ龍崎のほうにあせりのあったのがいけないと見ている。それに、こっちには今夜わしの選んだ組下の者が五人、目を光らせているから、万に一つ御家老に間違いなどないことだけは断言しよう」

山部はきっぱりといいきるのである。

「よかろう。では、笹井のほうは山部にまかせるとして、もう一つそちたちの意見を聞いておきたいのは、今夜お部屋さまが山の茶室に入っておられる。廃人どのと一つ屋敷におくのはまずいので、今夜中に高輪へ移っていただくことになっているんだが、これは笹井を討つ前のほうがいいか、討ってからにしたほうがよいか、どっちだろうな」

森右衛門はついでに二人のほうへ聞いてみた。

「それは笹井を討ってからのほうがよろしいでしょう。どんな手違いから、万一お部屋さまを人質などにとられては面倒なことになりますからな」

言下に山部が答える。

「それは、そのほうがよろしいでしょうな」

鳴門屋も同意のようだ。

「そうか、それで相談はきまった。わしと鳴門屋はこれから山の茶室へ行くことにするから、山部、おまえはすぐ笹井のほうへかかってくれ」

「承知しました」

「如才《じょさい》もあるまいが、油断は絶対に禁物だぞ」

「心得ています。おまかせおきください」

山部は意気ごむようにいって、一足先に座を立っていった。

「御家老、笹井は本当に一人でここへ出てくるでしょうかな」

「笹井の器量を高く買っている鳴門屋がそんなことを聞くのはおかしい。わしはきっと出てくると思う。もし、笹井が今夜しりごみをするようなら、そう恐ろしい敵ではないということになりはしないかね」

「なるほど、なるほど——。これは一本取られましたな」

鳴門屋はさすがに苦わらいをしながら、何度かうなずいていた。

五

そのころ——。

又四郎はつり台二丁と人足をつれて駆けつけてきたお香に横川と伊東の死骸《しがい》をたのみ、室戸、西村、坂田、長野の四人をつれて大森へいそいでいた。

「又さん、たった五人でこれから大森へ切りこむの」

別れる時、お香が必死な顔をして聞いていた。

「それは向こうへ行ってみてからのことだ」

「だって、市原さんまでこのうえ見殺しにはできないでしょ」

「そんなことは絶対にしない」

「これから小梅へ駆けつけたって今の間にあいはしないし、――あたし、どうして男に生まれてこなかったのかしら」

あまりにも思いつめたことを口走るので、

「お香、おまえは女だということを忘れちゃいけない。あっちにもこっちにも心配ごとが起こったんでは、いくら又さんでも手がまわりかねるからな」

又四郎はお香の両腕をしっかりと押さえつけて、冗談のように念を押しておいた。

「わかってます」

「それより、おれたちにかわってこの仏たちの供養《くよう》をたのむ。これだって、怠《おこた》ってはならない大切な仕事なんだ」

そういって聞かせると、黙って涙ぐんでうなずいていた。

一行五人はあまり口数はきかずに、月あかりの街道を黙々と歩いた。

同志二人を失った傷心に加えて、市原の安否が気になるので、だれの心も重かった。

「なあに、七人組みは死なばもろともなんだ。横川や伊東だけが死んだんじゃない」

ひとりごとのように室戸がぽつりといった。

「そのとおりだ。横川と伊東はおれたちの中に生きている」

坂田がいった。目の前で二人を切られているだけに、つらいのだろう。

「おれは市原さんがやられていたらその場で切り死にをしてやる」

そういう長野七郎《しちろう》は、市原は自分を助けるためにおとなしくとりこになっていったのだと思いこんでいるようだ。

「四人とも、勝手な行動はゆるさぬ。いいだろうな」

又四郎が一同にそう念を押したのは、大森の宿外れが近くなってきてからだった。

「しかし、笹井さん、こんどはいっしょに切りこむんでしょうな」

「承知しました」

高輪で、見張りに残された西村三吉《さんきち》が、こんどこそはというように聞いていた。

「結局はそうなるだろうが、その時がくるまでは自重してくれなければいけない」

「それはわかっているんです」

西村はいかにもわかっているような口ぶりだったが、事実はそうでもなかったようだ。

「御一同、しばらく――」

大森の宿外れの庚申堂《こうしんどう》の前あたりへかかると、そのかげから二人の侍が飛び出して行く手に立った。

「あっ、山部組だ」

そう叫びながらいきなり刀の柄《つか》に手をかけたのは、やっぱりいちばん若い西村三吉だったのである。

六

「三吉——」

又四郎は西村を目でたしなめておいて、

「あなたがたは山部さんの使者のようだな」

と、二人のほうへ先手を取っていく。

「そうです。あなたは笹井又四郎どのでしょうな」

「さよう、その又四郎です」

「拙者《せっしゃ》は山部組の組下で、布川喜兵衛《ぬのかわきへえ》」

「わしはおなじく嶺田周平《みねだしゅうへい》といいます」

二人とももの役に立ちそうなしっかりとした顔つきをしている。

「使者の口上《こうじょう》をうかがいましょう」

「御承知のとおり、山部組は鈴ガ森で市原さんをとりこにしました。他意があったわけではありません。できれば七人組みの方々とこれ以上無益な血を流さずにおだやかに和解したいという希望が組頭《くみがしら》にあったからです。そこで、組頭からこのことを御家老の岩崎さまに計ってみますと、その話しあいは市原では荷が勝ちすぎる。七人組みの上に笹井さんという人物がいて、これが七人組みを牛耳《ぎゅうじ》っているはずだから、その人となら話しあいをしてもいいといわれたそうです。ただし、これはあくまでも話しあいなのだから、笹井さん一人を同行してくるようにといいつけられてきました。どんなものでしょうな」

布川喜兵衛がまことしやかに口上をのべて、返事をうながす。

室戸たち四人がさっと顔色を変えたのは、一人でこいという虫のいい注文に不安と怒りを感じたからだろう。

「つかぬことを聞くようだが、市原信太郎《しんたろう》はいまどんなあつかいをうけているんでしょうな」

又四郎はおだやかに聞いてみる。

「市原さんは我々があなたの返事を持って帰るまで門番小屋で待ってもらっています」

「すると、わしがあなたがたと同行すれば、いっしょに話しあいの席へ出ることになるんですか」

「御希望ならそうしてもよろしいでしょう」

「わしは無論とりこではなく、軍使としての取りあつかいをうけるんでしょうな」

「それはそうです。たとえ話しあいがつかなくても、その場で刀を抜くようなことは決してしません」

布川は誓うようにきっぱりという。

「わしのほうにも、一つだけ条件がある」

「どんな条件です」

「この四人を門前までいっしょにつれていきますから、わしの見ている前で市原をこの四人に引きわたしてもらいたい。それなら、あなたがたのいうとおり、わしは一人で話しあいの席へまいってもよろしい」

又四郎としては、二人のいうことを頭から信用はできない。どう間違っても、市原だけは助けておきたかったのだ。

「すると、市原さんは話しあいの席へは出なくてもよろしいんですな」

布川はそう念を押してきた。

「御家老との話しあいはわし一人で事が足ります。添え役の必要はありません」

「よろしい。市原さんを門前で引きわたすという件は、組頭からなにも聞いてはいませんが、拙者の一存で承知することにしますから、御同行くだされたい」

布川としては、一存でそう返事をするほかはなかったのだろう。

七

「笹井さん、聞いておきたいことがあるんです」

室戸が緊張した顔つきで道端のほうへ又四郎をさそっていく。

「どうした、平蔵《へいぞう》」

「山部は信用のできる男じゃありません。あの二人のいうなりになって大丈夫でしょうかなあ」

「いや、市原を助ける手段として、多少の危険は覚悟しなければなるまい」

「では、かりに門前で市原さんをうけ取ったとして、我々はどうすればいいんです」

「そうだな、その時はとにかくこの辺まで一応下がって、わしからの次の指図《さしず》を待っていてくれ。あまり屋敷近くにいては、敵の術策におちいるおそれがある」

「しかし、それではいざという時、我々は屋敷へ切りこめなくなります」

「いや、今夜はたとえどんなことがあっても、この人数で屋敷へ切りこむというのは無理だ。死中に活を求めるには、むしろわし一人のほうがかえって仕事がしやすい」

「そうでしょうかなあ」

室戸はまだ不服そうだ。

「とにかく、ここは一応わしの指図どおりにして、万一最悪の場合になったら、次の指揮は、平蔵、おまえが取れ。いいだろうな」

又四郎は押しつけるようにそういっておいて、布川たちの待っているところへ引きかえしてきた。

「お待たせした。さあ、同行いたそう」

「承知しました」

布川と嶺田は先に立って歩き出す。次に又四郎がつづき、室戸たち四人は少しおくれて、なにか相談しながらついてくるようだ。

危険は無論承知の上だが、又四郎にもまたたのしみがないわけではなかった。

今夜大森の下屋敷には、若殿寿五郎《じゅごろう》が着いているはずである。敵はわざわざその屋敷うちへこっちを案内してくれるのだから、どんなことで若殿にめぐり会えないとはかぎらないし、もう一つは、いまだに源太《げんた》が顔を見せないところをみると、まだ屋敷うちへ忍びこんでいるに違いない。これがどんな大きな拾い物をしているか、それも一つのたのしみだった。

先頭の布川たちは、まもなく右手の横道のほうへ曲がっていく。

——なるほど、裏門口からつれこむつもりだな。

この道は高台へのぼって馬込村《まごめむら》のほうへ出る間道だが、その高台へのぼりつめたところに四つ角があって、そこを左へ曲がっていくと下屋敷の裏門の前へ出るのだ。

その裏門を入ったところは広い梅林になっていて、母屋《おもや》は丘をおりた中腹にあるから、こっちをだまし討ちにするにはかっこうの場所ということになる。

が、又四郎はそんなことには一言もふれずに黙ってついていくことにした。

「笹井さん、御家老は丘の梅林でお目にかかるんだそうです」

布川はなにか気がとがめるとみえて、高台の裏道へ曲がる時、自分のほうからそう説明していた。

「いや、わしのほうはどこでもかまいません。話し合いができさえすればいいんだから」

又四郎は気軽に答えてわらっていた。

八

布川喜兵衛と嶺田周平の二人は、自分たちが鈴ガ森でこっちの不意を襲い、横川と伊東を切り殺しているので、こっちもうしろから不意打ちをかけるのではないかと、はじめのうちは神経を絶えず背中へ集め、それを気どられまいとして、わざと肩ひじを張って歩いていたようだが、すぐうしろについている又四郎にはそんな気配は少しもなく、後の四人はややおくれたところを歩いているので、屋敷の裏門が近くなるころにはすっかり安心してきたようだった。

この高台の裏道の右手はずっと青麦畑つづきで、月があかるかった。

「笹井さん、ここでしばらくお待ちいただきたい。拙者《せつしや》は御家老に取りついできます」

裏門の前までくると、布川は立ちどまってそういう。

「よろしい、お待ちいたそう」

又四郎に異存のあるはずはない。

「周平、後をたのむ」

布川は嶺田にそういいおいて、門のくぐりから屋敷うちへ入っていった。屋敷うちはひっそりとしているようである。

「嶺田さん、この梅林の梅の実はどのくらいとれるんだろうね」

又四郎は塀越《へいご》しに見える若葉の梅の木をながめながらのんびりと聞く。

「さあ、わかりません。ずいぶんたくさんとれるそうです」

嶺田はそんな気のない返事をする。胸の中はそれどころではなかったのだろう。

「花の咲くころはさぞきれいだろうな」

その花のころ、若殿寿五郎はここへ遠乗りをかけて、帰りに落馬事件がおこったのだ。

「そういえば、ここにはお部屋さまが住んでいるそうですな」

「そんな話です」

嶺田はまったくうわのそらのようだ。

室戸たちは九尺ほど離れたところへ立ってじっとこっちを見ている。

しばらく待たされてから、布川が一人でくぐりから出てきた。

「笹井さん、申し訳ありません。組頭に取りつぎましたところ、市原さんは人質なんだから、話し合いのつくまではわたせないというんです、そのかわり、わしがこっちの人質になりますから、それで許してもらうわけにはいかんでしょうか」

布川は当惑したようにいうのである。

「市原はわたせないから、そのかわりにあんたが人質になれと山部さんがいいつけたのかね」

又四郎は念のために聞いてみた。

「いや、市原さんは話し合いがつきさえすれば無事に引きわたすんだから、その条件で笹井さんを案内してくるようにといわれました。しかし、それでは一度約束したわしの良心がゆるさないんで、いっそわしがこっちの人質になろうと自分できめたんです」

布川はきっぱりという。

「さあ、その話し合いがうまくつくといいんだがねえ」

たぶん難しいだろうとは布川も承知しているはずなのだ。

「笹井さん、わしは覚悟しているんだから、もうなんにもいわずに人質にとってください」

九

布川は自分の一存で約束した責任をとって、市原が切られるようなら自分も切られようと決心しているようだ。

——敵の中にも侍はいる。おそらく、布川一人ではあるまい。

又四郎はなにか明るい希望が持てるような気がした。

「平蔵——」

「はい」

室戸がそばへ寄ってくる。

「布川うじを人質にとる。武士の作法どおりにあずかっておくように」

「承知しました」

室戸はもう自分の意見はなにもいわなかった。

「嶺田さん、聞いてのとおりだ。案内はあなたにお願いしようか」

又四郎はあらためて嶺田のほうへうながす。

「心得ました」

嶺田はちらっと布川の顔を見てから門のくぐりのほうへ進んでいく。

くぐりから屋敷うちへ入ると、門番小屋の前に五尺棒を持った足軽二人が中間《ちゅうげん》二人をしたがえて立っていた。

布川の話では、この門番小屋に市原が待っているはずなのだが、今となってはそれも当てにはならない。

すっかり若葉をつけた梅林は、影が多くて見とおしはほとんどきかない。

先に立つ嶺田の後からついていくと、やがて向こうにちょうちんの灯が三つ四つ目についてきた。

そこまで行くと、丘の外れのほうに離れの茶室らしい建物が見えてきて、会見の場はそこかと思っていたら、実はそのちょうちんの灯のあるところに家老岩崎森右衛門が山部亀三郎をしたがえて立っていた。山部の組下の者が五、六人、その左右にひざまずいて控えている。

「山部さま、笹井どのを案内してまいりました」

嶺田はそっちへ小腰をかがめながら取り次ぐ。

「周平、喜兵衛はどうした」

山部が鋭い目を光らせながらさっそく聞く。

「喜兵衛は人質に残りました」

「ふうむ」

山部はじろりとこっちを見て、

「さすがに、笹井さん、抜け目がないな」

と、冷笑するようにいう。こっちが布川を人質にとったと勘違いをしているのだろう。

「御家老さま、今晩は。市原信太郎はどこにいるんでしょうな」

又四郎はかまわず森右衛門のほうへぶつかっていく。

「その返事をする前に、こっちには条件がある」

山部がかわっていう。

「どんな条件です」

「貴公は小梅の屋敷と心やすいはずだ。延期になった御対面の儀を、五日以内に実現できるように誓約してもらいたい」

「ただそれだけですか」

「もう一つある。御対面の儀が実現するまで、七人組みの者を当方へあずけること。こっちの条件はこの二つだ」

無論、できないのを承知の上での条件ばかりである。

森右衛門は黙ってこっちの顔色を見ている。

十

「御対面の儀を五日以内に取り行う件は承知いたそう。必ず実現させるように尽力します」

又四郎は自信ありげに答えてから、

「ただし、当方にも条件があります」

と、あらためて切り出していく。

「そっちの条件というと――」

山部はそらきたというようにちらっと冷笑をうかべながらうながす。

「率直にいって、今夜の話し合いは、当方としては市原信太郎を無事に引きわたしてもらいたいからあなたがたの申し出に応じたので、したがって御対面の儀がすむまで七人組みの者をそちらへあずけるという件は同意いたしかねる。むしろ、ここで市原をこっちへ引きわたしていただきたい、どうでしょうな」

「あんたはその要求を押し切るために布川を人質にとったのかね」

山部はついそんな余計な皮肉が口に出たようだ。腹の浅い証拠である。

「山部さんは目的のためには人質の命などなんとも考えていないようだが、人質の命を粗末《そまつ》にする大将は味方の信頼を失って結局は身をほろぼす。心得ておくべきです」

又四郎はおだやかに一本たしなめておく。

「さあ、その勝負はどっちの勝ちになるかたのしみにしておくとして、——七人組みを当方へあずけられないというのは、御対面の儀を五日以内に実現するという自信がないからだとこっちは見る。御対面の儀さえ無事にすめば、七人組みの人質の命も無事なんだから、安心してこっちへあずけてもいいと思うんだがねえ」

ずるい山部はぬけぬけとしてそんな逆手をとってきた。

「いや、こっちは五日以内に必ず御対面の儀を実現させるのだから、いまさら人質などはいらないだろうという考え方なんだ。信用できないかね」

「口約束だけでは信用できないな。だいいち、こんどの御対面の儀のじゃまをさしたのは貴公だとこっちはにらんでいるんだ」

「じゃまができるくらいの男だから、実現もできるとは考えられないかねえ」

「一体、一度じゃまをしておきながら、こんどはどんな風にそれを実現させようというんだね」

「わしのほうの希望としては、こんどは若殿寿五郎さまに当日浜町《はまちょう》の中屋敷までお運びを願い、御生母お千枝《ちえ》の方《かた》と御同席のところへ小梅から喜久姫《きくひめ》さまにお越しを願う、無論その供ぞろえの中へ七人組みも加えていこうという考えでいるんだ」

これだと絶対に偽《にせ》若殿は通用しないことになる。

「それはいかん。御対面の儀は御老中の内意から出ているんだから、はじめの約束どおり、当方から小梅のお屋敷のほうへ出向くのが本当だと思う」

山部はちらっと家老のほうを見てから、すかさず逃げ手を打ってくる。

「御希望ならそういうことにして、浜町の奥方のほうへは当日小梅からお迎えの乗り物をさしあげることにしましょう。若殿の晴れの儀式ですから、奥方もさぞおよろこびのことと思うのです」

又四郎は涼しい顔をしていってのける。

十一

「笹井さん、あんたは立花屋の帳つけだそうだな」

森右衛門がはじめて口を入れてきた。

「そうです。目下は立花屋の帳つけです」

「失礼だが、そんな身の軽い浪人者がどうしてそれだけの権限を持っているのかな。あんたのいうことを聞いていると、まるで小梅の家老職のように思えるんだが」

森右衛門は冷たい目を向けてくる。

「つまり、わしのいうことは信用できないということですか」

「常識からいって、そういうことになる」

「では、こうしてはどうでしょうな。明日御足労でも御家老に小梅の屋敷までお運びを願い、喜久姫さまの御前であらためていまの約束を取りかわす。これなら信用するもしないもないと思うんだが」

姫君の前でそんな約束を取りかわしてしまうと、いやでも御対面の儀は奥方の前で行わなければならなくなる。

「喜久姫さまは御病気中とうかがっているが」

森右衛門はあっさり逃げようとする。

「いや、御重態《ごじゅうたい》というわけではないのですから、御病室へ御案内するように特に取り計らいましょう」

又四郎もまた軽くうけて立つ。

「笹井さん、市原は今夜どうしてもわたすわけにいかぬといったら、貴公どうするね」

森右衛門が窮地《きゅうち》に立ったのを見て、山部は急にけんか腰になってきた。

「どうしてもわたせぬというのなら、無理にというわけにもいかんでしょう。それでは、市原の無事な顔を一目だけ見て、こっちは布川うじをかえし、おとなしく引き取ることにするから、ここへ市原を呼んでもらえないだろうか」

又四郎はあくまでもおだやかに出る。

「御家老、どういたしましょう」

山部は一応森右衛門に聞く。どうやら森右衛門の目くばせ一つで刀を抜いてもいいような意気ごみようだったが、

「市原を呼んでやれ」

と、さすがに森右衛門は自重したようだ。

「周平、市原をつれてきてやれ」

「はっ」

嶺田はすぐに立って裏門のほうへ走り出す。

「笹井うじは脱藩組の片棒などかついでどんな得があるんだね」

山部はもう敵意をかくそうとはしなかった。

「損得はその人の器量によって計り方が違うようだね」

「なるほど、貴公はどこかの姫君をうまく籠絡《ろうらく》して、大名ぐらいにはなれる器量があるといいたいわけか」

「いや、わしの希望はもっと大きい。天下の不正不義を憎んで、だれとでもひざをくんで話ができる、そういう器量が持ちたいと思っている」

「ふん、当てこすりかね」

山部にはそれをそうとるだけの器量しかなかったようだ。

そこへ嶺田が六尺棒を持った足軽といっしょに駆けもどってきて、

「山部さま、市原は納屋《なや》の中にいません。だれかが助け出したようです」

と、意外な知らせを持ってきたのである。

十二

「納屋の錠はどうなっていたんだ」

山部は血相をかえて、どなりつけるように嶺田に聞く。

そこに控えている警固の侍たちは、みんな唖然《あぜん》としたように嶺田のほうを見ていた。

「手前がまいった時は、錠はちゃんとかかっていました」

「錠がちゃんとかかっているのに、市原が消えているのか」

「はい。何者かが錠をあけて人質をつれ出し、また元のように錠をかけて逃げたものと思われます」

「その錠のかぎはだれが持っていたんだ」

「手前があずかっております」

中年の足軽がおろおろと答える。

「嘉平《かへい》、そのかぎを、貴様、だれかに取られたのか」

山部は足軽をにらみつける。

「いいえ、かぎは今も持っております」

「だいいち、おまえにはずっと納屋の見張りを申しつけておいたはずだぞ」

「申し訳ございません。布川さまがおもどりになりました時、あちらは数人のようでしたので、しばらく裏門口のほうへ加勢にまいりました。まもなく嶺田さまがくぐりからお入りになりますと、あちらの人数は宿外れのほうへ引き取っていきましたので、手前はすぐ納屋の前へ引きかえしましたが、その時も錠はちゃんとかかっていたので安心していたのでございます」

「たわけめ。無断で持ち場を離れたやつは重罪だ。覚悟しておれ」

「は、はい」

山部に一喝《いっかつ》された足軽は、真っ青になってそこへ土下座してしまう。

とにかく、足軽が持ち場を離れている間に、何者かが市原を納屋から助け出したことは事実のようだ。

――たぶん、源太の仕事だろう。

そう見てとった又四郎は、内心まったくほっとした気持ちだった。

「笹井、よろこぶのはまだ早いようだな」

たちまち山部が悔しまぎれにかみついてきた。

「それはどういうことだね、山部さん」

「貴様は高輪でも今夜お香を何者かに盗み出させているそうだ。ここでもその手を使ったに違いない。が、おれはそんな手を食いっ放しにして引きさがるほど甘い男じゃない」

「いや、わしは山部さんを甘い男だとは思ってはいない。鈴ガ森では七人組みの中の二人まで見事に切った強い男なんだからね」

いよいよ刀を抜く気だなと又四郎は思った。

「そのとおりだ。こんどは貴様を市原のかわりに人質にとるからそう思ってくれ」

「わしを人質にとってどうしようというんだね」

又四郎はちょいと意外だった。うっかり人質という言葉に引っかかったのである。

「貴様を人質にとって、小梅の姫君さまの災いをのぞいてやるんだ」

「それは少し考え違いのようだなあ」

又四郎があきれて山部の顔をながめていると、

「人質だあ。――人質だあ」

そばで土下座をしていた足軽の嘉平が、いきなり又四郎の両足へ力いっぱいしがみついてきた。嘉平としては、自分の重罪をのがれたいための必死の忠義立てだったのだろう。

十三

「これ、なにをする」

又四郎は素早く一方の足を抜いたので、抜きうちをかければ十分間にあったのだが、自分の命が助かりたい足軽の死にもの狂いの心根を思うと、やっぱりちょいとためらわずにはいられなかった。

その一瞬のすきに、

「今だ、つかまえろ」

警固の侍の一人がうしろから、これも力いっぱい組みついてきた。

「おうっ」

これだけは、とっさに身をかがめて、背負い投げに前へ投げ飛ばす。

「うぬっ」

この人つぶてで山部の前からの抜きうちだけは封じることができたが、

「神妙にしろっ」

次にうしろから組みついてきたやつは、片足がきかないだけにどうかわしようもなく、又四郎は羽交《はが》い締《じ》めにされて、まったく体の自由を奪われてしまったのである。

「佐々木、引けっ。じゃまだ」

山部はあくまでも又四郎を切る気らしく、抜刀《ばっとう》して前へ立ったが、

「亀三郎、笹井は生け捕りにせい」

それだけは森右衛門がそばからとめた。

「生け捕りですか、御家老」

気合いを外された山部は、そっちを振りかえっていささか不服そうである。

「この勝負はおまえの勝ちだ。あせらなくともよい。——だれかその男の両刀を取りあげて早く縛《しば》れ」

森右衛門はかさねて若侍たちのほうへいいつける。

「はっ」

一人が又四郎の腰から両刀を取りあげ、その間に別の二人が飛びかかっていって又四郎の両手を押さえつけてしまう。

「おい、だれかなわを持ってきてくれ」

「ばかっ。なわはいま取りあげた刀の下げ緒を使えばいいんだ」

山部は自分の刀を鞘《さや》をおさめながらしかりつけるようにいう。

「あっ、そうでした」

刀を取りあげたやつが手早く下げ緒をとって一人にわたす。

又四郎はもう抵抗してもむだなので、おとなしくうしろ手に縛られることにする。

「嘉平、もういい。足をはなしてやれ」

山部にそういわれて、足軽はやっと又四郎の足を放し、ほっとしたようにそでで額《ひたい》の汗をふいている。

「御家老、人質は縛りました」

「うむ、その人質はとにかく市原のかわりにおなじ納屋に入れておけ」

「おなじ納屋へですか」

そこはいま市原に逃げられたばかりの納屋なので、山部は解せない顔をする。

「それでいいのだ。七人組みがまた取りかえしにくるかもしれぬから、こんどは厳重に見張りをつけておくんだ」

「なるほど、わかりました」

「嶺田、おまえは七人組みのほうへ笹井が人質になったことを知らせてやれ。武士の情けだからな」

「はい」

森右衛門は後はおまえにまかせるというように山部に目くばせをして、茶室のほうへ引きかえしてく。

十四

「笹井、いくら貴様が器量人でも、こうなってはもうおしまいだな」

山部は、家老が去ると、うしろ手に縛《しば》られている又四郎の顔を見すえながら嘲笑《ちょうしょう》するようにいった。

「一言もない。山部さんのいうとおりだ」

又四郎は苦わらいをしただけで、別に顔色ひとつ変えてはいないようだ。山部としては、それがなんとも小面憎《こづらにく》いのだろう。

「おい、貴様はさっき、おれが小梅の姫君の災いをのぞくためにおまえを切るといったら、それは考え違いだといったな」

「うむ」

「どうして考え違いなんだ。ひとつ器量人の意見を後学のために聞いておこうじゃないか」

「さあ、わしの意見が山部さんにわかるかな」

「わかるとも――。どんな愚論でも、聞くだけは聞いてやろう。これが貴様の遺言になるかもしれないんだからな」

「なるほど、そういうことになるかもしれないな。では、一応耳に入れておくが、小梅の屋敷ではわしを決して災いの種だとは考えていないのだ。したがって、むやみにわしを切ると尼崎《あまがさき》家が断絶することになる」

「なにっ」

「わしがここで殺されたとわかると、小梅の屋敷から御老中のもとへ、真相をたしかめてくれるようにという使者が立つ。いやでも事件は明るみに出る」

「うそをつけ。貴様のような一介の素浪人のために、小梅でそんなまねをするものか。だいいち、そんなことをすれば、たかが素浪人一人に許られて、御老中の内意から出ている御対面の儀を延期した小梅の家来たちが責任をとらされる。そんなばかくさいことを、だれがやるもんか」

山部はせせらわらうようにいってのける。

「山部さんは自分の都合のいいことだけしか考えないようだ。兵法にも敵を知りおのれを知るということがある。わしが人質になってどんな事態がおこってくるか、早ければ明日、おそくともここ二、三日、まあ様子を見ていればわかることだ」

又四郎の目があわれむようにわらっていた。

「ふん、引かれ者の小唄《こうた》か。ほざけほざけ。——嘉平」

「はい」

「おまえ、納屋のかぎを持っているだろうな」

「持っております」

「よし、これから納屋へ案内しろ」

「つきましては、山部さま、手前のさきほどの落ち度はおゆるしいただけますのでございましょうか」

足軽が抜けめなくおずおずと聞く。

「よかろう。こんどのところは大目に見ておいてやる」

「ありがとうございます。助かります」

足軽はほっとした顔つきになって立ちあがっていた。

「山部さま、手前は七人組みのところへまいってもいいでしょうかなあ」

嶺田は又四郎のいまの言葉が気になるらしく、あらためて聞く。

「なんだ、おまえまだそこにいたのか。ぐずぐずしていて御家老さまにおしかりをうけても、わしは知らんぞ」

山部は冷淡にしかりつけていた。

十五

裏門のくぐりから外へ出た嶺田周平は、なんとも胸が重かった。

宿外れまで下がって待機しているはずの七人組みに笹井がとりこになった悲報を伝えれば、あの連中は死のもの狂いになって下屋敷へ切りこむ気になるに違いない。笹井又四郎という人物は、たしかにそれだけの人望を持っている器量人なのだ。

が、七人組みとはいっても、いまは二人欠けて、市原を入れても五人の人数で切りこむことは、こっちがそれを待ちかまえているだけに、まるで死にに行くようなものである。

いや、その前に、気の立っているあの連中は、人質の布川と自分を切って血祭りにしないとはかぎらないのだ。

――御家老や組頭《くみがしら》は、そこまでおれたちのことを考えていてくれるんだろうか。

残念ながら、周平にはそうは思えない。家老や組頭は自分たちの目的達成にのみ急で、こっちの命のことなどなんとも考えてはいないようだ。切られるやつは自分が弱いんだからしようがないと、そんな冷淡な気持ちでいるのだろう。

だいいち、その目的というのからして、考えてみるといささかあくどすぎるのだ。

それは、若殿が尼崎家をつごうと、御舎弟がお跡目になろうと、どっちもおなじお血筋なのだから、そんなことはそう大した問題ではない。が、三人衆が自分たちの都合で御舎弟をお跡目に立てたいために、若殿を廃人にまでこしらえて監禁しているとなると、これは明らかに悪辣《あくらつ》な陰謀ということになってくる。

こっちは組頭の山部が理屈をこしらえてその陰謀に荷担したから、組下として組頭のいうなりに働いてきたのだが、その組頭に組下の者に対する思いやりがつゆほどもないとすると、なんのために命がけで働いているのか、まったくばかくさいことになってしまう。

そんな理屈はぬきにしても、山部などにくらべて笹井又四郎という人物は人間がずっと立派すぎるのである。

山部は今夜鈴ガ森で、横川と伊東の二人をひきょうにも六人がかりで斬殺《ざんさつ》した上、市原をだましにかけるようにして人質にとっている。

又四郎はその市原を救うために、こっちの要求どおりたった一人で敵地へ乗り敵地へ乗りこんできている。家老と組頭を相手に、いうことも堂々として立派だった。一人でしかも、足軽の嘉平が自分の罪をのがれたい一心で死にもの狂いになって足へしがみついていった時、切ればたしかに切れたのを、不憫《ふびん》という気持ちが先に立って切れなかったようだ。たとえば、こっちが布川と二人で宿外れで笹井たちを迎えた時も、鈴ガ森の伝でいけば二人とも切られていても文句はいえなかったのである。

あの人は敵に対してさえそれだけの思いやりがあるのだ。

——おれにもう少し勇気があればなあ。

周平は自分の立場を考えるとなんとも胸が重くなってくる。

道はいつか丘をおりて、宿外れの庚申堂の前へかかっていた。

「やあ、そこへきたのは嶺田うじだな」

庚申堂のかげから、つかつかと往来の月あかりの中へ出てきたのは室戸平蔵で、なにかはっとしたような顔をしている。

十六

「おお、室戸さま」

七人組みの連中はいずれも近習役《きんじゆうやく》だから、百石取り以上の身分の者ばかりで、徒士組《かちぐみ》の者はみんな五十石何人扶持《ぶち》以下の下級侍ばかりだから、普通なら対等の口はきけないのだ。

「貴公がここへくるようじゃ、あまりいい知らせじゃなさそうだな」

「お察しのとおりです。いやな知らせを持ってきました」

周平は正直につらそうな顔をする。

「よし、遠慮なく本当のことを聞かせてくれ」

「実は、笹井さんがとりこになりました」

「なにっ、笹井さんがか」

案の定、室戸はたちまち血相をかえる。

「人質の市原さんが何者かに納屋《なや》から助けられて姿を消していました。まだここへ帰りませんか」

「いや、帰ってはいない。そうか、市原さんはうまく助かったんだな」

「そのかわりに笹井さんがつかまって、市原さんが入れられていた納屋へ押しこまれたわけです」

「切りあいになったのかね」

室戸はさぐるように聞く。ただではとりこにされるような笹井ではないからだろう。

「いや、切りあいになる前に、市原さんを逃がした罪で重罪にされそうになった足軽が、死にもの狂いで笹井さんの足にしがみついたんです。抜きうちに切れば切れる相手だったんですが、笹井さんは少し情にもろすぎたようです」

「うむ、それで――」

「組下の者がすかさず二人ばかり組みついていったんで、笹井さんは苦わらいをしながら両刀を取りあげられ、自分の刀の下げ緒でおとなしくうしろ手に縛《しば》りあげられました」

「よく山部が刀を抜かなかったんだなあ」

「御家老がとめたんです。そのうえ御家老は、武士の情けだからあなたがたに知らせてやるようにと、その役をわしがいいつけられたんです」

「よくわかった」

室戸はうなずいてみせてから、もうそこへ出てきていずれも顔色をかえている西村たち三人のほうへ、

「おい、聞いてのとおりだ。こっちも武士の情けだから、布川うじをわたしてやってくれ」

と、きっぱりといいつける。

「平さん、おれたちは人質を縛ったり、監禁したりなど、はじめからしちゃいないじゃないか」

憤然としたように坂田伍助《ごすけ》が食ってかかる。

「なるほど、そうだったな。では、人質は人質の自由にまかせるとして、我々四

人はこれからただちに下屋敷へ切りこみをかけることにする。いいだろうな」

「異存なし」

坂田が真っ先に同意する。

「室戸さん、わしの前でそんな相談をされては困ります」

周平は思いきって強く出た。

「ああ、そうか。お役目御苦労、今のことは聞かなかったことにして、布川といっしょに引き取ってくれ」

「もう一言いいたいことがあります。いわせてくれますか」

周平はあらためて室戸の顔を見まもる。

十七

「聞こう。なにがいいたいんだ、嶺田」

室戸は闘志にあふれているような顔つきをしている。

「笹井さんは両手の自由を失ってからもさすがに落ち着いていて、わしに万一のことがあると尼崎家が断絶するとはっきりいっていました」

「それは、御家老の前でか」

「そうです。つまり、笹井さんが大森の下屋敷うちで切られたことがわかると、小梅のお屋敷のほうから櫓下《やぐらした》へ真相を取り調べてくれるようにという嘆願書が出る。真相がわかれば、無論、尼崎家はただではすまなくなります。組頭《くみがしら》は引かれ者の小唄《こうた》かといって嘲笑《ちょうしょう》していましたが、その実、御家老も組頭もこれは相当胸にこたえたようです」

「なるほど――」

「もう一つ、市原さんはたしかに助け出されているんですから、必ずここへもどってくるはずです。わしのいいたいことはこれだけなんで、――では、これで失礼します」

嶺田はあらためて別れのあいさつをする。

「そうか、よくわかった。ありがとう」

平蔵があいさつをかえすと、嶺田はこれで役目がすんだというような顔をして、布川をうながし、屋敷のほうへ引きかえしていった。

「どうする、平さん」

坂田伍助がさっそくそばへ寄ってくる。

「嶺田のやつ、味なことをいう。笹井さんの命は、今夜のところは大丈夫だから、我々に自重しろというんだ」

「しかし、そんな敵の言葉を信用して大丈夫かな」

長野が一応不審を出す。

「今夜の嶺田や布川は信用してもよさそうだ。布川は自分から人質になった男だし、嶺田にしてもこっちが二人を使者として正当にあつかっているんで、自分たちが鈴ガ森でやったことが恥ずかしくなってきたんだ。つまり、いまの言葉は、武士としての礼心から出ていると見ていいんじゃないかな」

「わしもそんな気がする。しかし、それはそれとして、笹井さんをこのまま見殺しにはできないと思うんだ」

三吉はまだ切りこみをあきらめきれないようである。

「市原さんを助けたのは、無論、源太だろう。その源太も市原さんも、まだ屋敷の中にいるんじゃないかとわしは思う。そのうちにきっとどっちかがここへ連絡にくるだろうから、それまでここで自重してみようと思うんだが、みんなはどうだ」

平蔵はきっぱりと出てみた。

「わしは異存なし。おなじ切りこみをかけるにしても、敵が待ちかまえているところへ飛びこんでいくのは愚だ」

坂田がまず室戸説に同意する。

「よかろう。とにかく、ここでしばらく様子を見ることにしようじゃないか」

長野も同意したので、それじゃそうしようと話はきまった。

そのころ――。

下屋敷の梅林の茶室でも、森右衛門、山部、鳴門屋の三人が集まって、善後策を相談していた。こっちは問題の人物笹井又四郎を生け捕りにして、その生死を掌中《しょうちゅう》にしているのだから、なんといっても気が強い。

十八

「御家老、又四郎というやつはともかく恐ろしい男です。今夜中に一服盛ってしまうか、それともひそかに大森海岸へつれ出して切ってしまうか、息の根をとめておいたほうが安心だとわしは思うんですがなあ」

山部は絶対に処分説を主張するのだった。

「つまり、山部さんはどう厳重にあの男を監禁しておいても逃げられてしまいそうだという不安があるわけなんですな」

鳴門屋がもっともらしい顔をしていう。

「無論、今夜は十分に手くばりがしてあるんで、たとえ七人組みが決死の覚悟で切りこんできても大丈夫だという確信はある。しかし、そういう絶対に大丈夫だというこっちの手くばりのどこかにすきを見いだす、そういう勘というか、才能というか、あの男はふしぎな力を持っている。高輪でお香をつれ出したのもそれだし、さっき納屋《なや》から市原を助け出したのもそれなんだ」

「そういえばたしかにそうですが、あれは両方とも自分が働いたわけではなく、そういうふしぎなことのできる忍者のような男を使ってやらせた仕事じゃないでしょうかな」

「人にやらせた仕事だから又四郎は怖くないと見るのは、こっちの油断だと思う。そういう人間を使いこなす男だから恐ろしいんだ。あの男はその伝で御対面の儀を延期させているんだし、こんども納屋に監禁されていながら、いつ小梅の屋敷を利用するか、わしはそれが心配なんだ」

山部は又四郎のやり方によっぽど懲《こ》りてしまったようである。

「山部、おまえのいうことはよくわかるが、こういう策はどうだ。笹井が今夜こっちの生け捕りになったことは、おそくも明日の朝は小梅のほうの耳に入る。そこで、明日こっちから小梅へ使者を立てるのだ」

正座の森右衛門が意外なことをいい出す。

「小梅へ使者を送ってどうするんでしょうな」

「御対面の儀をこっちの思うとおりに実現してくれたら又四郎を無事にかえすというなぞをかけてみるんだ」

「さあ、小梅のほうがその手に乗ってくれるでしょうかな」

「その手に乗らないようなら、又四郎は自分でいうほど小梅のほうに信用されていないんだから、こっちでどう処分したってかまわないことになる」

「なるほど」

「また、又四郎の命と交換条件で御対面の儀を承知してくれるようなら、その実現の日に又四郎を引きわたしてやっても、もうこっちのじゃまにはならんわけだ」

「それは、岩崎さま、思いつきでございますな」

鳴門屋はすぐ乗り気になったようだ。

「しかし、こっちの使者がよっぽどしっかりしていないと、逆手を取られる心配がありそうですな」

「いや、逆手を取られるような使者では使者の役には立たぬ。どうだ、山部、素浪人の笹井又四郎でさえこれだけの仕事ができるのだから、おまえもひとつ明日の使者を引きうけて、又四郎と知恵くらべをやってみる勇気はないか」

森右衛門は目でわらいながらうまく持ちかけてくるのである。

十九

「御家老、明日の使者は笹井を処分してからではいかんでしょうかな。わしはあの男の監視を組下のものにまかせてここを離れるのは、どうも不安な気がするんです」

山部はこの機会にどうしても又四郎を切っておきたかった。正直にいって、一対一の勝負では絶対に勝てるという自信が持てないだけに、目の上のこぶになってしようがないのである。

「しかし、笹井を処分したことはすぐ小梅のほうへ知れてしまうぞ」

森右衛門はまゆをひそめてみせる。

「極秘にしてやってもだめでしょうかなあ」

「山部、わしはあの男の処分に反対しているのではない。野放しにしておいてはじゃまになる危険人物だから、今までは切れと命じてきた。しかし、こうしてまああの男を生け捕りにしてみると、切るのはいつでも切れる。むしろ、切る前に利用できるだけ利用して、局面をこっちの有利に持っていくべきではないかと考えなおしたのだ。このわしの考え方は間違っているかね」

森右衛門は説得するようにいう。

「御家老のおっしゃることはよくわかります。しかし、あの男は尋常な尺度では計れない妖怪《ようかい》のようなやつなんですから、万一その間に逃げられでもするとまたやっかいなことになる、切るなら今がその機会だと思うんです」

「監視のくばりに自信が持てないというのか」

「いや、手くばりは十分してあります」

「それならよいではないか。この上とも油断のないように、組下の者を激励しておくことだ」

そこへ組下の者が枝折り戸のほうからまわってきて、

「組頭《くみがしら》に申し上げます。ただいま嶺田周平と布川喜兵衛の両人がもどってまいりました」

と取り次いだのである。

「かまわぬ、庭先へまわしなさい」

森右衛門が自分でいいつける。

取り次ぎの者が去ると、入りかわりに嶺田と布川が恐るおそる廊下先へまわってきた。

「ただいまもどりましてございます」

「周平、七人組みはどこにいたな」

「やはり、宿外れにおりました」

「よく人質を無事にわたしてよこしたな」

「はい、笹井がとりこになったことを告げますと、向こうはもう人質どころではなく、額《ひたい》を集めて相談に移りましたので、喜兵衛といっしょに黙ってもどってまいりました」

「市原はそっちへ帰っていたのか」

「いいえ、まだもどっていないようでした」

「ふうむ」

森右衛門はちらっとまゆをひそめながら、

「山部、ことによると市原はその助け出した下郎といっしょに屋敷うちにひそんでいるかもしれぬな」

と、さすがに用心深いことをいう。

「そうかもしれません。さっそく一応調べてみましょう」

「それがよい。裏門の用心もおこたるなよ」

「心得ました」

山部はすぐに立ちあがりながら、ひょっとすると笹井を処分するうまいきっかけがつかめるかもしれないと思った。又四郎を切ることは山部の執念《しゅうねん》になってきたようである。

二十

山部は嶺田と布川をつれて茶室を出ると、一応まっすぐ又四郎が監禁されている納屋《なや》の前へ引きかえしてきた。

納屋は東を戸口にして三棟《みむね》並び、どれも六畳ほどの大きさで、北と南に空気ぬきの高窓がついていた。高窓は高い上に格子《こうし》が入れてあるから、人の出入りはまずできないものと見ていい。

又四郎はその真ん中の納屋に縛《しば》ったまま入れてある。戸口に組下の者二人とかぎをあずかっている足軽の嘉平が立ち、裏には塀《へい》との間の六尺ほどの空き地に、これも組下の者が二人立ち番をしていた。

ぐるりは羽目板一枚の簡単な納屋なのだから、破ろうと思えば内からでも外からでも破れないことはない。だから裏にも監視がついているので、この裏の監視役は外から塀を乗りこえてくる敵にも備えているのだ。

「別に変わりはないだろうな」

「はい、変わりはございません」

「敵はいつ塀を乗りこえてくるかもわからんし、市原と源太という下郎がまだ屋敷うちにひそんでいるかもしれないという見方もあるのだ。この上とも十分に気をつけてくれ」

山部は表と裏を見まわって、それぞれ注意を与えておいてから、裏門の門番小屋へ足を運んだ。

ここは足軽一人と中間《ちゆうげん》二人が裏門をかため、組下の者四人が一息入れながら待機している。山部はその中間のうちの一人に、

「六蔵《ろくぞう》、宿外れに七人組みのうち四人がまだなにかたくらんでいるはずだ。おまえこれから行って、そっと様子を見てきてくれ」

といいつけておいて、梅林をひとまわり見てまわることにした。

が、この見まわりはいいつけられたから形をつけているだけのことで、その間中、山部は、どんな風に又四郎を切るきっかけをつかむか、そればかり考えていた。

家老から切ってはならぬといいつけられているので、ただ切るわけにはいかぬ。しかし、切るよりほかに道がなかったという理由が立てば切ってもいいはずなのだ。

たとえば、又四郎が納屋から逃げて暴れ出したとすれば、これは切ってしまうよりしようがない。それには又四郎に納屋から逃げ出す機会を与えなければならぬ。

――よし、うまい手がある。

山部はふっと一策を思いついて、丘のおり口の内木戸のあたりから急に納屋の

ほうへ引きかえすことにした。

「母屋《おもや》のほうは見まわらなくてもよろしいでしょうか」

嶺田が不審そうに聞く。

「いや、そっちはそっちの見まわり役にまかせておけばいい。いまいちばん危険なのはこの梅林なんだから、我々はここを離れるわけにはいかぬ」

「なるほど、それはそうですな。室戸たちは笹井が納屋に監禁されていることを知っているんですからな」

嶺田はすぐ納得したようだ。

「それに、わしはちょいと気がついたことがあるんだ。笹井をうしろ手に縛ったまま納屋へ投げこんだのは、あまりにも笹井を恐れるようで、人に聞かれた場合まずい。おまえたち、そうは思わないか」

山部はそれとなく二人のほうへ持ちかけていく。

命の灯

一

「山部さまのおっしゃるとおりだと思います。縛《しば》って監禁しておくというのは、少し御念が入りすぎていますからな」

嶺田《みねだ》は一も二もなく同意する。

「喜兵衛《きへえ》はどうだ」

「手前も縛っておく必要はないと思います」

布川《ぬのかわ》もおなじ意見のようだ。

「よかろう。では、笹井《ささい》のなわはといてやることにしよう」

山部はこれでいいと思った。

笹井という男は、腕に自信があるし、今夜ここへ一人で掛け合いにやってくるくらいの度胸がある。こっちがだれか一人でなわを解きに納屋《なや》へ入っていけば、すきを見て相手を倒し、その刀を奪ってとっさに切って出るくらいのことはやりかねないやつなのだ。そこを一気に切って捨てようという山部の腹なのである。

納屋の前にはあいかわらず組下の者二人と足軽の嘉平《かへい》が目を光らせて立ち番をしていた。

「一同、少しこっちへ下がれ」

山部は三人を戸口から九尺ほど離れたところへ呼んで、

「どうだ、笹井はずっとおとなしくしているか」

と、小声で聞いてみた。

「はあ、眠っているんじゃないでしょうかなあ。ひっそりとしていて、いるかいないかわからないくらいです」

一人がちょいと不安そうにいう。

「そうか。いまわしが中を調べてみるから、おまえたちはここに見張っていて、万一飛び出してくるようなことがあったらかまわず切ってすてろ」

「中をお調べになりますんで」

「そうだ。嘉平、納屋の錠をあけろ」

「はっ」

「布川、嘉平のちょうちんを持ってやれ」

「はい」

布川が嘉平のちょうちんをうけとってやると、嘉平は戸口へしゃがんで錠へかぎをさしこむ。がちゃりという音がして、納屋の戸はすぐにあいた。

布川がかざすちょうちんの灯ががらんとした納屋の中へ流れこみ、うしろ手に縛られた又四郎《またしろう》が荒むしろの上にあぐらをかいている姿をうつし出す。

「やあ、山部さんか、なにか用かね」

又四郎はのんびりとした顔つきで、目に微笑さえ含んでいる。

この男は自分のいまの立場になんの苦痛も恐怖も感じないのだろうかと、山部はいささかあきれながら急に激しい憎悪をさえ感じてきた。

「又四郎、ここの納屋御殿の住み心地はどうだ」

「正直にいって、ここは少し退屈だな」

「ただそれだけか」

「貴公たちは気の毒だ。わしがここにいるばかりに、余計な神経を使わなければならない」

「うそをつけ。貴様こそ、いつあの下郎が助けにきてくれるのかと、そればかり待ちかねているんだろう。気の毒な男だ」

「山部さんはわしがつらそうな顔をしていないんで気に入らないようだね」

又四郎は涼しい目をして平気でそんなことを口にする。

——うぬっ。

どうしてくれようかと山部は思った。

二

「笹井、武士の情けだ。不自由だろうから、両手のなわだけ解いてやろう。ありがたく思え」

山部は恩にきせるように出ていく。少し意地のある侍なら屈辱を感じないはずはない。

「そうか。それはありがたいな」

又四郎は不審そうにこっちの顔を見ている。

「周平《しゅうへい》、おとぼけどののなわをといてやれ」

「はっ」

嶺田はなんのちゅうちょもなく土間へ入っていって又四郎のうしろへしゃがみこむ。

こっちは戸口に立っている上に、布川はちょうちんをかざしているし、足軽の嘉平は一足さがったところへひざまずいている。なわが解けたとたん、振り向いて嶺田へ当て身をくわせ、太刀を奪いとれば、一気に切って出る機会は十分つかめるのだ。

——さあ、来い。

山部は内心緊張しながら、ひそかにその時のくるのを待っていた。

手もとが暗いので嶺田はちょいと手間どったが、ついになわは解けたらしく、周平はなわがわりの下げ緒を持ってゆっくりと立ちあがった。

「やあ、これで楽になった」

又四郎は自由になった両手を前へまわして、縛《しば》られていた手首のあたりをかわるがわるのんびりとさすり出す。

——くそっ、こっちの策をさとったかな。

いまいましいが、おとなしくしているやつをこっちから切って出るわけにはいかない。

「笹井、おれの恩を忘れるなよ」

「山部さんは案外、武士の作法を心得ていたんだねえ」

「お世辞か、又四郎」

「お世辞はきらいかね」

又四郎はひざの上でまだ手首をもみながら、目でわらってみせる。

「嘉平、納屋《なや》の戸をしめろ」

山部は思わず足軽をどなりつけている。

「はい」

嘉平は戸口へ飛びつくようにして、ぴしゃりと戸をしめきり、錠をかけてしまう。

「おい、後をたのむぞ」

山部は組下の者二人にいいつけて、嶺田と布川をうながし、裏門のほうへ歩き出しながら、

――なあに、機会はまだある。

と、自分にいい聞かせていた。

門番小屋の前まできてみると、物見に出した中間《ちゅうげん》の六蔵《ろくぞう》がちょうど帰ってきたところだった。

「六蔵、宿外れの様子はどうだった」

「へい、いまみんなで品川のほうへ引きあげていこうとするところへうまく行きあわせましてね」

「なにっ、やつらは引きあげていったのか」

これはちょいと意外だった。

「人数は何人だった」

「市原さまがいっしょで、五人でござんした」

「そうか、市原がいっしょか。下郎はついていなかったか」

「そんなのは見当たりませんでした。ちゃんと勘定したんですから、人数は五人、間違いありやせん」

「よし、御苦労だった」

すると、源太《げんた》という下郎はまだ屋敷うちにひそんでいるに違いない。油断はできないと山部は思った。

三

翌朝《きょう》――。

お香は夜の明けるのを待って北番場《きたばんば》の法禅寺《ほうぜんじ》を出た。

ここはお香の世話で七人組みがずっとかくれ家にしていた寺で、昨夜お香は鈴《すず》ガ森《もり》で横川と伊東の死骸《しがい》をあずかり、この法禅寺へ運ばせて通夜をしながら大森からのたよりを待っていたのである。

そして、室戸たち四人が市原を助けてここへ帰ってきたのは昨夜の四ツ（十時）すぎごろで、その時お香ははじめて又四郎が敵のとりこになった悲しいしらせをうけ、目の前が真っ暗になってしまったような絶望感におそわれたのだった。

「あなたがたは又さんを一人で置きっ放しにして、どうしておめおめとここへ帰ってきてしまったんです」

一通り説明をされて事情はよくわかりはしたが、それだけではどうにも胸がおさまらなくて、お香は五人の人たちの顔をにらみつけながら、思わず頭から一本きめつけてしまったほどである。

ひきょう者といわぬばかりのこの放言は、五人にとっては侍として聞きずてにはならぬものだったろうが、五人とも、

「申し訳ない」

と、すなおに頭をさげて、憤然《ふんぜん》とする者は一人もなかった。それだけに、五人ともこれからどうして又四郎を助け出したものかその成算が立たず、それぞれ死ぬよりつらい苦悩を胸の中でかみしめていたに違いない。

「西村さん、ちょっと」

お香はどうにも気がすまなくて、三吉《さんきち》を呼びつけ、別室へつれていった。いちばん年の若い西村三吉は純情で正直で、なんでも気やすく聞けるからだった。

「元締め、あんまりいじめるなよ。おれたちだって、命が惜しくてここへ引きあげてきたわけじゃないんだ」

三吉は当惑したようにそこへ行儀よく座っていた。

「西村さん、又さんの命は本当に大丈夫なんでしょうね」

お香はなによりもそれが心配なのだ。

「無論、今日明日は大丈夫そうだという見こみがついたから、一応引きあげることにしたんだ。大森にいては敵の襲撃をうけそうだし、またこっちから切りこみ

をかけるのは敵の手に乗ることで、かえって笹井さんの命を縮めることになると市原さんがいうんで、その説にしたがったんだ」

「市原さんはよく助かったわね」

「源太がうまく助けてくれたんだ。そのかわりに笹井さんがつかまったんだから、市原さんはとてもつらい立場なんだ。しかし、源太が、笹井さんはきっと自分が引きうけるといって、みんなが大森にいてはかえってじゃまになると市原さんを説いたらしいんだ」

「どうして今日明日は又さんの命は大丈夫だろうという見当がついたんです」

「家老は、笹井さんを屋敷うちで始末すると小梅のほうで騒ぎ出すから、家名が立たなくなる場合が出てくる。それより、笹井さんをおとりに使って小梅のほうを説きつけたほうが得だと考えているようだと、源太がさぐり出してきてくれたんだ」

　だから、源太のいうことを信用しておくよりしようがないと三吉は考えているようだ。

四

「そんなことをいったって、山部はおおかみみたいな男なんだもの、いつその気になって自分勝手に又さんを切りに行くかわかりゃしない。心配だなあ、あたし」

お香はなんと説明されてみても、現に又四郎は敵のとりこになっているのだから居ても立ってもいられないような不安に駆られてくるのだ。

「いや、そんなことはないと思う。それは山部は人一倍ずぶといところのある男には違いないが、家老のいつけには背《そむ》けないやつなんだ。それに、大森にはまだ源太が残っているんだし、うまくいけば明け方までにきっと笹井さんを助け出してきてくれると思うんだ」

西村はまたしてもそんな気休めのようなことをいう。

「いやだわ。そんな人だのみ、当てになるもんですか。もし又さんが切られていたらどうしてくれるつもりなんですよう」

「なにっ」

「ひきょうよ、自分はなんにもしないで、人ばかり当てにしているなんて」

気のうわずっているお香は思わず口走ってしまったのだ。

「ばかっ」

西村の顔へかっと血がのぼってきたと見る間に、いきなり右の平手打ちが思いきりぴしゃりとお香のほおでなった。

「あっ」

思いもかけなかったので、一瞬お香はぽかんとなって打たれたほおを手でおさえていたが、たちまちむらむらっと怒りが燃えあがってきて、

「あたしを、あたしをぶったわね、西村さん」

と、中腰になってむしゃぶりついていこうとした。が、意外にも西村は、

「死ぬよりつらいおれたちの気持ちが女なんかにわかるもんか」

と、両手をひざにおいてがくりとうなだれ、歯をくいしばりながら、肩で大きく泣き出したのである。

――ばからしい。男のくせに、なにさ。

腹の虫はまだおさまらなかったが、お香はいささか啞然《あぜん》とした気持ちで、自分もまた我にもなく大粒の涙があふれ出てきた。

「泣き虫、勝手に泣くがいいわ」

お香はそんな憎まれ口をきいて、ぷいと立ってそとの廊下へ出てしまう。そこへ立って、お香はいそいでたもとを目に当てる。

——生きていてくれなくちゃいやだ、又さん。

みんながこんなに心配しているのにとお香は思う。ぶたれたほおがひりひりするが、怒りはもう消えていた。つらい男たちの気持ちがわからないわけではないのだ。

おまえだったらどうすると開きなおって聞かれれば、やっぱり源太のたよりを待って善後策はそれからということになってくる。

——なにも西村さんだけをあんなにいじめなくたってよかったんだ。

そう考えると気の毒にもなってきて、そのかわりあたしは思いきり引っぱたかれたんだからおあいこだわと、なにかわらい出したくさえなってくるのだった。

その待ちに待った源太が大森から帰ってきたのは、夜があけてからまもなくだった。無論、又四郎といっしょではなかった。

五

「あっしはなんとかしてだんなを助け出そうとして、一晩中あの納屋《なや》をねらっていたんですが、市原さんの時のことがあるもんですから、こんどは見張りがばかに厳重でしてね、とうとうそばへも近寄れやせんでした」

源太はさすがに目を充血させながら申し訳なさそうにいうのである。

「それで、山部の様子はどうだったね」

市原が心配そうに聞く。こっちとしては、やっぱり山部の出方がいちばん気になるようだ。

「あの男は油断できやせん。二度ほどあの納屋をあけさせたんで、あっしはその度にひやりとしちまいやした」

「二度というと――」

「一度はだんなの両手のなわを親切ごかしに解いてやりに入ったんでさ。いや、笹井納屋へ入ったのは嶺田なんですがね、山部は戸口に立って見ているんです。笹井のだんななら、両手が自由になったとたん、嶺田の刀を奪って切って出られないことはない。それがまあ山部のねらいだったんでしょうが、だんなはその手には乗らなかったようです」

「なるほど。——二度目の時は」

「そいつがおかしいんです。山部はあっしがどこかへ忍びこんでいると見当をつけたんですね、わざと見張りをしばらく遠まきにさせて、あっしをわなにかけようとしたんでさ」

「山部のやりそうなことだな」

「あっしがわなに引っかかってやらないもんだから、こんどは一人で納屋の錠をあけさせてだんなをおびき出そうとしていやした。そんな手に乗るようなだんなじゃありやせんや」

「すると、山部はどうしても笹井さんを切る気でいるわけだな」

「あいつはだんなを目の敵《かたき》にしていやすからね。といって、御家老のいいつけがあるから、ただ理由もなく切るわけにはいかない。一人でやきもきしているようです」

「じゃ、親方がこっちへきてしまって、後でどんなことになるかわからないんでしょ」

お香はそばから口を出さずにはいられなかった。

「そいつは大丈夫なんだ。ゆうべ家老は大森へ泊まりやしてね、今朝白々明けにお部屋さまの行列といっしょに裏門口から大森を出やした。お部屋さまを寿の字《じゅ》さまといっしょにおいてはまずいんで、高輪《たかなわ》の下屋敷へ移すことにしたらしいんです」

「そうか。お部屋さまも若殿には会いたくないだろうからな」

「まあそうなんでしょうね。山部はその供をしていったんで、たぶん夕方までは帰らねえでしょう。それに、真っ昼間はやつらだってそうあくどいまねはできやせんや」

「すると、今夜が勝負ということになるのか」

市原の顔は暗い。

「そういうことになりやす」

「源太の思案はどうだ。教えてくれ」

「市原さん、あっしはその前に、早く小梅のほうへこのことを知らせておいたほうがいいと思うんですがね。敵はとりこをおとりに使って小梅のほうへどんなわなをかけていくかもしれやせん」

「なるほど――」

その使者に立てるのはお香のほかにないので、お香は源太ともよく話しあった上、すぐに法禅寺を出てきたのである。

六

お香は品川から町駕籠《まちかご》を乗りついで本所小梅村へいそぐことにした。

又四郎の命は今日中は大丈夫としても、いまのところ七人組みの力だけではそれを助け出す策が立たないようだ。

源太は今日も日が暮れたらすぐ大森の下屋敷へ忍びこんで納屋《なや》をねらってみるといっている。が、敵としてもこんど人質を逃がすようなことがあると重罪はまぬがれないとわかっているのだから、そう簡単に納屋へは近寄ることさえ難しいに違いない。

その機会をこしらえるとすれば、七人組みが屋敷へ切りこんで敵の目を一時そっちへ向けるという策しかないのだが、それを実行するには七人組みの五人の人数ではどう考えても少し無理なのだ。やっぱり小梅の屋敷へたのんで力を貸してもらうほかはないのである。

——うまくいってくれればいいのだけれど。

無論、姫君にわけを話してたのみこめば、一も二もなく金吾《きんご》を貸してくれるに違いないのだが、間に立っている中﨟《ちゅうろう》の雪島《ゆきしま》は、なるべく又四郎のことは姫君の耳に入れないようにという方針を取っている。

その雪島をどう説きつけるかがちょいとやっかいなのだ。

——それにしても、西村さん変なお先っ走りをしなければいいんだけれど。

昨夜はあんなけんか別れになってしまって、こっちも強情だからあれっきり口をきいてやらないし、西村のほうでもあやまるのが悔しいらしく、顔があってもそっぽを向いてしまうのである。

親にだって手をあげられたことはないのに、いきなり横っ面《つら》を張りとばすなんて、ちゃんと両手をついてあやまらないうちは承知できない。そうは思うけれど、西村のほうとしては女にひきょう者呼ばわりをされたのが骨身にこたえているだろうから、こんどなにかあればきっと自分が真っ先に死んでやろうと考えているに違いないのだ。

こっちとしては、そんなお先っ走りなまねをして切り死になどされても困るのだ。

──出がけに一本くぎをさしてくればよかった。

相手が一本気な男だけに、お香はそんなことも気になってくる。

そして、駕籠がやっと小梅の喜久姫《きくひめ》屋敷の門前へついたのはもう四ツ（十時）に近い時刻だった。

門番とはすでに顔なじみなので、お中﨟の雪島さまのところへ通りますという と、すぐに玄関へ取りついでくれて、そこからは小侍が案内をして表書院へ通してくれた。

──そうだ、昨日は黙ってここを出てしまったんだから、お中﨟さま怒っているかもしれない。

そんなことを考えているところへ、廊下からつかつかと入ってきたのは、意外にも雪島ではなくて金吾だった。

「どうした、元締め、なにかあったのか」

のんきなように見えて勘の鋭い金吾は、そこへ座るなり図星をさしてくる。

「困ったことになっちまったんですのよ、金吾さん」

この屋敷ではお香にとっていちばん気やすく話のできる金吾なのである。

七

お香は昨夜又四郎が大森の下屋敷で御舎弟派一味のとりこになったいきさつを一通り金吾の耳に入れて、

「金吾さん、お願い、今夜七人組みの人たちに力を貸してあげてください。七人組みだけではどう考えても少し心細すぎるんです」

と、我ながらつい興奮のあまりそんなことまで口にしていた。

「そうか、それは困ったなあ」

金吾はまゆをひそめながら、案外冷静な顔つきである。

「困るって、それは姫君さまにおゆるしをいただくことなんですか」

「それもある」

「それなら、あたしからも姫君さまにお願いしてみてはいけませんかしら」

姫君さまにお願いすれば大丈夫おゆるしは得られるという自信がお香にはあるのだ。

「しかしなあ、元締め、当家は尼崎《あまがさき》家と婚約が成立することにはなっているが、ただそれだけのことで、公にはまだそう深い縁はない。それが尼崎家の内紛にあまり深入りしすぎると、事が表に出た場合、公儀から出すぎた処置としておしかりをうけないとはかぎらないのだ」

「でも、悪人の味方をするわけではなく、正しい人たちを助けてあげるんですから、ほめられこそすれ、おしかりをうけるなんて、おかしくはありませんかしら」

「それはこっちが勝った場合のことで、もし負けるとこっちが悪人にされてしまう」

「だから、負けちゃいられないんです。そして、どうしても勝つためには、ぜひここで笹井さんを助け出さなければだめなんです」

お香は一生懸命だった。

「無論、わしは笹井さんを見殺しにはしないつもりだが、それはどこまでも金吾一存のことで、当家の家来として力を貸すわけにはいかないということなんだ」

「それは、この話は姫君さまのお耳に入れてはいけないということなんですか」

「さあ、それをどうするかなんだ」

「けど、お姫さまに無断で勝手なことをすれば、金吾さんも脱藩したことになるんでしょう」

「当家は大名ではないのだから、脱藩という言葉はおかしいが、まあ追放されることにはなるだろうね」

「こういう時、御当家としてはどうすればいちばんいいんでしょう」

お香は念のために聞いてみた。

「当家としては、尼崎家の内紛を公儀へ届け出て、公儀の手で真相を調べてもらうのが、いちばん常識的なやり方なんだ」

「そんなことをすれば、尼崎家はつぶれてしまいます」

「そのとおりだ」

「笹井さんは尼崎家をつぶしたくないから一生懸命になっているんですのよ」

「それはよくわかっている。――とにかく、お中臈《ちゅうろう》さまと一応相談してみよう。奥の責任は一切お中臈さまにあるんだから、こっちの一存できめるわけにもいかないだろう。――しばらくここで待っていてくれ」

金吾はそういいおいて立っていった。

雪島に相談すれば、姫君の耳へ入れることは絶対に反対されるにきまっている。そのとき金吾がどんな覚悟をしてくれるか、お香はそれがまた心配になってくる。

八

——おなじ加勢をしてもらうにしても、金吾さん一人では心細い。お香にはそんな不安もあった。それは金吾にもよくわかっているはずなのである。

しかし、喜久姫の名が表に出せないとすれば、ほかの家来までつれ出すことは難しくなりそうだ。それとも金吾になにか考えでもあるのだろうか。

お香が一人でやきもきしていると、ふっと廊下へきぬずれの音がして、そこへ顔を出したのは腰元の春代《はるよ》であった。

「お香さま、姫君がお召しでございます。どうぞお越しくださいますように」

これはまた意外な迎えである。

「あら、姫君さまはあたしがここへうかがっているのを御存じなのですか」

「はい」

春代はなんとなく目でわらっている。

「金吾さんが申しあげたんでしょうか」

「いいえ、金吾さまがお中臈《ちゅうろう》さまを中奥へお呼びになりましたのを見て、きっとお香さまがまいっているに違いない、呼んでくるようにといいつけられましたの」

「まあ、よく気がまわりますこと。なんだか怖い」

「姫君さまはいつもそうなのでございます」

それにしても、金吾や雪島に無断で姫君の前へ出ていいものかどうか、お香がちょっと当惑していると、

「お香さま、早くなさいませんと、またごきげんを損じます」

と、春代はせき立てるのである。

「姫君さまは今日ごきげんがおよろしくないのですか」

春代はいたずらっぽくうなずいてみせてから、

「どうしてだか、お香さまにはおわかりでございましょう」

と、またしても目でわらってみせるのだ。

お香はどきりとせずにはいられなかった。無論、又四郎からなんのたよりも入らないので、それがおもしろくないに違いないのだ。

「それでは、とにかくごあいさつに出ることにします」

「どうぞこちらへ――」

春代は先に立って、そこから庭下駄《にわげた》をはき、さっさと庭へおりていく。

――おや、どこへつれていくのかしら。

お香は不審に思いながら黙ってついていくと、春代は泉水のまわりをぐるりとまわって、どうやら築山の上の四阿《あずまや》へ足を向けているようだ。そこは、この間の夜、又四郎が姫君と二人きりで話をしたところだと聞いている。

――それにしても、もし又さんのことを聞かれたらどうしよう。まさかうそもいえないし、困っちまったな。

お香はだんだん気が重くなってくる。こんなことならもう一度金吾に会ってよく打ち合わせをしてからにすればよかったと後悔したが、後の祭りである。

案の定、喜久姫は築山の四阿に一人で待っていた。腰元たちは坂をのぼりきったあたりに遠慮させられているのだ。

「姫君さま、立花屋の元締めをおつれいたしましてございます」

春代はそう喜久姫に告げると、自分もすぐ腰元たちのところへ下がっていく。

九

この築山は二階の屋根ほどの高さで、全山に岩石をあしらってつつじを植えこみ、まもなく花の季節には見事な花の山になる。四阿《あずまや》からは東から南へかけて田畑が広々と見わたされ、やや北寄りの野末に紫色の筑波山《つくばやま》が置物のように見えていた。

が、お香はそんな景色をながめている暇さえなかった。

「お香、その床几《しょうぎ》におかけ」

喜久姫は、こっちがひざまずいてあいさつをしようとするのを、それさえもどかしげに、いきなり自分の前の床几を指さすのである。

「いいえ、それではあまり恐れ入りますから」

「かまいません。ゆるすから、早くおかけなさい」

なるほど、そうきげんのいい声音《こわね》ではないようだ。

「それでは、お言葉に甘えまして」

「お香は昨日どうして無断で屋敷を出てしまったの」

喜久姫はさっそく詰問《きつもん》するようにたたみかけてくる。それは人形のようにおとなしやかな姫君の顔ではなく、感情がいきいきと動いている、いわゆるじゃじゃ姫になった時の顔のようだ。

「申し訳ございません。昨日こちらさまへ浜町《はまちょう》の奥方さまからお見舞いの使者がまいりましたことについて少し心配なことがございましたので、高輪の笹井さんのところへ相談にまいりました」

「それで、又四郎に会えたのですか」

「はい」

「喜久のところへは又四郎からなんの音さたもありません。又四郎はなにをしているのです」

「それが。あのう――」

お香は当惑して口ごもってしまう。

「はっきりおいいなさい。又四郎はもう喜久の加勢などいらないというつもりで喜久のことなど忘れているのでしょう」

喜久姫は怒りの色をかくそうともしないのである。

「いいえ、そんなことはございません。実は、笹井さんはゆうべ敵のとりこになりまして、大森の下屋敷へ監禁されてしまったのです」

もうしようがないとお香は思った。ここで姫君に見放されてしまったのでは、又四郎は助かる命も助からなくなってしまうのだ。

「まあ、又四郎がとりこに――。本当ですか、お香」

姫君はあきらかにどきりとしたようだ。

「悪人どもは笹井さんを目の敵《かたき》にしていますので、もしものことがあっては大変だと、七人組みの者たちもゆうべからとても気をもんでいるんです」

「それをなぜ早く喜久に知らせなかったのです。七人組みの者たちは一体なにをしているのです」

「申し訳ございません」

「申し訳ないですむことではありません。なぜ早く又四郎を助け出さないのです。又四郎に万一のことがあったらどうするつもりなのです」

こう頭からしかりつけられては、さすがのお香も口がきけなくなってくる。姫君などというものはどうしてこうあつかいにくいのだろうと、情けなくさえなってくるのだ。

十

——世間なれないお姫さまにすがろうとしたのがやっぱり無理だったのだ。

お香はなにか物悲しくなってきて、黙ってうなだれていた。ここがたよりにならないとすれば、又四郎を助け出す策はちょいと困難になってくるのだ。

「お香、又四郎はどうしてとりこになどなったのでしょうねえ。そのわけを話してみてください」

喜久姫がふっとため息をつきながら、思いあまったように聞いてきた。今まではすっかり違うしみじみとした声音《こわね》である。

おやと思いながら、お香が我にもなく顔をあげると、

「喜久は尼崎家へお輿入《こしい》れなどしなくてもよいから、又四郎だけはぜひ助けてやりたい。どうしたらいちばんいいか教えてください」

と、こんどは明らかに恋娘の目をまともに向けてくる。

お香はまったく狼狽《ろうばい》せずにはいられなかった。

「でも、姫君さま、尼崎家との御縁組みは将軍家からの御内意ではないのでござ

いますか」

「かまいません。喜久がいやだと申せばそれでよいのです」

「それでは尼崎家が立たなくなるのではないでしょうか」

「又四郎をそんな目にあわせる尼崎家など、つぶれてもかまいません」

喜久姫はきっぱりとそんないちずなことをいい出す。

「姫君さまはそんなに笹井さんがお好きなのでございますか」

お香も意地悪くはっきりと聞いてみた。いくら好きでも、姫君と又四郎とではあまりにも身分違いで、どうにもならない恋なのだ。

「好きです。大好きなの」

恋娘の目が火のように燃えて、みるみるほおを染めながら、

「お香はきっと喜久の味方になってくれますね」

と、大胆にもそんな念まで押してくる。

あっとお香は目をみはりながら、一瞬こっちも顔がかっと熱くなってきて、又さんだけはお姫さまにだってゆずれないと胸の中では思っても、相手が相手だからさすがに口には出しかねるのだ。

「あのう、お味方になっても、あたしにはなんの力もないのではありませんかし

ら」

「いいえ、又四郎は喜久がどんなことをしてでも必ず助け出してみせます。お香はただ喜久のそばにいて相手になってくれればよいのです」

「お屋敷でそんなことをゆるしてくれましょうか」

「ゆるしてくれなければ、喜久はそなたといっしょに屋敷を出ます」

「そんなこと、できますかしら」

お香はその激しい気魄《きはく》にたじたじとなって、急には口がきけなくなってきた。

「お香、又四郎は大森の下屋敷のどこに監禁されているのです。くわしく話してください」

喜久姫は本当に屋敷をぬけ出す気でいるようだし、この分だと尼崎家との縁組みなどもう考えてもいないのだろう。

――やっぱり、この方はうわさどおりのじゃじゃ姫だったのだ。

お香は唖然《あぜん》として喜久姫の顔をながめていた。

十一

　そのころ――。

　金吾は中奥の書院の間へ雪島を呼んでもらって、又四郎救出の善後策を相談していた。

　こんな話は絶対に姫君の耳へ入れないほうがいいことは、二人ともよくわかっている。とすれば、金吾が一存で七人組みの加勢に行く以外に手はないのだ。

「困りましたねえ。七人組みとはいっても、いまは五人なんでしょう。そこへあなた一人が加勢に行ったぐらいで大丈夫なんでしょうかねえ」

　雪島は不安そうにまじまじと男の顔を見まもっている。開け放した書院での対座だから、二人とも行儀よく座ってはいるが、声をひそめて話はだれに聞かれる心配もないので、もう他人にはなりきれない。

「おれを甘く見たな、お雪」

「あら、どうしてですの」

「おれには知恵があるんだ。おれが行くと行かないでは、七人組みの働きがまったく違ってくる。まあ見ているがいい」

　金吾はわざと亭主面《づら》をして、ぬけぬけといってのける。

「ですから、あたくし心配なんですのよ。あなたは七人組みの先に立って、いちばん危ない仕事ばかり引きうけるつもりなんでしょう」

「それはそうさ。そこが男一匹の値打ちなんだ」

「あたくし、なんだか怖い。お願いですから、お先っ走りだけはしないでくださいね」

　雪島は今からそんな取越苦労をして顔色まで変えている。

　まだ他人だったついこの間までの雪島は、冷たいと思われるほど冷静なお中﨟《ちゅうろう》さまで、弱音や愚痴《ぐち》めいたことは決して口にしたことはなかった。それが一度金吾に姉女房にされてしまってからは、人一倍度胸のよすぎるその若い亭主がどんな突飛なことをやり出しはしないかと、いつもこっちの顔色ばかり見てはらはらしている女になってしまったようだ。

「かわいそうに、お中﨟さまはおれのような男を亭主にしたばかりに、いつも気苦労が絶えない」

「気苦労などいくらさせられてもかまいませんから、けがだけはしてもらいたくありませんのよ」

「そいつはたぶん大丈夫だろう。笹井の兄貴などは、自分から敵のとりこになっている。しかし、こいつはちょいと度胸がよすぎたようだ」

「七人組みの力でうまく助け出せるでしょうかねえ」

「おれの見こみじゃ、兄貴は七人組みの力を借りなくても、今夜あたり自分で牢破《ろうやぶ》りをするんじゃないかと見ているんだ。そのくらいの知恵は持っている器量人だからね」

「それでしたら、なにもあなたがわざわざ大森へ行かなくてもいいんじゃありませんかしら」

「あれえ、お中﨟さまはおれのことばかりしか考えていないようだぜ」

「しょうがありませんでしょ。いけませんかしら」

「うむ、いけねえ。七人組みの目的は笹井を助け出すより、本当は寿の字さまを助け出すにあるんだ。だからおれが必要なんだ」

金吾はきっぱりとそれをいいきる。

十二

——この人をひとりで大森へなど出してやりたくない。

　雪島は内心どうしても不安でたまらなかった。人に優れた頭脳を持っている上に、度胸のよすぎるのがいっそう心配なのだ。七人組みの先に立って危ない仕事を引きうければ、笹井ほどの男でさえとりこにされるくらいだから、若い金吾はなおさらのこと、絶対に大丈夫だなどとはどう考えてもいいきれないのである。

「あなたは御用人さまにも黙って屋敷を出ていくつもりなんですか」

「うむ。なまじおやじさまに相談すれば止められるにきまっているからね」

「そんなこと、親不孝ですわ」

「なんだ、変なことをかつぎ出すんだな。おれは、だれがなんといっても、一度やろうと腹できめたことはきっとやってみないと気のすまない男なんだ。お中臈《ちゆうろう》さまを無理に女房にしてしまったのもそれなんだ。そのかわり、おやじにはいえないことも女房にはこうしてちゃんと打ちあけている。このおれの気持ちがわからねえのかなあ」

「あんなことを――。もうしようがありませんわ。お好きになさいまし」

このうえ悪どめをして、これから黙って好きなことをやられては、それこそ立つ瀬がなくなってしまう。雪島は男のいうなりになっているほかはなかった。

ふっと廊下へ小侍がきて、

「お中﨟さまに申しあげます」

と、そこへひざまずいていう。

「あたくしにでございますか」

「はい。ただいま昨日まいられた浜町のお美代どのがこられまして、ぜひ雪島さまにお目にかかり、内々にてお耳に入れておきたいことがあると申していますが、どういたしましょう」

これはまた意外な取り次ぎなのである。

「内々でと申しているのですか」

雪島はそう聞きかえしながら、ちらっと金吾のほうを見る。

「庫次郎《くらじろう》、表書院にまだ立花屋のお香は待っているか」

金吾が小侍に聞く。

「いいえ、元締めはさきほど春代どのが呼びにまいって、姫君さまの御前へまいっているようです」

「ふうむ、御前へか」

金吾ははっと目をみはる。

「元締めが御前へまいっているとしますと、様子が少し変わってくるかもしれませんね」

「そのとおりです。とにかく、お美代どのに会ってみてはどうでしょう」

「そうですね。――それでは、お客さまを表書院へ案内しておいてください」

「かしこまりました」

小侍はおじぎして下がっていく。

「お中臈さま、お美代という腰元は昨日お香を一杯くわせている。そのつもりで会ったほうがいいな」

「そうしてみましょう。姫君さまのほうは大丈夫でしょうか」

「いまさらあわてることもないだろう。おれはわきの間でお美代の話を聞いていることにするから、なるべく聞き出せるだけ聞いておくことだ」

雪島はうなずいてみせてから立ちあがった。

十三

お美代は昨日とおなじ盛装をして表書院の間に行儀よく座っていた。見たところのんびりとした至極《しごく》平凡な顔つきで、そう才気走ったところなどどこにも見られない。これが御舎弟のほうへ裏切って昨日お香をわなにかける手伝いをした恐ろしい娘だとは、どうしても思えない。

それだけに、雪島は油断ができないと思った。

「お美代さま、お待たせいたしました」

「いいえ、こちらこそまたおじゃまに出まして。昨日は失礼いたしました」

「そのごあいさつでは恐れ入ります。こちらこそ、昨日はわざわざお見舞いくださいましてありがとうございました」

「どういたしまして——。あのう、姫君さまの御容態《ごようたい》はその後いかがなのでございましょうか」

「はい、おかげさまで、だいぶおよろしいようでございます」

「それはなにより御安心でございますこと」

お美代はもっともらしい顔をして、さて用件に入るかと思うと、しばらくじっと目をひざへ伏せている。

「お美代さま、今日はあたくしになにか内々の御用ださそうでございますね」

その言葉を待っていたように、

「はい、困ったことが起こりまして」

と、お美代は当惑したような顔をあげた。

「困ったことと申しますと――」

「実は、笹井又四郎さまが昨夜、大森の下屋敷でつかまって監禁されたという知らせが今朝奥方さまのところへありましたそうで、こちらさまへもなにかそんな知らせがございましたでしょうか」

「いいえ、あたくしは初耳ですが、それはたしかな知らせなのでございましょうね」

雪島は一応知らないことにしておく。

「たしかなところから入った知らせだということでございます」

「昨日のあなたのお話ですと、昨夜は高輪の下屋敷のほうでなにか起こりそうだということでございましたね」

「はい。そのなにか起こりそうだというのは、御病人さまが高輪から大森の下屋敷へ移ることだったようでございます」

「すると、笹井さまはその御病人さまを追って大森までまいり、そこでつかまったのでしょうか」

「そうなのだということですの。御承知のとおり、笹井さまは奥方さまが松江家へおたのみになって働いていただいている方なので、万一のことがありますと松江家へ顔向けができないことになります。そこで、笹井さまを救い出す手だてはただ一つ、御対面延期の儀を取り消していただき、それを条件にして笹井さまを無事に引きわたしてもらう、それよりほかにないとお考えになったようでございますけれど、こちらさまへそんなわがままなことはお願いしにくいしと、お一人で心配なすっていられます。ですから、あたくし見かねまして、一存でお中﨟さまのおそでにすがりにまいりましたの」

お美代はぬけぬけとそんな虫のいいことをいい出すのである。

雪島はその顔を見まもりながら、啞然《あぜん》とせずにはいられなかった。

——この人は頭の働きが鈍いからこんな無神経になれるのか、それとも無神経をよそおってうまくこっちをわなにかけようとしているのか。

十四

雪島にはちょいと判断がつかない。が、ちゃんと常識をそなえた女なら、こんな見えすいたうそは恥ずかしくて口にできないはずである。

「浜町の奥方さまは、尼崎家のお跡目はどうなってもよいから笹井さまを助けたいというお心なのでございますか」

雪島は念を押すように聞いてみた。

「いいえ、お跡目は大切ですけれど、笹井さまも見殺しにはできないというおぼしめしのようでございます」

「しかし、笹井さまを救うためにこちらが御家老さまの望みどおりの御対面の儀を承知することになれば、お跡目は御舎弟さまときまってしまいますね」

「それは、笹井さまが助かりさえすれば、またなにかよい手だてを考えてくれると、それをたのみの綱にしているのではございませんでしょうか」

「御家老さまはそれほど甘いお方なのでしょうかね」

雪島は思わず苦わらいをしながら、これではまったく話にならないと思った。

「お言葉ではございますが、御家老さまが甘いと申しますより、奥方さまはそれほど笹井さまの御器量を高く買っていられるようですの」

「寿の字さまはたしかに大森の下屋敷へお移りになったのでございますね」

「はい、そううかがっています」

「このお話は、一つ間違いますと姫君さまの御一生にかかわる大事になります。わたくし一存では計らいかねますので、しばらくこれにてお待ちくださいませ」

「御面倒をおかけいたしまして――。どうぞよろしくお願いいたします」

お美代はまことしやかに会釈《えしやく》をかえしていた。

お美代が奥方の胸のうちをくんで相談にきたというのは明らかにうそで、これは悪家老の小細工に違いない。奥方が若殿の命に代えて家来筋の笹井の命ごいをするなどということはありえないからだ。

が、この相談を頭からぴしゃりとことわると、又四郎の命があぶなくなるかもしれないのだ。

――一体、どう返事をしてお美代をかえしたものか。

雪島はともかくも中奥の書院の間まで引きかえしてくると、そこに金吾が一足先にきて待っていた。

「いまの話、お聞きになりましたの」

「うむ、聞いた。あれは大変な娘だな」

金吾は声をひそめながら苦笑している。

「まるで自分から裏切り者だと白状しているような口振りなんですけれど、無神経なんでしょうか」

「いや、わざとずぶとく出て、こっちを脅迫《きょうはく》しようとしているんだろう」

「脅迫といいますと――」

「つまり、妥協しなければ笹井を切る、それでもいいかという腹があるんだ」

「まあ、性の悪い」

雪島はむらむらっと腹が立ってくる。

十五

「憎いのは悪家老だ。こっちは笹井さんを見殺しにするわけにはいかないし、といって、身代わり若殿と縁組みをすることなどは絶対にできない。そこをこっちがどう切りぬけていくか、その出方を見てやろうという腹なんだろう」

金吾は案外冷静のようだ。

「あなたはどうするおつもりなの」

雪島にはちょいと決断がつかない。

「ずぶとい岩崎森右衛門《もりえもん》にも一つだけ弱みがある。それはこっちが公儀へ事情を訴え出てこの縁組みをことわってしまうことだ。そう出られると、たとえ笹井さんを切っても尼崎家の家名は立たなくなる。森右衛門としてはそれがいちばん怖いんだ」

「それはそうでしょうね」

「だから、今日のところは、この返事はいずれ二、三日うちにこっちから家老のほうへ直接するからといってお美代をかえしておく。その間に笹井さんを助け出すことにしよう」

「それでおとなしく帰るでしょうかねえ」

「なあに、それでもまだずうずうしいことをいうようなら、こっちも縁組みをことわる用意があるんだと、それとなく冷淡にほのめかしてやればいい。――しかし、とにかく一応姫君さまのお耳に入れてからのことだな」

「笹井さんのことをお耳に入れても大丈夫でしょうか」

雪島にはそっちの心配もあった。

「いや、笹井さんのことはもうたぶんお香からお耳に入っているだろうから、いまさら伏せておくこともないだろう」

「そうでしたね。では、あたくしはこれから御前へ出てまいります」

雪島はそういって静かに立ちあがった。

――そっちはそれでいいが、問題はやっぱり笹井の兄貴をどうして助けるかだな。

金吾にもその策はまだはっきりと立っていないのである。しかも、今日お美代が帰ってこっちの返事が二、三日延びたと森右衛門のほうへわかれば、その間に笹井を奪いかえすつもりだなと敵もすぐ気がつくだろうから、大森の警戒はいよいよ厳重になってくるだろうし、さすがの金吾も気が重い。

だいいち、どう考えても、こっちから切りこみをかけていくという手はまた犠牲者を出すことになるだろうし、下の下策だという気がするのだ。

――なにか上策はないものか。

金吾がそんなことを考えていると、ふっと廊下へあわただしいきぬずれの音がして、意外にも喜久姫が部屋着のままの姿で、足早に目の前の廊下を通りすぎていく。なにか険しい顔つきで、わき目ひとつ振ろうとしない。

後につづく雪島も必死の表情で、ちらっとこっちは見たが、目にものをいわせるといういとまさえないようだ。

その後に腰元が四人つづき、どの顔も緊張しきっている。

——お姫さまは怒っているようだぞ。

雪島からお美代のことを聞いて、いきりたってきたに違いない。無論、表書院に待っているお美代に自分から返事をしようというつもりなのだろうが、これはちょいとあぶない。一つ間違うと、なにもかもぶちこわしになってしまうのだ。

金吾はいそいで立ちあがっていた。

十六

喜久姫は廊下からつかつかと表書院の間へ入って、そこに待っているお美代の前へ立った。さすがにそれだけの気品をそなえた颯爽《さっそう》たる立ち姿である。

「お美代さま、喜久姫さまでございます」

少し下がったところへ座った雪島が、あっけにとられているようなお美代のほうへすかさず注意する。

「これはこれは、姫君さまには直々《じきじき》のお出ましにて恐れ入りまする」

お美代は座からさがってそこへていねいに両手をつかえる。

「お美代は浜町からまいったのだそうですね」

「はい、姫君さまは御病中とうかがっておりましたが、もうすっかりおよろしいのでございましょうか」

とっさに恐れ気もなくこれだけの口上《こうじょう》がいえるようでは、頭の働きが鈍いどころではない。たしかに油断のできない相手だったのだ。

「喜久はまだすっかりよいのではありません。そなたに直々に返事をつかわそうと思って、わざわざ出てまいったのです」

「これは重ねがさね恐れ入りましてございます」

「そなたの申すことは雪島から聞きました。そのあいさつは、喜久が明日自ら大森の下屋敷へ出向き、森右衛門に直接申し聞かせます。昼までに森右衛門も必ず大森へまいっているように、そなたからしかと森右衛門の耳に入れておきなさい」

　雪島もあっと目をみはったが、

「あのう、姫君さまが直々にでございますか」

と、お美代もびっくりしたようである。

「そのほうが話が早い。森右衛門もしっかりと覚悟をきめてまいるように、忘れずに申しておくがよい、わかりましたね」

　喜久姫はきっぱりといいつけて、お美代の返事も待たずすっと廊下へ出てしまう。

　雪島は客を一人でおいておくわけにはいかないので、素早く腰元たちに目くばせする。

　腰元たちはすぐに心得て、姫君の後を追っていった。

「お中臈《ちゅうろう》さま、これはどうしたわけなのでございましょう」

　お美代が当惑したように聞く。

「さあ、あたくしにもよくわかりませんの。姫君さまにあなたのお話をお耳に入れましたところ、では御自分で会うからとおっしゃって、すぐにお座を立たれてしまいましたの。姫君さまはそういう御気性なので、一度御自分でこうと思ったことは、だれがおとめしてもだめなのです」

「しかし、わたくしは奥方さまのお胸のうちをくんで今日は一存でこちらへあがりましたので、御家老さまとはなんのかかりあいもありませんの。どうしたらよろしいでしょう」

「そのことでしたら、奥方さまのおそでにすがって、今日のことをよくお話しなすった上、奥方さまから御家老さまのほうへお話ししていただけばそれでよいのではありませんか」

「もし御家老さまがそんなことはできないと申しましたらどういたしましょう」

「その時は御家老さまのほうからこちらへあらためてごあいさつがあるでしょう。明日までにはまだ間のあることです」

お美代も困っているようだが、雪島としても明日のことはまったく見当がつかないのである。

十七

お美代は結局大役をしょわされて、当惑しながら帰っていった。

事が意外なほうへ飛び火をしてきたので、雪島もちゃんと腹をきめてからでないと喜久姫の前へは出られない。

いいあんばいにわきの間でいまのいきさつをすっかり聞いていた金吾がすぐに座敷へ出てきてくれたので、雪島はほっとした。

「えらいことになったなあ、お中﨟《ちゅうろう》さん」

さすがに金吾もこんどは苦わらいをしている。

「一体、これはどういうことになるんでしょうねえ」

雪島は万事金吾の意見にしたがうほかはないのだ。

「お香はいまどこにいるんだろう」

「あたくしがさっき御前へ出た時は、ちょうど姫君さまといっしょにお居間へ帰ってきたところでしたの。大森の話はもうすっかりお香からお耳に入っていたらしく、お美代がまいってこれこれでございますとあたくしが申しあげますと、では直々《じきじき》に会うとおっしゃって、いきなりお立ちになりました。そして、お香はしばらくここに待っているようにと仰《おお》せつけになっていましたから、まだ御前にいると思います」

「そうか。姫君さまとしては敵の小細工がすっかり読めるだけに、我慢できなかったんだろうな」

「それはあたくしとしても、お美代がかなり狼狽《ろうばい》しているのを見て、いい気味と思わないではありません。けれど、姫君さまがお投げになったいまのお言葉ひとつでどんな波紋がひろがってくるかと思うと、そらおそろしい気もしますのよ」

「お中﨟さまはなにがいちばん怖い」

「こちらから姫君さまが、明日、大森の下屋敷へお乗りこみになるとして、森右衛門は本当にあちらで姫君さまをお出迎えするでしょうか。――そのような知らせは受けとっていないとずるく出られると、姫君さまの面目《めんぼく》にもかかわります」

「なるほど、その手もあるな」

金吾はちょいと感心したような顔をする。

「それから、かりにお出迎えするとすれば、その前にどんな手を打つか、寿の字さまや笹井さんが無事にすみますかどうか」

「すくなくとも、寿の字さまは今夜中にどこかへ移すだろうな」

「そのかわりに、御舎弟さまを大森へ迎えることになるのですか」

「無論、そういうことになるだろう。笹井さんを無事に引きわたすから、お身代わりと対面してくれと出る」

「その時、姫君さまはどうあそばすおつもりでございましょう」

「それは姫君さまにうかがってみないとわからないが、御対面の前に笹井を出せとおいいつけになりそうだな」

「もし向こうが笹井さんを出さなかったらどうなるのでしょう」

「それがいちばん問題なんだ。こっちとしてはそのまま黙って引きさがるわけにはいかないからね」

「すると、明日の大森へのお成りはおとめしたほうがいいということになりますね」

雪島はそれよりしようがないような気がしてくる。

十八

「お雪、姫君さまの御気性では、明日のことはおとめしてもむだかもしれないぞ」

金吾はなにか決心がついたようにいう。

「でも、みすみす大森へまいってはおためにならないとわかっていて、おとめしないわけにはまいりませんでしょう」

「いや、わしは姫君さまはもう最後の腹をきめられているのではないかと思う」

「最後のお覚悟といいますと」

「いざとなれば尼崎家との縁組みをことわってしまえばいいのだ。困るのは向こうなんだからね」

「あたくしも実はそれが心配なのです。それはあちらさまも困るでしょうけれど、こんどこの縁組みをことわりますと、姫君さまは一生おひとりで暮らすようになるのではありませんかしら」

「こんどの縁組みがだめになるとこれで四度目で、櫓下《やぐらした》のほうでももう匙《さじ》を投げてしまうのではないか、そんな心配がないとはいえないのだ。

「それもお覚悟の上だろう。こっちからひざを屈してまで縁組みに未練を持つ御気性ではないようだからね」

「それはそうですけれど」

「とにかく、わしの考えだけお中臈《ちゅうろう》さんの耳に入れておこう。明日、姫君さまがどうしても大森へお成りになりたいといわれるようなら、とにかく御微行《おしのび》の行列を仕立てて、一応品川の本陣まで行って、そこで御休息をとるようにしてくれ。それまでにわしは尼崎家の様子をできるだけさぐっておいて、本陣へ駆けつけることにしよう。大森へ乗りこむかどうかは、その時きめてもおそくはない」

「では、あなたはこれから品川の七人組みのところへ行きますの」

「そうするつもりだ。お香を同行しようと思うから、そっと耳うちをしておいてくれ」

「はい。それでは、あたくし、これから御前へ出ますから、――あなたはくれぐれもお気をつけあそばして」

「大丈夫だよ。おれだってだれかさんをいまから後家にしたくはないからな」

「またそんなことを――」

雪島は思いきって立ちあがりながら、死んでも生きてももう一人ではないのだと思うと、なにか胸が熱くなってくるような気がした。

そのころ――。

お美代は外桜田の上屋敷へ女乗り物をいそがせていた。

家老森右衛門から策をさずけられ、今日もそらっとぼけて小梅の屋敷へ乗りこみ、雪島に会って、役目の目的だけは十分果たしたつもりである。が、薬があんまりうまくききすぎて、姫君が自分で出てきたばかりでなく、明日は直接大森へあいさつに出向くといわれたのにはちょいと当惑しないわけにはいかなかった。

そのことが味方にとって有利になるか不利になるかお美代には判断がつきかねるからだ。これはどうしても早く家老に会って耳に入れておかないと、後で困るに違いない。一度浜町へ帰ってからではおそすぎるのだ。

――そのために帰りがおくれて浜町の疑いをうけてもしようがない。それはその時のことだわ。

ずぶとい根性のお美代は、ちゃんとそう割り切っているのである。

十九

お美代の駕籠《かご》が外桜田の上屋敷へ着いたのは、やがて八ツ（二時）をまわる時刻だった。

「なに、お美代が自分でまいったというのか」

御用部屋の控えの間で山部と鳴門屋を相手に今夜の善後策を相談していた森右衛門は、思わず目をみはった。こっちのさずけた策がうまくいきさえすれば、お美代はそのまま浜町へ帰ってこっちへ使いをよこせばいいことになっていた。

それをわざわざ自分でくるようでは、なにか手違いがあったに違いないからだ。

「お美代どのが自分でくるようでは、なにかあったんでしょうかなあ」

山部も鳴門屋もさすがに顔を見あわせていた。

「御家老さま、突然おうかがいいたしまして」

小侍に案内されてきたお美代は、いつもと少しも変わらぬ涼しい顔つきである。

この女はめったなことでは動じないたのもしい神経を持っているのだ。

「どうした、お美代。小梅からの帰りか」

「はい、雪島さまにお目にかかりまして、おいいつけのとおりうまく話を持ちこんだつもりですの」

「無論、奥方さまの御心痛という形をとったのだろうな」

「そういうことにしました。でも、あちらさまもさる者でございますから、およその見当はつけたようですの」

「それはかまわぬ。ただ表向きだけは奥方さまの御心痛として押しとおさぬと具合いが悪い」

「それだけはあくまでもあたくし一存のことにして話を進めたのですけれど、雪島さまは一応姫君さまのお耳に入れてみるからと申しましてお立ちになりました」

「それは少しまずかったようだな。今日のところはお中﨟《ちゅうろう》さまの耳にだけ入れて、考えておいてくれるようにといって引きさがってきたほうがよかったのだ」

「そうも考えたのですけれど、その場のなりゆきで、雪島さまをおとめしてはわざとらしくなりますのでできなかったのです。すると、こんどはいきなり姫君さまが出てまいりまして――」

「なに、姫君さまが御自分で出てこられたのか」

これはまずいと森右衛門は思った。雪島がありのままを喜久姫の耳に入れてしまったのでは、姫君の気性としてそんな話しあいに乗るはずはないのだ。案の定、

「姫君さまは、明日のおひるまでに御自分で大森の下屋敷へ出向き、そこであいさつをするから、御家老さまも必ず大森へまいっているようにといって、さっさとお引き取りになってしまいました」

と、お美代は正直に告げるのである。

「ふうむ、御自分で大森へな」

「あたくし後で雪島さまに、この話は御家老さまとなんのかかわりもないことなのだから、御家老さまにお取り次ぎはできないと申したのですけれど、雪島さまも姫君さまのお考えは自分にもわからないといって当惑しているようでした」

「そうか」

森右衛門は思わず苦い顔をせずにはいられなかった。

二十

「御家老さま、もし御都合が悪かったら、明日大森へお出向きにならなくてもよいのではないでしょうか。あたくしがお取り次ぎをしなかったことにすればよろしいのですから」

お美代はこっちの顔を見ながら、そんな大胆なことをいっていた。

「そうか、よくわかった。別間へさがってしばらく休んでいてくれ」

お美代をさがらせた森右衛門には、なんとなく解せないことが一つあった。

笹井又四郎という男は、松江家の家来で、浜町の奥方の依頼をうけて若殿を助け出しにきたいわば隠密《おんみつ》なのである。彼は小梅の屋敷へ三千両の支度金を献上して、用人渋谷父子と中﨟《ちゆうろう》雪島を買収し、御対面の儀延期を策して成功した。それがこんどこっちのとりこになったのだから、浜町の奥方や、渋谷父子、中﨟雪島は、義理からいっても又四郎を救わなければならない理由はある。

が、喜久姫には自分がわざわざ大森へ出向いてまで又四郎の命ごいをする理由はないはずなのだ。そんなことは用人や中臈にまかせておけばいいので、たとえば雪島や金吾という若僧が姫君をおだててそういう突飛な段取りをつけたとすれば、正気の沙汰《さた》ではない。姫君の身に万一のことでもあると、一切の責任は彼らの肩にかかってくるからだ。

「鳴門屋、明日の姫君さま大森へのお成りは、小梅組の脅《おど》しだとわしは見る。そちの考えはどうだ」

森右衛門は一応鳴門屋の意見を求めてみた。

「脅しといいますと――」

「たかが又四郎一人の命ごいに姫君さまが大森くんだりまでお乗り出しになるのは、いくらじゃじゃ姫さまでも少し突飛すぎる。ただそういってこっちを脅しておけば、こっちが狼狽《ろうばい》して折りかえし、なんか妥協してくれという使者を立てるだろうと向こうの策士は考えているのではないかな」

「なるほど。すると、こっちがこのままほうっておくとしますと、向こうはどういうことになりましょうな」

「それは、一度いい出した手前、姫君さま大森へお成りになるほかはないだろうな」

「たとえば、その節、又四郎をわたすようにと出られても、そんな事実はございません、なにかのお間違いでしょうと突っぱねることはできるでしょうが、ついでに廃人どのを見舞っていきたいと出られると、これはここにはいませんではすまないのではないでしょうかなあ」

さすがに鳴門屋は鳴門屋だけの意見は持っているようだ。

「それはたしかにそのとおりだ」

森右衛門は軽くうなずきながら、ふっと頭にひらめいたものがある。

「御家老、廃人どのは今夜中にまた高輪へ移しておきましょう」

そばから山部が口を出す。

「うむ、それで――」

「又四郎はやっぱり今のうちに始末しておいたほうがいいと思います」

「いや、わしに一策がある。廃人どののことも、又四郎のことも、一切わしにまかせておきなさい」

森右衛門は自信をもってきっぱりとそういいきっていた。

コスミック・時代文庫

山手樹一郎傑作選
浪人若さま《ろうにんわか》 颯爽剣《さつそうけん》
【上巻】

【著者】
山手樹一郎《やまてきいちろう》

【発行者】
杉原葉子

【発行】
株式会社コスミック出版
〒154-0002 東京都世田谷区下馬 6-15-4
代表 TEL.03(5432)7081
営業 TEL.03(5432)7084
FAX.03(5432)7088
編集 TEL.03(5432)7086
FAX.03(5432)7090

【ホームページ】
http://www.cosmicpub.com/

【振替口座】
00110-8-611382

【印刷/製本】
中央精版印刷株式会社

ISBN978-4-7747-6273-9 C0193